Gert Brauer

*Was vergangen ... leuchtet lange noch zurück*

Ein ostdeutscher Lebensweg (1931-1961)

Neudruck

*Für*

*Ulrich und Christiana*

# INHALTSVERZEICHNIS

**VORWORT** .................................................. 1

**Erstes Kapitel**
**ELTERNHAUS**
1. Vater Hans Brauer........................................... 4
2. Mutter Friede Brauer........................................ 7

**Zweites Kapitel**
**GROßELTERN**
1. Großvater Julius Brauer und Großmutter Martha Brauer......... 9
2. Großvater Paul Becker und Großmutter Maria Becker........... 12

**Drittes Kapitel**
**KINDESALTER und JUGEND**
1. Kindheit in Schneidemühl (Grenzmark Posen-Westpreußen)...... 19
2. Fuhrmann auf dem Birkenhof (Woldenberg/Neumark)............. 27
3. Der Kriegswinter 1944/45 in der ostdeutschen Heimat......... 47

**Viertes Kapitel**
**FLUCHT PER TRECK OHNE ENDZIEL**
1. Die Rote Armee im Nacken.................................... 53
2. Einquartierung in Krien (Anklam)............................ 70
3. Fahrt ins Ungewisse......................................... 85
4. Zwangsaufenthalt in Zierzow (Waren-Müritz).................. 92
5. Tieffliegerangriffe......................................... 97

**Fünftes Kapitel**
**ZEITENWENDE**
1. Die Stunde Null im "Weißen Hirsch" (Ratzeburg).............. 110

2. Zukunftsängste in Poggensee (Mölln)..................................... 124
3. Lichtblick in Scheden (Hann. Münden)................................. 133
4. Aufbruchstimmung in Großrhüden (Seesen/Harz).................. 139

Sechstes Kapitel
STUDIUM DER PHILOLOGIE
1. Philipps-Universität Marburg/Lahn.................................... 148
2. Maximilians-Universität München...................................... 161
3. Johann Wolfgang Goethe-Universität Frankfurt a.M............. 164

Siebentes Kapitel
ENGLAND-FAHRTEN................................................. 180

Achtes Kapitel
DOKTORAND
1. Archivstudien in Sarstedt, Hannover und London................. 190
2. Promotion zum Dr. phil. .................................................... 208

# VORWORT

*"Man kann das Gegenwärtige nicht ohne das Vergangene erkennen ..."*

Nach der Pensionierung ist der Zeitpunkt gekommen, um zur Feder zu greifen. Ich möchte Erlebnisse, Ereignisse, Eindrücke, Entwicklungen, Erfahrungen und Erkenntnisse ins Gedächtnis zurückrufen, die untrennbar mit meinem Leben verbunden sind. Einerseits hat der Rückblick mit nostalgischen Beweggründen zu tun. Andererseits kam von meinem Sohn Ulrich und meiner Tochter Christiana die Anregung, meinen Lebensweg zu Papier zu bringen, damit der familiäre Hintergrund kein Buch mit sieben Siegeln bleibt.

Die Beschäftigung mit dem eigenen Entwicklungsgang läßt die Vergangenheit in unterschiedlichem Licht erscheinen: *"Der Rückblick auf so mancherlei Situationen, die man durchlebte, die Erinnerung an so viel Stimmungen, in die man sich versetzt fühlte, macht uns gleichsam wieder jung ..."* Lohnenswerter ist ein anderer Aspekt. Je mehr ich mich der Thematik zuwandte, desto intensiver erschloß sich mir ein neuartiges Bildungserlebnis. Das Nachdenken über die verschiedenen Lebenslagen fördert den immer währenden Prozeß der Selbsterkenntnis und das Bewußtsein der Individualität: *"Nichts gibt uns mehr Aufschluß über uns selbst, als wenn wir das, was vor einigen Jahren von uns ausgegangen ist, wieder vor uns sehen, so daß wir uns selbst unmittelbar als Gegenstand betrachten können."* Wenn zudem die Hypothese *"wo kann man besser aufgehoben sein als im Schoße der Familie"* (Marmontel) zutrifft, dann sind Elternhaus und Ahnen nicht abseits: *"Was du ererbt von deinen Vätern hast, erwirb es, um es zu besitzen."*

Die privat-historische Rückblende, die sich in Begebenheiten, Kreuzwege und Problemzonen versenkt, umfaßt einen Zeitraum von 30 Jahren. Höhen und Tiefen in der Kindheit, Jugendzeit und im jüngeren Mannesalter stehen im Mittelpunkt der Reminiszenzen. Die persönlichen Aufzeichnungen beruhen nur zum Teil auf dem Erinnerungsvermögen: *"Alles Bestreben, einen Gegenstand zu fassen, verwirrt sich in der Entfernung vom Gegenstande und macht, wenn man zur Klarheit vorzudringen sucht, die Unzulänglichkeit der Erinnerungen fühlbar."* Die autobiographische Niederschrift zielt auf einen Erlebnis- und Dokumentarbericht, der sich im wesentlichen auf schriftliche Unterlagen stützt. Darunter fallen u.a. Anträge, Bescheide, Bescheinigungen, Beurteilungen, Eingaben, Stellungnahmen, kurzum Dokumente unterschiedlicher Art und Qualität. Gewicht hat die familienbezogene Briefsammlung, der ein hoher Informationsgehalt zukommt: *"Hier ist nicht Relation noch Erzählung, nicht schon durchgedachter und durchgemeinter Vortrag; wir gewinnen eine klare Anschauung jener Gegenwart, wir lassen auf uns einwirken wie von Person zu Person."*

Weder soll eine lückenlose Lebensbeschreibung noch ein wissenschaftlicher Traktat auf den Weg gebracht werden. Die Rückschau, die kennzeichnende Züge einer Lebensbahn anschneidet, orientiert sich an einer thematisierenden und reflektierenden Betrachtung über zentrale Lebensabschnitte. Da hierbei das Innen- und Seelenleben eine Rolle spielt, ist die subjektive Begrenzung zu berücksichtigen, die einem solchen Vorhaben anhaftet: *"Der Autor ist selten ein unparteiischer Richter seiner eigenen Sachen, er tut sich bald zu viel, bald zu wenig."*

Das erhaltene Material über die zurückliegenden Jahrzehnte ist nicht gleichmäßig ergiebig und verwertbar. Somit ergeben sich Schwerpunkte bei der Schilderung der Erlebnisse aus verflossenen Tagen. Zitate aus Quellen ergänzen und illustrieren die Darstellung der sonnigen und dornenvollen Lebenspfade. Indem private Notizen und offizielle Akten von guten und bösen Zeiten Zeugnis ablegen, bleiben die Ursprünglichkeit und Natürlichkeit von Äußerungen, Entscheidungen und Verhaltensweisen - diese mögen aus heutiger Perspektive mitunter unbegreiflich oder unlogisch erscheinen - erhalten: *"Wenn wir uns von vergangenen Dingen eine rechte Vorstellung machen wollen, so haben wir die Zeit zu bedenken, in welcher etwas geschehen, und nicht etwa die unsrige, in der wir Sachen erfahren, an jene Stelle zu setzen."*

Die Darlegungen gehen auf Herkunft, Werdegang und treibende Kräfte der

Außenwelt sowie - falls sinnvoll - auf die historische Situation der angesprochenen Lebensumstände ein. Möge die Lektüre der Leserin und dem Leser Freude bereiten und zum Räsonnement inspirieren, vielleicht den einen oder anderen Impuls für das Leben vermitteln: *"Liegt dir Gestern klar und offen, wirkst du Heute kräftig frei, kannst auch auf ein Morgen hoffen, das nicht minder glücklich sei."*

Wiesbaden, im Oktober 2000         Gert Brauer

Die literarischen Zitate - in Kursivschrift - stammen, falls nicht vermerkt, von Goethe. Bei allgemein bekannten Topoi, ebenfalls kursiv, entfallen Herkunftsangaben.

Meiner lieben Frau danke ich für das Korrekturlesen.

# Erstes Kapitel

## ELTERNHAUS

*"Vom Vater habe ich die Statur, des Lebens ernstes Führen..."*

### 1. Vater Hans Brauer

Angaben über wichtige Lebensabschnitte und den beruflichen Werdegang meines Vaters enthält der Mitte der 50er Jahre abgefaßte Lebenslauf:

"Ich wurde am 7.1.1894 als Sohn des Landwirts und Ziegeleibesitzers Julius Brauer zu Woldenberg (Neumark) geboren. Nach Absolvierung der Volks- und Höheren Mittelschule besuchte ich die Präparandenanstalt und das Lehrerseminar in Löbau (Westpreußen). Im August 1914 bestand ich die Erste Lehrerprüfung und wurde anschließend Soldat. Am 3.4.1916 wurde ich bei Douaumont verwundet. Mit 60% Kriegsbeschädigung erfolgte die Entlassung aus dem Heeresdienst und Einstellung als Lehrer an der einklassigen Schule in Prellwitz, Kreis Deutsch Krone. Im Jahre 1919 kam ich an die 16-klassige Volksschule in Flatow, und im Dezember desselben Jahres erhielt ich eine feste Anstellung in Marienfelde. Dort legte ich im Oktober 1919 die Zweite Lehrerprüfung ab. Nach zwei Jahren wurde ich an die 32-klassige Bismarckschule in Schneidemühl versetzt. Nach einem halbjährigen Studienaufenthalt in England im Sommer 1927 bestand ich im Jahre 1930 die Mittelschullehrerprüfung in Englisch und Geschichte. Da mir der Lehrerberuf durch den Nationalsozialismus verleidet wurde, schied ich 1938 freiwillig aus dem Schuldienst aus und übernahm die Landwirtschaft meines Vaters.

Am 27. Januar 1945 mußten wir unsere Heimat verlassen. Am 1. Oktober 1947 erfolgte meine Wiederanstellung an der Volksschule Oberscheden bei Hann. Münden. Die Regierung in Hildesheim beauftragte mich am 23.12.1947 mit der kommissarischen Verwaltung der Rektorstelle in Großrhüden bei Seesen (Harz).

Ostern 1953 wurde ich an die Realschule in Sarstedt bei Hannover versetzt. Ich bin verheiratet und habe zwei Söhne, von denen der älteste Gerichtsreferendar ist und der jüngste Philologie studiert."

Schicksalsschläge, wie der tragische Tod seiner ersten Frau und Eckarts Mutter, finden naturgemäß in Vaters Lebenslauf keine Erwähnung. Desgleichen nicht Wesenszüge seines Charakters. Ihn zeichneten Unbeugsamkeit und Willensstärke aus. Von einem einmal gesetzten Ziel war er nicht abzubringen. Von preußischen Tugenden geprägt, legte er Selbstbeherrschung, Genügsamkeit und Pflichtbewußtsein an den Tag. Forderungen und Ansprüche, die er an sich stellte, galten auch für andere. Unbeirrt und energisch nahm er Aufgaben in Angriff. Im Mittelpunkt von Vaters Denken, Fühlen und Handeln stand zeitlebens die liebevolle Sorge um Wohl und Wehe seiner Familie.

Wie mein Vater ausführt, hing er seinen Beruf als Lehrer im Jahre 1938 an den Nagel. Der Grund seines Ausscheidens lag in seiner wachsenden Ablehnung des Nationalsozialismus. Vater befand sich in einem Konflikt zwischen seiner Prinzipientreue und den politischen Erwartungen des NS-Staates gegenüber einem Beamten im öffentlichen Dienst. Er hatte fortgesetzt Differenzen mit dem Ortsgruppenleiter und Personalreferenten der NSDAP, die ihm zum Vorwurf machten, Anhänger von Reichspräsident Ebert gewesen zu sein. Da Vater ein systemkonformes Verhalten von sich wies, blieb als Konsequenz seiner demokratischen Überzeugung nur der Verzicht auf die Ausübung seiner Lehrtätigkeit. Die kritische Einstellung in bezug auf das NS-Regime bestätigt Vaters ehemaliger Kollege aus Schneidemühl, Wilhelm Rösler:

"Ich, der Unterzeichnete, kenne Herrn Brauer seit 1922. Wir unterrichteten beide an der Bismarckschule in Schneidemühl. Gleiche politische und pädagogische Ansichten hatten zu einem Freundschaftsverhältnis geführt. Ich selbst war damals Stadtrat und Vorsitzender des Provinziallandtages der Grenzmark Posen-Westpreußen und gehörte der S.P.D. an. Ich selbst wurde 1933 aus dem Staatsdienst auf Grund des § 4 entlassen. Kollege Brauer blieb mein Freund, weil er gesinnungsmäßig demokratische

Ansichten hatte. Aus diesem Grunde gab er 1938 seinen Lehrerberuf freiwillig auf, weil sein Gewissen ihn dazu zwang." [4.3.1953] Der in dieser Beurteilung zitierte § 4 bezieht sich auf das "Gesetz zur Wiederherstellung des Berufsbeamtentums" vom 7.4.1933, das eine Gleichschaltung des öffentlichen Dienstes zum Ziel hatte: "Beamte, die nach ihrer bisherigen politischen Betätigung nicht die Gewähr dafür bieten, daß sie jederzeit rückhaltlos für den nationalen Staat eintreten, können aus dem Dienst entlassen werden."

Die permanenten politischen Zwistigkeiten mit NS-Funktionären veranlaßten Vater zu dem schwerwiegenden Entschluß, sich vom Lehrerberuf zu trennen. Die Entscheidung bedeutete gleichzeitig den Verzicht auf Rechte und Ansprüche als Staatsbeamter. In dem Entlassungsschreiben der Schneidemühler Regierung heißt es: "Am 1. Juni 1938 sind Sie auf eigenen Wunsch aus dem öffentlichen Schuldienst entlassen, um einen Erbhof zu übernehmen."

*"...vom Mütterchen die Frohnatur und Lust zu"* formulieren

## 2. Mutter Friede Brauer

Ein Lebenslauf von meiner Mutter liegt nicht vor. Die beruflichen Stationen ihres Lebens kann ich nur an Hand von Unterlagen nachzeichnen. Mutter wurde als Tochter des damaligen Gymnasiallehrers Paul Becker am 27. Oktober 1891 in Niesky (Schlesien) geboren. Von 1908 bis 1911 besuchte sie das Städtische Lehrerinnen-Seminar zu Potsdam. Das Examen befähigte sie "zum Unterricht an mittleren und höheren Mädchenschulen." Da während des Ersten Weltkrieges keine staatliche Anstellung erfolgte, war sie häufig auf der Suche nach einer geeigneten Stelle. Beschäftigungen waren von kurzfristiger Dauer. Als Privatlehrerin unterrichtete sie von Anfang 1914 bis zum Ausbruch des Krieges die Kinder der Adelsfamilie von Zitzewitz auf dem Gut Zitzewitz bei Stolp (Pommern). Ab 1915 lehrte Mutter an einem Privat-Lyzeum in Berlin, in Oscht bei Königswalde in der Neumark, danach in Filehne, wo sie bis zur Auflösung der Schule durch die polnischen Behörden nach dem Versailler Vertrag an der höheren Töchterschule Dienst tat, schließlich am königlichen Gymnasium und an der Realschule in Schneidemühl. Im Jahre 1920 fand die endgültige staatliche Anstellung statt. Ihre Schwester Charlotte schreibt in ihren "Erinnerungen" (1953): "In der Zeit des Lehrermangels kam Friede vorübergehend ans Gymnasium [d.h. in Schneidemühl] und unterrichtete in den Unterklassen. Landgerichtsdirektor G., Sohn von Professor G., der ebenfalls am Gymnasium in Schneidemühl beschäftigt war, sagte neulich zu Eckart, den er in Hildesheim als Schneidemühler begrüßte: 'Wir haben alle für Ihre Mutter geschwärmt, sie hatte immer solchen Schwung!'" Schwung und Elan hatte sich Mutter bis ins hohe Alter bewahrt, obwohl ihr wie Vater wahrlich kein sorgloses und bequemes Leben vergönnt war. Temperament und Vitalität waren charakteristisch für sie, unübertroffen ihr ansteckender Optimismus. Mutter war eine Frohnatur, daneben literarisch gebildet. In der klassischen Dichtung wohl bewandert, zeichneten sie Gewandtheit und Beweglichkeit des Geistes aus. Intellektuelle Anlagen und eine poetische Ader, Mutterliebe und Familienanhänglichkeit zeigten sich in ihrer Gedankenwelt und in ihrem tagtäglichen Verhalten.

Am 28. Dezember 1929 heirateten meine Eltern in der Stadtkirche zu Schneidemühl. Nach meiner Geburt übte Mutter weiterhin ihren Dienst aus. Als Mitverdienerin war sie einem starken öffentlichen Druck ausgesetzt. Die "Doppelverdienerkampagne" begann in den frühen zwanziger Jahren und erreichte einen Höhepunkt während der Weltwirtschaftskrise 1932. Grundlegend war die Annahme, daß die hohe Arbeitslosigkeit durch die vermehrte Erwerbstätigkeit der Frauen verursacht sei. Die Stimmungsmache diente dazu, die Arbeitslosigkeit auf Kosten der Frauen zu bekämpfen. Dieser Absicht entsprach das "Gesetz über die Rechtsstellung der weiblichen Beamten" vom 30.5.1932. § 1 legte fest: "Verheiratete weibliche Reichsbeamte sind jederzeit auf ihren Antrag aus dem Beamtenverhältnis zu entlassen. Die vorgesetzte Dienstbehörde kann die Entlassung auch ohne diesen Antrag verfügen, wenn die wirtschaftliche Versorgung des weiblichen Beamten nach der Höhe des Familieneinkommens dauernd gesichert erscheint." Wie alle Frauen mußte sich Mutter entscheiden: Berufstätigkeit oder Ehe und Familie. Da Mutter an ihrem Beruf mit Leib und Seele hing, befand sie sich in einer Zwickmühle. Der Zwiespalt wird in einem Brief meiner Großmutter Becker, genannt Mumsi, an Tante Dore vom 9.2.1932 angesprochen: "Der Schulrat hatte sie [Mutter] zu sich gebeten und es ihr wohl nahegelegt, abzugehen; da hat sie ihm gesagt, sie würde nur unter der Bedingung abgehen, wenn ihre Schwester [Charlotte] aus Flatow ihre Stelle bekäme. Alles sollte geheim gehalten werden, weil sonst zu viele Lehrerinnen den Schulrat um diese Stelle bestürmt hätten... Friedchen bekommt auf zwei Jahre ihr halbes Gehalt, monatlich glaube ich 126,- Mk. Es ist ihr nicht leicht geworden... Ich bin froh, daß Friedchen abgegangen ist, die Leute werden ja hier auch schon genug geredet haben über die Doppelverdiener." Mithin gab Mutter, als ich ein Jahr alt wurde, den Schuldienst auf. Das war das Ende ihrer pädagogischen Tätigkeit in Schneidemühl.

## Zweites Kapitel

## GROßELTERN

*"...durch die Zuziehung der Ahnen kommt es immer noch besser ins klare"*

### 1. Großvater Julius Brauer
### und
### Großmutter Martha Brauer, geb. Gurkasch

Über die Großeltern väterlicherseits ist wenig überliefert. Aus dem Stammbaum, den Vater angelegt hat, ergeben sich folgende Fakten über seine Eltern:

Großvater **Julius Eduard Brauer** wurde als Bauernsohn am 17.8.1850 in Lauchstädt (ca. 3 km von Woldenberg in Richtung Friedeberg) geboren. Die Berufsbezeichnung ist Landwirt und Ziegeleibesitzer. "Groß, breit und fälischer Typ" - das Wort „fälisch" ist in Anlehnung an West„falen" gebildet - waren seine Erkennungsmerkmale. Über seine Mutter hält Vater fest: **Martha Marie Elisabeth Brauer** wurde als Tochter des Ackerbürgers **Gurkasch** am 21.6.1856 in Woldenberg geboren und starb am 27.2.1923. Ihr Erscheinungsbild wurde durch die äußeren Attribute "mittelgroß, blaue Augen und blondes Haar" bestimmt.

Die Vorfahren Brauer stammen aus Lauchstädt. Nach Mitteilung des Pfarramtes vom 3.1.1936 sind "Brauer schon seit 1676 nachweisbar." Der Pfarrer fügt in seinem Schreiben an, "daß das Bauerngeschlecht Brauer auch in Lauchstädt blüht." In einem weiteren Brief an Vater vom 20.2.1936 hebt der Pfarrer hervor: "Vielleicht hat es für Sie Interesse, daß Sie mit Großadmiral von Tirpitz verwandt sind." Großadmiral Alfred von Tirpitz war von 1897 bis 1916 Staatssekretär im Reichsmarineamt und gilt als Schöpfer der deutschen Hochseeflotte. Von Tirpitz gehörte in der kaiserlichen Regierung zu dem einflußreichen Kreis in der Umgebung Kaiser Wilhelms II.

Es war am 29. August 1879 - 1879 schloß das Deutsche Reich unter Reichskanzler von Bismarck den Zweibund mit Österreich-Ungarn - *"als der Großvater die Großmutter nahm"* (Ernst Langbein) und in der Marktkirche zu Woldenberg getraut wurde. In namentlicher Fassung: Julius Brauer heiratete Maria Gurkasch. Wie die Erbhöferolle ausweist, trägt unser Grundstück in Woldenberg, das auf die großmütterliche Linie zurückgeht, seit dem Hochzeitsjahr 1879 den Namen Brauer.

Großvater machte sich mit Eifer ans Werk. Zu seinen löblichen Leistungen ist neben der Vergrößerung des landwirtschaftlichen Betriebes der Aufbau einer florierenden Ziegelei zu rechnen, von der Vater oft erzählt hat. Der Verfall der Ziegelei hat bei zunehmendem Alter des Großvaters in den zwanziger Jahren eingesetzt. Überreste von Bauwerken und Ziegelöfen waren zu meiner Zeit mit Händen greifbar. Großvater führte die Ziegelei und die Landwirtschaft 53 Jahre lang. Im hohen Alter von 83 Jahren zog er sich auf das Altenteil zurück. In dem "Überlassungsvertrag" vom 21.9.1933 legte Großvater testamentarisch fest: "Johannes [d.h. mein Vater] ist Lehrer geworden, ich habe die Ausbildung für ihn bezahlt, die ich mit etwa 6000 RM [Reichsmark] berechne... Meiner Tochter Johanna übergebe ich die Wirtschaft, weil sie seit etwa ihrem 15. Lebensjahr auf meiner Wirtschaft unentgeltlich gearbeitet hat."

Großvater, dem ein "lebenslängliches Leibgedinge" [d.h. auf Lebenszeit Ausbedungenes] zustand, lebte nach der Überschreibung des Hofes an seine Tochter Johanna bis zu seinem Tode am 9. März 1938 in einer Zweizimmerwohnung im Seitengebäude, vom Hofeingang aus auf der rechten Seite.

Vaters Schwester Johanna, genannt Tante Hannchen, sah sich bei der Leitung des landwirtschaftlichen Betriebes beträchtlichen Schwierigkeiten gegenüber. Nach dem Ersten Weltkrieg geriet die Agrarbevölkerung im ganzen Reich in eine schwere Existenzkrise. Rückgang der Agrarproduktion, Inflation und Weltwirtschaftskrise trieben zahlreiche Höfe in den wirtschaftlichen Ruin. Die finanziellen Belastungen erfaßten auch ihr Grundstück. Für Tante Hannchen - auf sich alleine gestellt, nur zwei Hilfskräfte standen ihr zur Verfügung - war es nach Auffassung des Anerbengerichts in Woldenberg "schwer, auf der etwa 3 Km von Woldenberg auf dem Ausbau liegenden Wirtschaft, Arbeitskräfte zu bekommen." Sie schien mit der Aufgabe, den Hof erfolgreich zu bewirtschaften, überfordert zu sein, obwohl sie "in den Fragen der landwirtschaftlichen Betriebsführung ausreichend bewandert" war. Auf Grund von Unzulänglichkeiten beantragte 1935 der Kreisbauernführer beim zuständigen Gericht die Feststellung, "daß die Bäuerin nicht bauernfähig sei." In einer Sitzung vom 14.11.1935 setzte sich das Woldenberger Gericht mit den Vorwürfen des Orts- und Kreisbauernführers auseinander. Es kam zu folgender Bewertung: "Nach den Ermittlungen befinden sich die Gebäude in einem minderwertigen Zustand. Das Gleiche gilt für den Viehbestand und das ganze Hauswesen. Der Betrieb befindet sich in einem Entschuldungsverfahren. Auf der anderen Seite haben die sämtlichen gutachtlich gehörten Personen zugegeben, daß die Bäuerin es an gutem Willen und Fleiß nicht fehlen lasse und sich von früh bis spät für den Hof plage. Es wird ihr von allen Seiten bescheinigt, daß sie selbst nach besten Kräften für eine Besserung bemüht sei." Das Gericht räumte ein, daß der "geringe Leutebestand in der Hauptsache schuld an der unzureichenden Wirtschaftsführung sei. Es ergibt sich danach, daß einer gewiß bestehenden Vernachlässigung des Hofes ein außergewöhnlicher Fleiß und das eifrige Bestreben der Bäuerin gegenüberstehen, die bestehenden Zustände zu verbessern." Außerdem sei "es für eine alleinstehende Frau bedeutend schwerer, einen Hof zu bewirtschaften, als für einen Mann." Nach fairer Abwägung der in Betracht kommenden Gesichtspunkte wies das Gericht den Antrag des Kreisbauernführers auf Aberkennung ihrer Bauernfähigkeit zurück. Den Richtern, die sich der Forderung der nationalsozialistisch geprägten Kreisbauernführung nicht beugten und einschüchtern ließen, ist für den ausgewogenen Urteilsspruch nachträglich Achtung und Anerkennung zu zollen.

## 2. Großvater **Paul Becker**
## und
## Großmutter **Maria** Becker, geb. **Ganz**

Die Informationen über die Vorfahren der Familie **Becker** beruhen auf der Ahnenforschung meines Vetters Wolfhart W. Während Großmutter Mumsi in Seelow, etwa 20 km westlich von Küstrin, geboren wurde, stammen die Ahnen meines Großvaters Paul Becker, wie die Familie Brauer, aus der Neumark, d.h. dem östlichen Teil der Mark Brandenburg. In Sternberg, ca. 30 km östlich von Frankfurt (Oder), lebte "ohne eigene Güter der verarmte Landedelmann Johann Sigismund von Klitzing. Er ist der letzte seines Namens in Preußen." Das Geschlecht von Klitzing ist 927 erstmals urkundlich erwähnt. Vettern des Johann Sigismund waren als einflußreiche, wohlhabende Leute in anderen Provinzen ansässig. Johann Sigismund ist der Sohn von General Georg Ernst von Klitzing. Seine Ernennungsurkunde zum Oberstleutnant ist von König Friedrich II. von Preußen, Friedrich dem Großen, unterzeichnet. General von Klitzing starb an den in der Schlacht von Kunersdorf erlittenen Verwundungen 1759 in Stettin. Seine Witwe, Elisabeth Wilhelmine von Moener, ebenfalls aus einer hochangesehenen preußischen Familie, mußte das Gut Tornow verkaufen.

Sohn Johann Sigismund, von "schwächlicher" Konstitution, eignete sich nicht für den Militärdienst. Er war Referendarius beim Kammergericht und versuchte, "ein Gütchen" zu erwerben. Wegen seiner Armut war er nicht in der Lage, standesgemäß zu heiraten. Er lebte mit seiner Wirtschafterin Elisabeth Lehmann zusammen und hatte zwei Kinder. Sohn Carl Sigismund erhielt eine qualifizierte Erziehung. Während der König 1787 die Legitimation von Carl Sigismund vornahm, erlangte Tochter Dorothea Elisabeth nicht die Rechtsstellung eines ehelichen Kindes. Sie heiratete den Besitzer der Sternberger Vordermühle Friedrich Wilhelm Schulz und war die Urgroßmutter von Paul Becker.

In den "Erinnerungen", die meine Mutter im Januar 1983 in voller geistiger und körperlicher Frische wenige Wochen vor ihrem Tode verfaßt hat, werden Leben und Wirken ihres Vaters und damit meines Großvaters eingehend geschildert, hier in gekürzter Fassung: "Mein Vater wurde am 23.2.1859 in Sternberg (Neumark) geboren und verlor im Alter von acht Jahren durch Brand beide Eltern. Ein neues Zuhause fand er bei seiner Tante, der Predigerwitwe E. Raettig. Er besuchte das Gymnasium in Frankfurt (Oder). Häufig sprach er von den fürchterlichen Hungerjahren in der Pension Padel. Nach dem Abitur studierte er Geschichte, Erdkunde, Latein und Deutsch an der Universität Greifswald. Sehr bald gründete er mit einigen gleichgesinnten Studenten den 'Verein Deutscher Studenten'. Von Greifswald ging Vater nach Berlin, um Schüler von Treitschke zu werden. Von Berlin wechselte er nach Breslau und machte dort sein Staatsexamen. Eine Beschäftigung im Staatsdienst war wegen des Stellenmangels ausgeschlossen. Er wollte aber heiraten und nahm darum eine Stelle in der evangelischen Brüdergemeinde in Schlesien erst in Neusalz, später an dem damals berühmten Pädagogium in Niesky an. Als der Staat Historiker suchte, kam Vater in den Staatsdienst, zuerst an das Gymnasium in Jauer (Schlesien), danach an das Gymnasium in Inowrazlaw [später in Hohensalza umbenannt]. Die Bewohner von Inowrazlaw waren zum großen Teil Polen. Ihr Verhältnis zu den Deutschen war ungestört. Viele Polen besuchten das Gymnasium. In dieser Stadt begann seine politische Tätigkeit.

Im Jahr 1901, zum 200-jährigen Bestehen des Königreiches Preußen, hielt er am 18. Januar eine zündende Ansprache, die dann im Druck erschien. Ich weiß noch - sie begann mit den Worten: 'Am 18. Januar 1701 setzte sich Friedrich selbst die Königskrone aufs Haupt'. Für seine Schüler stellte er die Geschichtszahlen von der Antike bis zur Gegenwart in einer Tabelle zusammen. 1903 wurde Vater an das humanistische Gymnasium in Meseritz versetzt. Meseritz hatte nur 6 000 Einwohner, war aber eine lebendige Kleinstadt mit viel Geselligkeit. Und hier fing die Parteipolitik an. Mit Graf Kuno von Westarp, deutschkonservativer Fraktionsführer im Reichstag, hielt er überall in der Umgebung Parteiversammlungen für die freikonservative Partei ab. Einmal wurden sie unterwegs so mit Steinen beworfen, daß nur die schnelle Reaktion des Kutschers verhinderte, daß sie getroffen wurden. 1905 bekam er vom Kaiser Wilhelm II. eine Mittelmeerfahrt auf dem Kaiserschiff 'Meteor' geschenkt. Zwölf Direktoren, einer aus jeder preußischen Provinz, waren dazu eingeladen. Es ging über Lissabon, Teneriffa, Tunis, Algier, Kairo nach Genua und Venedig. Aus Italien ließ er eine herrliche Büste des Hermes (von Praxiletes) nach Hause schicken. 1909 wurde auch Meseritz zur Episode, es folgte das Humanistische Gymnasium mit Oberrealschule in Schneidemühl. Es waren sorgenlose Jahre mit Gesellschaften, Kasinobällen, akademischen Abenden, auf denen beliebte Studentenlieder gesungen wurden. Und dann kam 1914. Zuerst Siegesnachrichten von der ganzen Front: Auf dem Meere die U-Boote, die Emden, das Graf-Spee-Geschwader, in der Luft Boelck, Immelmann, von Richthofen, zu Lande Hindenburg, Ludendorff, von Mackensen. In der Heimat 'Gold gab ich für Eisen', Kriegsanleihen, Einschmelzen der Kirchenglocken, Lebensmittelkarten und 1918 das Kohlrübenjahr. Der Hunger. Jeden Tag mußte der Schmachtriemen enger geschnallt werden. Die amerikanischen Panzer veränderten das Gesicht des Krieges, Schützengrabenkrieg, Rückzug, der große Zusammenbruch, jetzt 'le grand debacle' von Deutschland. Der Kaiser ging nach Holland. Das Kaiserreich war erloschen.

Am 9. November 1918 kam morgens in aller Frühe der Hausmeister zu meinem Vater: 'Herr Direktor, wir müssen eine rote Fahne aufziehen. Wir sind Kommunisten geworden.' Vater antwortete ruhig: 'Nein. Wir bleiben schwarz-weiß-rot'. Der Arbeiter- und Soldatenrat entstand. Eines Tages sagte der einzige SPD-Anhänger im Kollegium, der 'rote Kollege' genannt: 'Eigentlich müßte man den Direktor warnen. Es soll nachmittags eine Versammlung des Arbeiter- und Soldatenrates auf dem Markt gegen ihn stattfinden. Er soll verhaftet werden.' Sein Freund Professor Philipp hinterbrachte ihm die Warnung. Der jüdische Buchhändler Mottek mahnte: 'Herr Direktor, gegen Sie wird eine Versammlung einberufen. Kommen Sie zu mir, bei mir vermutet Sie kein Mensch.' Mein Vater dankte ihm, aber schlug die Zuflucht aus. Die Versammlung fand auf dem Markt statt. Kurz darauf klingelte irgendjemand und erzählte, er käme vom Markt, da wäre gesagt worden von dem Hauptredner, der Direktor Becker wäre nicht schuld, er brauchte nicht festgenommen zu werden. Am nächsten Tage gegen Abend kamen zwei Männer mit einem Polizeihund, verlangten ins Amtszimmer zu gehen, um zu erkunden, ob Hetzmaterial gegen den Arbeiter- und Soldatenrat vorläge, forderten Einsicht in die Aufsatzhefte der drei oberen

Klassen, um zu sehen, ob Agitationsthemata behandelt würden. Sie fanden nur Arbeiten mit Titeln 'Was heißt und zu welchem Zweck studiert man Universalgeschichte?' Damit konnten sie nichts anfangen. Die Lage beruhigte sich. Die Parteien wurden gegründet. Wieder war es Graf Westarp, der meinen Vater veranlaßte, die Deutsch-Nationale Partei zu gründen. Gleich bei seinem ersten Aufruf fand er große Zustimmung. Die erste Versammlung verlief ruhig. Dann wurde die Versammlung, zu der ein Oberstleutnant Sturm aus Berlin geschickt war, in dem größten Saal Schneidemühls abgehalten. Schon als wir den Saal betraten, sahen wir merkwürdige Gestalten. Sie hatten zumeist kleine Hunde mit roten Schleifen im Arm. Vaters Eröffnungsrede verlief ungestört. Aber dann erhob sich plötzlich ein Riesenspektakel: Männer johlten, Hunde bellten, Stühle flogen durch die Reihen. Dore und ich stürzten auf die Bühne, um unseren Vater zu schützen. Alsbald nahte der Führer der Sozialdemokraten Beeskow, gab Vater eine Taschenlampe und sagte: 'Da hinten ist eine Tür zum Hofe. Retten Sie sich schnell'. Wir gingen zum Hintereingang, mußten über einen Zaun klettern und befanden uns dann auf einem Feldwege. Ein Sozialdemokrat hatte ihn gerettet, wie zuvor ein jüdischer Buchhändler.

Die Partei meines Vaters wurde die größte in Schneidemühl. Die bislang lose verbundenen Parteigliederungen der anderen Kreise schlossen sich zur Landespartei zusammen. Vater erhielt den Vorsitz. Gleichzeitig wurde er als Vertreter der Grenzmark Posen-Westpreußen in den Reichsrat gewählt. Jeden Donnerstag fuhr er zur Sitzung des Reichsrates nach Berlin. Sein Kollegium nannte ihn den Reisedirektor. Sein größtes Erlebnis war die Einladung von Abgeordneten zum Empfang beim Reichspräsidenten von Hindenburg in Hannover. Er hat seinen Eindruck ungefähr so geschildert: 'Wir waren alle versammelt. Da öffnete sich die eine Flügeltür. Das Deutschlandlied erklang leise. Hindenburg stand ganz ruhig da. Später begrüßte er uns alle persönlich. Zu mir sagte er: 'Sie kommen aus meiner lieben Provinz Posen. Ich habe dort eine glückliche Zeit gehabt'.

Neben Parteipolitik vernachlässigte er nicht seine wissenschaftliche Arbeit. Er verfaßte die Geschichte von Meseritz. Die meisten Urkunden lagen im Archiv in Danzig. So

fuhren Lotte und ich als Schreibhilfen mit ihm nach Danzig durch den polnischen Korridor an der herrlichen Marienburg vorbei. Dann schrieb er die Geschichte von Schneidemühl. Seine Schriften liegen im Herderinstitut in Marburg. Er veröffentlichte zahlreiche Beiträge für die historische Zeitschrift "Grenzmärkische Gesellschaft zur Pflege und Erforschung der Heimat". Sein besonderes Interesse galt Brenckenhoff, der von Friedrich dem Großen beauftragt war, den Netzebruch zu entwässern und zu kultivieren. Außer dem Vorsitz in der 'Grenzmärkischen Gesellschaft', in der Deutsch-Nationalen Volkspartei und als Mitglied im Reichsrat leitete er den Evangelischen Bund, den Diakonissenverein, war Mitglied der Generalsynode und der Prüfungskommission für evangelische Theologen in Posen. Sein Lieblingsaufenthalt war und blieb der Schreibtisch. Dort hing das wunderbare Bild von meiner Mutter, in Öl gemalt von Rudolf Hellgreve, einem entfernten Vetter und bekannten Afrika-Maler. Dort stand seine geliebte Hermesbüste. Hier hing eingerahmt der Vers von Fichte, von einem seiner Primaner für ihn kalligraphisch aufgezeichnet:
' *Du sollst an Deutschlands Zukunft glauben, an deines Volkes Auferstehen! Laß diesen Glauben dir nie rauben trotz allem, allem, was geschehen. Und handeln sollst du so, als hinge von dir allein die Zukunft ab in allen Dingen, und die Verantwortung wär dein.*'

Wie Vater sagte, war 'der größte Glückszufall seines Lebens die Wahl seiner Lebensgefährtin'. Unsere Mutter war nur Liebe und Güte. Ich habe niemals ein lautes und hartes Wort von ihr gehört. Sie hat soviel Angst gehabt um Vater, doch hat sie sich niemals etwas anmerken lassen. Auch um ihren einzigen Sohn Erich, Leutnant der Infanterie, Beobachter bei den Fliegern in der 'Hölle von Verdun'.
Als Vater 1914 aus der Klinik in Posen so leidend nach Hause kam und uns die Tränen liefen, sagte sie gefaßt: 'Seid ruhig! Wir stehen alle in Gottes Hand'. Vielleicht war ihre tiefe Religiosität die Quelle ihrer Selbstbeherrschung und Güte. Diese Güte empfand auch unser 5-jähriger Eckart als Geborgenheit. Als nämlich eine englische Studentin bei uns weilte und wir bei Tisch englisch sprachen und er kein Wort verstand, erhob er sich und eilte zu meiner Mutter. Ich sah Vater zum letzten Mal Anfang Juni 1931, als ich den Kinderwagen mit Gert im Elternhaus gelassen hatte, um Besorgungen zu machen. Als ich zurückkehrte, schliefen beide, Großvater

und Enkel, und die Hand des Großvaters lag schützend auf der Hand des Enkels. Von den vielen Nachrufen ist mir nur der der Deutsch-Nationalen Volkspartei in Erinnerung, der die Überschrift trug: *'Der ist in tiefster Seele treu, der die Heimat liebt wie du.'"*

Der Begriff "Grenzmark Posen-Westpreußen", den Mutter in ihren "Erinnerungen" im Zusammenhang mit der politischen Tätigkeit meines Großvaters gebraucht, bedarf einer Erläuterung. Darunter ist die preußische Provinz zu verstehen, die auf Grund der Gebietsabtretungen nach dem Versailler Vertrag 1922 aus den Resten der Provinzen Posen und Westpreußen, die nicht an Polen fielen, entstand. Sie umfaßte die Landkreise Schlochau, Flatow, Deutsch Krone, den Netzekreis sowie die Kreise Meseritz, Schwerin/Warthe, Bomst, Fraustadt und den Stadtkreis Schneidemühl mit einer Fläche von 7715 qkm und 337 600 Einwohnern (1933). Großvater redete und handelte im Reichsrat zum Nutzen der Provinz Grenzmark Posen-Westpreußen. Er hat nicht mehr erlebt, wie 1938 die in der Weimarer Republik künstlich geschaffene, jedoch wirtschaftlich nicht überlebensfähige Provinz, der er sich zeitlebens verbunden fühlte, aufgelöst wurde. Seitdem bildeten die Kreise Schlochau, Flatow, Deutsch Krone, der Netzekreis und der Stadtkreis Schneidemühl zusammen mit den pommerschen Kreisen Dramburg, Neustettin und den neumärkischen Kreisen Arnswalde und Friedeberg den Regierungsbezirk Schneidemühl, zugleich Regierungshauptstadt, mit 11 457 qkm und 479 272 Einwohnern (1939).

Das weitgesteckte und ausgedehnte pädagogische, wissenschaftliche und politische Aufgabenfeld meines Großvaters brachte eine Reihe gesellschaftlicher Verpflichtungen mit sich. Wie Mutter erzählte, mußten sich Eltern und ihre sechs Kinder oftmals mit einem Stück trockenen Brots begnügen, weil die kostspieligen Aufwendungen für Einladungen, Empfänge und die Beschäftigung von Hauspersonal das Gehalt eines Oberstudiendirektors überstiegen.

Ein Bogen mit dem Zirkel von der Vergangenheit zur Gegenwart geschlagen, zeigt den Kreislauf des Lebens. Mir wurde warm ums Herz, als der langjährige pädagogische Leiter der Humboldtschule in Wiesbaden, Studiendirektor Drews, mich auf einem Kollegiumsausflug wissen ließ, daß mein Großvater ihn als Sextaner ins Schneidemühler Gymnasium aufgenommen, mit Handschlag begrüßt, eingewiesen und zur Arbeit ermuntert hatte.

# Drittes Kapitel

## KINDESALTER und JUGEND

### 1. Kindheit in Schneidemühl (Grenzmark Posen-Westpreußen)

*"...wer wäre imstande, von der Fülle der Kindheit würdig zu sprechen"*

Die Stationen meines Lebens, die in der Rückblende skizziert werden, hängen eng mit zahlreichen Ortschaften zusammen, die eine entsprechende Gliederung des autobiographischen Abrisses nahelegen. Vorausgeschickt wird ein Kurzbericht über meinen Geburtsort Schneidemühl, dessen Entstehung und Wachstum Großvater Becker nachgegangen ist. Verschiedene Publikationen hat er der Stadt und dem Grenzland gewidmet.

Schneidemühl liegt an der Küddow. Die Küddow mündet in die Netze, die ihrerseits in die Warthe fließt. Unregelmäßig greift der Ort, der 1513 Magdeburger Stadtrecht erhielt, auf das kiefernbewaldete Umland über. Im 19. Jahrhundert setzte ein zügiger Ausbau der Stadt und der Vororte ein. Mit der Ausdehnung der Infrastruktur entstanden Jahr um Jahr etliche Verwaltungsgebäude. Nach der Errichtung des Bahnhofs (1851) lag Schneidemühl an der Verkehrsader von West nach Ost. Der Eisenbahnbau der Preußischen Ostbahn mit ihren Strecken Kreuz - Schneidemühl - Bromberg (1851), Schneidemühl - Flatow (1871), Schneidemühl - Neustettin (1879), Schneidemühl - Deutsch Krone (1881) erhob die Stadt zu einem wichtigen Verkehrsknotenpunkt, der eine vielfältige Industrie anzog, u.a. Brauereien, Möbel- und Maschinenfabriken. Darüber hinaus entwickelte sich Schneidemühl zu einem kulturellen Zentrum: Volks- und weiterführende Schulen, eine Hochschule, das Grenzlandtheater, Forschungsinstitute, das Geheime Staatsarchiv, die zentrale Grenzmarkbücherei und das Provinzialmuseum. Analog der politischen Neugliederung erfolgte kirchlicherseits eine Neuordnung. Im Jahre 1923 wurde Schneidemühl Sitz eines Generalsuperintendenten und 1924 eines Konsistoriums. Für die katholische

Kirche wurde die Provinz zur "Freien Prälatur Schneidemühl", eine selbständige kirchliche Institution mit bistumsähnlichem Charakter; ihr Amtsinhaber nahm die Priesterweihe vor und übte sämtliche Rechte und Pflichten eines Diözesanbischofs aus.

Seit 1914 war Schneidemühl kreisfrei. 1919 mußten die Alliierten aufgrund heftiger Proteste der Bürger, an denen Großvater maßgeblich beteiligt war, die bereits beschlossene Übergabe der Stadt an Polen rückgängig machen. Sie wurde zum einzigen Grenzübergang nach Polen. Seit 1922 war Schneidemühl Provinzialhauptstadt der Rumpfprovinz Grenzmark Posen-Westpreußen. Eine rege Bautätigkeit trug der Verlagerung der Provinzialbehörden sowie der Handwerks-, Gewerbe- und Landwirtschaftskammern aus Bromberg nach Schneidemühl - bedingt durch die Gebietsabtretungen nach dem Versailler Vertrag - Rechnung.

Die Chronik des Jahres 1931 verzeichnet für Sonntag, den 1. März, als ich das Licht der Welt erblickte, folgende Begebenheiten von allgemeinem Interesse: Im Deutschen Reich tritt rückwirkend eine Änderung des Reichspressegesetzes von 1874 in Kraft. Personen, die durch Immunität vor der Strafverfolgung geschützt sind (wie z.B. Abgeordnete), dürfen nicht mehr verantwortliche Redakteure periodisch erscheinender Publikationen sein. - Der britische Außenminister Arthur Henderson beendet seinen am 26. Februar begonnenen Besuch in Rom. Es ist ihm gelungen, die italienische Regierung zu einer Zustimmung zur Flottenabrüstung zu bewegen. - Die deutsche Zigarettenindustrie führt die Fünftagewoche mit 42,5 Arbeitsstunden ein. Den 28 000 Beschäftigten dieser Branche werden 45 Arbeitsstunden bei der Lohnzahlung angerechnet. - Im Berliner Varieté-Theater tritt die ungarische Sängerin und Tänzerin Marika Rökk auf.

Der Tag, an dem meine Lebensgeister erwachten, liest sich familiengeschichtlich folgendermaßen: Am 1. März 1931 wurde ich, <u>Gert</u> Rudolf Friedrich Brauer, als Sohn des Mittelschullehrers Hans Brauer und seiner Ehefrau Friede, geb. Becker, in Schneidemühl geboren. Das Geburtshaus, Schmiedestraße 12, steht nicht mehr. Das häusliche Fluidum und Umfeld in den frühen Schneidemühler Tagen beleuchten

Schilderungen aus erster Hand. Über die Baby- und Kleinkindphase gibt es einige spontane Niederschriften. Da Tante Dore als einziges Familienmitglied 1925 in den Westen, zuerst nach Nienburg an der Weser, 1926 nach Marburg an der Lahn zog, entstand eine rege Korrespondenz zwischen ihr und der Schneidemühler Verwandtschaft. Dank ihres Gespürs für die Aufbewahrung wertvoller Dokumente sind ein paar Briefe von meinen Eltern und Großmutter Mumsi überliefert. *"Briefe"*, so lautet eine dichterische Weisheit, *"sind so viel wert, weil sie das Unmittelbare des Daseins aufbewahren. Deshalb gehören sie unter die wichtigsten Denkmäler, die der einzelne Mensch hinterlassen kann."* Aus diesen Briefen werden Passagen, die Familienangelegenheiten erörtern und Einblick in die zwischenmenschlichen Beziehungen gewähren, als Zitate wiedergegeben. Eine Woche nach meiner Geburt hat Mutter am 7. März 1931 einen ausführlichen Brief an Tante Dore geschrieben:

"So eine große Freude hast Du mir gemacht mit den Sachen für meine zwei Jungens! Wie das klingt, nicht wahr! Ich bin sehr stolz auf sie und sehr selig über sie. Morgen soll er [Gert] das neue Jäckchen von Dir anziehen, sagt Schwester Ida. Das Hemdchen und das Tuch sollen zur Taufe bleiben. Ich freue mich schon so, wenn Du unser Baby sehen wirst. Daß es gerade am Sonntag kam und Lottchen hier sein konnte, war doch ein solches Glück für mich. Meine Pflegerin ist sehr gut. Aber sie ist doch so männerscheu. Sie ist nicht Krankenschwester geworden, sondern Wochenpflegerin. Nun muß sie Hans auch versehen und hat immer große Angst, ob sie es richtig macht. Unser Baby versieht sie nach allen Regeln der Hygiene. Du würdest Deine Freude haben, Dorle. Sauber, sauber und noch einmal sauber. Das Baby hat blaue Augen (große!!) und augenblicklich noch schwarze Haare (sie werden wohl aber blond werden), 54 cm lang, heute 6 Pfd 120 gr. schwer. Du wirst Dich so über den Jungen freuen. Namen: Gert Rudolf Friedrich. Rudolf - weil Hans mit dem zweiten Namen so heißt. Friedrich, weil Vater [Großvater Becker] sagte, Friedes Sohn muß Friedrich heißen. Ja, und Gert ist doch so hellklar wie eine Fanfare. Eine Fanfare zur Lebensfreude. Heute kommt nun wieder Lottchen zu uns. Eckart geht noch im Bogen herum, sagt nur 'guten Tag, Herr Baby' und weg ist er. Gestern mittag holten wir Eckart zu uns rauf, weil wir Sehnsucht nach ihm hatten, da kam er zu mir rein und sagte ganz vorwurfsvoll: 'Und bei Mumsi gibt es heute Makkaroni!'

Das ist doch sein Lieblingsessen. Aber ich bin so froh, daß der Mops bei Vati und Mutti [Großeltern Becker] sein kann; zwei Krankenzimmer sind doch zuviel für so einen kleinen vergnüglichen Mops. Da kann er doch mit Gretchen [Mumsis Hausmädchen] rumtoben und hat Bewegungsfreiheit. Ich wünsche, Hans wird bald wieder gesund. Aber der Frühling wird alles kurieren. Bärchen [Tante Annemarie] schickte dem Babychen auch gleich Strampelhöschen und ein Jäckchen. Nun adieu, Dorle, bald siehst Du meinen kleinen Sohn selbst. Hab tausend Dank!"

Aus jener Zeit ist noch ein Brief von meiner Mutter erhalten. Unter Anspielung auf eine Erkrankung schreibt sie am 26.6.1931: "Eben habe ich solche Angst um Gert gehabt. Er hat so geweint. Dr. Wasser [unser jüdischer Kinderarzt] hat zwar gesagt, es schadet nichts. Und er ist immer vergnügt und lacht. Und heute abend weinte er so sehr. Ich konnte ihn zwar beruhigen. Da rief ich Hans. Er hat ihm den kleinen Bauch massiert, und ich mußte ihm Fencheltee kochen, und dann lachte er wieder. Er guckt nur immer Hans an und lacht. So rührend gläubig guckt er ihn an. Nun schläft er mit dem Fingerchen im Munde. Morgen ist Eckarts Kinderfest. Hans und ich sollen mit ihm. Sein kleines Kinderherz hängt doch daran. Und Gert soll zu Annemiechen und Lottchen morgen. Trudes neue Wohnung soll sehr hübsch sein. Leider habe ich sie noch gar nicht fertig gesehen. Ich habe ja nicht viel Zeit. Nachmittags will ich bei meinen Babies bleiben. Die Schule ist nicht anstrengend für mich. Täglich eine Stunde Spielturnen und zweimal bis 13.00 Uhr. Montag ist frei und Mittwoch gibt es Ferien. Hans muß die "Stein"-Rede [der preußische Reformminister Freiherr vom und zum Stein] halten."

Die Briefe von Großmutter Mumsi an Tante Dore halten Momente meines Wachstums fest. In ihren regelmäßigen Berichten nach Marburg über Familienangelegenheiten fließen ihre Beobachtungen mit ein:

3.6.31: "Eckart kam gestern mit Hosen aus Lottchens Kleid und hellgrünseidener Bluse aus Friedchens, er sah aus wie ein spanischer Prinz. Sonntag hatte er hellblau an, das sah ganz niedlich aus. Sonntag kam die Familie zu uns. Der kleine Gert war sehr artig und lachte uns alle an."

**17.8.31:** "Das kleine Gertchen hat zwei Zähnchen. Er lacht und freut sich seines Lebens."

**10.9.31:** "Hans war gestern allein mit Gertchen auf dem Balkon. Der Kleine hatte alles weggestrampelt und lag ganz bloß im Wagen. Vater Hans hatte ihn schon mit der großen Reisedecke zugedeckt."

**10.12.31:** "Ich war heute bei Brauers, Friedchen holte mich um 16.00 Uhr, als sie aus der Schule kam, ab. Der kleine Gert hat ein wenig Schnupfen, er war aber zu niedlich, immerfort will er hüpfen, und dann lacht er ganz laut. Lottchen will ihm ja einen Schlafanzug nähen. Seine kleinen wollenen Höschen hat Mutter Friedchen mächtig gestopft." Nebenbei kommt Großmutter auf die kritische innenpolitische Lage der Weimarer Republik zu sprechen. Sie verweist auf Großvater, der "immer gesagt habe, daß wir einer schrecklichen Zeit entgegengehen", eine zutiefst prophetische Vorausschau. Das Schicksal hat es insofern gut mit ihm gemeint, als er diese "schreckliche Zeit" nicht mehr erleben mußte.

**14.1.32:** "... Annemiechen hat jetzt in einigen Tagen einen reizenden Anzug für Gertchen gehäkelt, den er aber erst zum Geburtstag bekommen soll."

**20.4.32:** "Heute vormittag holte mich Friede ab, da sind wir mit Gertchen spazieren gefahren, der Kleine kreischt immer ganz laut vor Vergnügen."

**4.6.32:** "Friedchen war viel bei uns mit den Kindern. Gertchen ist doch ein süßer kleiner Junge, aber alleine laufen will er noch nicht, und an einer Hand will er geführt werden. Gestern hat sich Friedchen auf das Sofa gesetzt und ihn an den Sessel gestellt, da sollte er alleine zu ihr kommen, da hat er so geschrien, daß er wieder blau wurde. Friedchen hat sich sehr geängstigt darüber."

**20.6.32:** "Gestern waren Friedchen und ich mit dem kleinen Gert auf dem Friedhof. Hans war mit Eckart nach Woldenberg gefahren zum alten Vater [Julius Brauer]."

**2.9.32:** "Am Sonntag nachmittag kamen Brauers an [aus dem Urlaub von der Ostsee], sie fuhren gleich nach Hause, und ich hatte eben Kaffee gekocht. Sie sind alle ganz braun. Gertchen hat die ersten beiden Tage immer leise geweint, als er das große Meer gesehen hat, nachher hat er immer sehr vergnügt im Wasser herumgepatscht."

**14.11.32:** "Friedchen kommt vormittags immer mit dem kleinen Gert zu mir. Wenn sie die Milchstraße weitergehen will, dann zieht er sie um die Ecke zu uns [Albrechtstraße 16] her, der kleine Junge ist zu niedlich."

20.1.33: "Am Sonntag waren wir draußen und trafen beim Schülerheim Brauers mit Gertchen, es war so ein scharfer Ostwind, Gertchen lachte gar nicht, zu Hause hat er dann geschrien und sehr gehustet. Nun blieb der Kleine alle Tage im Zimmer, gestern nachmittag war er wieder draußen und heute vormittag kam er zu mir. Er war wieder sehr vergnügt, suchte gleich sein Buch und den Schaukelstuhl."

Das ist der letzte Brief von Großmutter Mumsi, die Tante Charlotte zufolge "die verkörperte Liebe und Freundlichkeit war, die keinem Menschen ein böses Wort sagen konnte, unser fleißiges Muttchen."

Anfangs in Schneidemühl aus unmittelbarer Nähe, danach aus der Entfernung, hat Tante Charlotte, liebevoll Lotte oder in Koseform Lottchen genannt, mein Heranwachsen von Geburt an verfolgt. Sie schloß sich im Dritten Reich der "Bekennenden Kirche" an. Eine deswegen verfügte Strafversetzung aufs Land konnte ihr Glaubensbekenntnis nicht anfechten. Meinen verschlungenen Werdegang hat Lottchen in gütiger Zuneigung begleitet. In ihren "Streiflichter aus Gerts Leben", in denen sie die Entwicklung bis zum 30. Lebensjahr beschrieben hat, weiß sie über die Kinderjahre in Schneidemühl zu berichten:

"Die Maisonne scheint wärmend ins Zimmer. Der Großvater verläßt seinen Schreibtisch. Tagsüber arbeitet er an der Geschichte der örtlichen Heimat. Müde vom Schaffen seines regen Geistes legt er sich auf das Sofa. Die Tür öffnet sich, und man schiebt den Kinderwagen neben ihn. Lächelnd legt er seine Hand auf das Kinderbettchen. Ahnt er, daß der Enkel dereinst in seine Fußstapfen treten und sich auch dem Studium der Geschichte zuwenden wird? Bald umfängt ein sanfter Schlummer das vergehende und das aufblühende Leben.
Zwei Jahre sind verflossen. Gert kommt an Muttis Hand oft in die Albrechtstraße 16, um Mumsi zu besuchen. Er äußert Freude und Mißfallen in temperamentvoller Weise. Alles, was ihm mißfällt, wird mit einem Wort erledigt: 'dadau'. Wieder besucht er einmal Mumsi. Da ist ja auch Annemie, die so schön mit ihm spielen kann. Aber heute beachtet sie ihn wenig; denn da sitzt ein großer Mann neben ihr, der W. W. heißt und der dem kleinen Gert den Rang streitig macht. Man merkt es erst gar nicht,

daß Gert verschwunden ist. Dann sucht man ihn in den Nebenzimmern. Er ist nicht da. Ein langer Gang führt zur Küche. Welch ein Anblick! In der Mitte der Küche ist ein Schemel geschoben, dahinter hockt gleich einer kleinen Eule mit vorwurfsvollen Augen Gert wie hinter einer Barrikade. Auf den Anruf, doch mitzukommen, erklärt er energisch: 'Nein, Nann Jeede - dadau'.

Ein warmer Sommertag. Da geht's mit dem Omnibus in das herrlich gelegene Strandbad am See mitten im Walde. Man hat dort einen breiten Strand geschaffen und den schönsten weißen Sand angefahren. Da kann man sich sonnen, schwimmen und rudern und atmet den kräftigen Duft der Kiefern. Mutti und Gert vergnügen sich dort auch. Mutti hat eine gute Bekannte getroffen, Erika Moek, mit der sie bald in eifriger Unterhaltung ist. In einiger Entfernung müht der zweijährige Gert sich ab, ein tiefes Loch zu buddeln. Nur ab und zu trifft ein vernichtender Blick Erika Moek. 'Gert, was machst du denn da?' fragt Mutti. Die Antwort: 'Ka Moek - dadau - Loch buddeln - Ka Moek reinstecken'.

Gert liebt das weibliche Geschlecht wenig. Er geht mit Mutti die Milchstraße entlang. Da liegt auch der Schulhof des Lyzeums. Eine dicke Mauer trennt ihn von der Außenwelt. Der Lärm lockt den kleinen Gert, die Mauerpforte, die nur angelehnt ist, ein wenig zu öffnen. Doch schreckerfüllt stürzt er zu seiner Mutter: 'Lauter Jeiber, lauter Jeiber!' Seine Spielgefährten sind alle kleine Jungen aus der Nachbarschaft. Da sammelt sich oft eine ganze Schar lärmender kleiner Burschen. Wenn sie marschieren, schlagen sie mit den Stöcken den Takt, einer sogar mit einer Trommel. Gert marschiert mit hochrotem Kopf voran, singend: 'Kamerad, Kamerad, alle Mädchen müssen warten!'.

Einmal ist der Vierjährige nicht unter der Schar. Er ist weg, spurlos verschwunden. Wo ist Gert? Großalarm im Hause und in der Nachbarschaft. Die Suche beginnt. Mutti ist aufgeregt und läuft nach vergeblichem Suchen die Straße entlang, die nach dem Sandsee und dem Dorfe Stöwen führt. Da erblickt sie in der Ferne einen kleinen Punkt. Sie läuft weiter. Da hat sie den kleinen Ausreißer, der sich mit seinem Roller aufgemacht hat, die weite Welt zu erforschen. Doch da hat er noch lange Zeit, und friedlich kehrt er an Muttis Hand heim."

Über meine Kindheitstage in Schneidemühl machte sich auch Tante Dore Gedanken.

Anläßlich meines 50. Geburtstages am 1. März 1981 hat sie bei unserer Familienfeier folgende Verse vorgetragen:

*Tempi passati*

*"Ganz klein war er vor 50 Jahren.*
*Wie viele Paten damals waren,*
*das weiß ich leider nicht geschwind.*
*Der Bruder, der war ja schon groß*
*und nahm ihn bald auf seinen Schoß.*
*Im Kinderwagen hat Mutti ihn gefahren*
*zur Albrechtstraße, wo die Großeltern waren.*
*Der Wagen an dem Sofa stand*
*und Großvater hielt seine kleine Hand.*
*Als dann ein Jahr vergangen war,*
*da lief er schon, das ist doch klar.*
*Er nahm die Mumsi bei der Hand,*
*weil er dann oft was Gutes fand.*
*Ihr "Gertchen" konnte alles haben.*
*Er konnte vieles auch schon sagen.*
*Mal sah er auf dem Schulhof hin,*
*da kam es ihm doch in den Sinn,*
*daß es ja lauter "Jeiber" waren,*
*mit schwarzen und mit blonden Haaren.*
*Doch auch "Nann Jeede" war "dadau".*
*Er war zwar keine böse Frau,*
*schnell mußte er in Deckung gehen,*
*sobald der Onkel war zu sehen."*

Ostern 1937 erfolgte meine Einschulung in Schneidemühl. Nachdem ich die 1. Klasse ein halbes Jahr lang besucht hatte, endete mit dem Umzug nach Woldenberg im Herbst 1937 meine öffentliche Grundschulbildung.

## 2. Fuhrmann auf dem Birkenhof (Woldenberg/Neumark)

*"Jugendeindrücke verlöschen nicht, auch in ihren kleinsten Teilen"*

*"Das Leben des Bauern ist ein langer Werktag."* Der Wahrheitsgehalt von Georg Büchners Sentenz war Tante Hannchen wie auf den Leib geschrieben. Obwohl Hannchen keine Mühe scheute, gelang es ihr nicht, für den Hof, den sie nach dem Dafürhalten des Gerichts im Jahre 1933 in "stark heruntergewirtschaftetem Zustand übernommen hat, bei den immer noch schwierigen Wirtschaftsverhältnissen, eine merkliche Besserung zu erzielen." Dem Anerbengericht zufolge, das sich 1937 die nationalsozialistische Diktion teilweise zu eigen machte, hatten sich "die Verhältnisse des Hofes nicht gebessert, sondern weiter verschlechtert. Es ergibt sich deshalb die Notwendigkeit, die Leitung des Betriebes in andere Hände zu geben, damit der Hof rentabel bestellt und in die Lage versetzt wird, im Rahmen des Vierjahresplanes seine Pflicht im Interesse des Volkes zu erfüllen. Die Bäuerin hat sich aus diesem Grunde entschlossen, ihrem Bruder Hans den Hof zu übertragen." Wäre ihr Bruder dazu nicht bereit, müßte "im Rahmen der gesetzlichen Möglichkeiten zwangsweise ein Wechsel in der Betriebsführung herbeigeführt werden." Der Meinungsumschwung der Richter vollzog sich vor dem Hintergrund der Einbeziehung der Land- und Ernährungswirtschaft in den Vierjahresplan von 1936 mit seinem absoluten Vorrang für Industrialisierung, Aufrüstung und einer verstärkten Reglementierung, die zur Erhöhung der Agrarproduktion führen sollte. Infolgedessen war im Jahre 1937 mit einem Gerichtsbeschluß zu rechnen, der Grundstück und Hof dem Familieneigentum entziehen würde. Der folgenschwere Sachverhalt stellte Vater vor die Alternative: Entweder Ausübung der Unterrichtstätigkeit unter Inkaufnahme der Spannungen mit der Partei und Schulbehörde oder Umsatteln, gekoppelt mit der Übernahme von Haus und Hof in Woldenberg, d.h. fernstehende und unbekannte Herausforderungen zu akzeptieren. Die schwelenden Konflikte mit Funktionären der Partei und des Lehrerbundes, ein der NSDAP angegliederter Berufsverband, der "für die Durchführung der politisch-weltanschaulichen Ausrichtung aller Lehrer im Sinne des Nationalsozialismus verantwortlich" (Organisationshandbuch der NSDAP) war, haben

die Wege nach Woldenberg geebnet, genährt von der Hoffnung "Landluft macht frei". Unterschwellig wirkte der Gedanke mit, das Erbe der Vorfahren nicht abzuschreiben. Dennoch ist der Entschluß meinen Eltern, vor allem Mutter, die sich ihrem Naturell gemäß und unter dem Eindruck ihrer Jugendzeit in Berlin und Potsdam eher als Stadtmensch fühlte, keineswegs leicht gefallen. Beide Elternteile waren sich darüber im Klaren, daß das fremde und ungewohnte Leben auf dem Lande Auswirkungen auf die ganze Familie haben würde.

Von der rechtlichen Seite gab es keine Schwierigkeiten. Das Gericht machte gegen Vaters "Bauernfähigkeit keine Bedenken geltend." Vielmehr bot er für die Richter "die Gewähr, daß eine Besserung der Wirtschaftsführung des Hofes zu erwarten ist." Zudem würde mein Vater "über gewisse Barmittel verfügen, die ihn in die Lage versetzten, notwendige Verbesserungen des Betriebes vorzunehmen." Unter diesen Voraussetzungen kam es zu dem "Überlassungsvertrag" vom 26. Juni 1937. Darin wurde u.a. vereinbart, daß die Übergabe des Grundstückes von Tante Hannchen an Vater am 1. Juli 1937 stattfinden sollte. Tante Hannchen, die sich von früh morgens bis spät abends für Haus und Hof abrackerte, erhielt Wohnrecht und ein lebenslängliches Leibgedinge. Alea iacta est!

Woldenberg liegt am Südufer des Großen Sees, in den an der Ostseite der Stadt das "Merenthiner Fließ" mündet. Die Innenstadt, im Grundriß ein Fünfeck, hatte einen viereckigen Marktplatz, an dem noch heute die Stadtkirche steht, ein spätgotischer Backsteinbau, in der Eckart im Jahre 1940 konfirmiert wurde. Wahrscheinlich 1293 von den Askaniern angelegt, wurde Woldenberg 1313 als deutsche Stadt mit Brandenburger Recht bezeichnet. Von der Stadtwehr sind einige Mauerreste mit einem Turm erhalten. Seit 1455 war Woldenberg brandenburgische Immediatstadt, d.h. eine dem Landesherrn oder der Regierung unmittelbar unterstellte Stadt. 1710 vernichtete ein Brand die Ortschaft, die nach einem neuen Plan wieder aufgebaut wurde. Woldenberg erhielt 1847 einen Eisenbahnanschluß nach Stargard, und 1848 wurden die Strecken nach Kreuz und Posen ausgebaut. Das Stadtgebiet vergrößerte sich um das Bahnhofsviertel und Industriebetriebe, u.a. Öl- und Getreidemühlen sowie Ziegeleien.

Die Stadt Woldenberg gehörte zum Landkreis Friedeberg, der 1939 insgesamt 52 499 Einwohner zählte. Nahe Friedeberg und Woldenberg lagen auf einer Grundmoränenplatte, wie auf übergroßen Rodungsinseln, ausgedehnte landwirtschaftliche Nutzflächen, zu 5,4% mit Weizen und Zuckerrüben genutzt, zu 57,6% mit Roggen und Kartoffeln. An der Südseite des Hauptmoränenzuges senkt sich die Landschaft zum Netzetal ab, dem ehemaligen Thorn-Eberswalder Urstromtal. Die ursprüngliche Bruchlandschaft wurde im 18. Jahrhundert trockengelegt. Weite Wiesenflächen, etwa 25% der gesamten Nutzfläche, erstreckten sich entlang kanalisierter Flüsse und Bäche. Um die Urbarmachung hat sich unter Friedrich dem Großen besonders der geheime Finanzrat von Brenckenhoff - dessen Maßnahmen waren ein bevorzugter Forschungsgegenstand von Großvater Becker - bleibende Verdienste erworben. Seit den friderizianischen Reformen wurde der Kreis Friedeberg planmäßig aufgeforstet, so daß eine typische Kiefernlandschaft dieser Gegend ihr Gepräge verleiht. Der Wald nahm ungefähr 40% der Kreisfläche ein. Ackerbau wurde vorwiegend von kleinen bis mittleren Bauernhöfen betrieben, fast die Hälfte von ihnen waren zwischen 5 und 20 ha (1 ha = 4 Morgen) groß. Unser Eigentum umfaßte 45 ha. Um Woldenberg und Friedeberg gab es Großgrundbesitz, die sog. Rittergüter. Von insgesamt 39 843 Beschäftigten waren 53% in Land- und Forstwirtschaft, 33% in Industrie und Handwerk und 13,2% in Handel und Verkehr tätig. Die Gewerbebetriebe, die sich im wesentlichen mit der Nutzung des Waldes befaßten, waren hauptsächlich in den städtischen Siedlungen Woldenberg, Friedeberg und Driesen konzentriert. Neben der Viehzucht war der Obstanbau ein wichtiger Wirtschaftszweig. Nach Auflösung der Grenzmark Posen-Westpreußen wurde der Kreis Friedeberg 1938 der Provinz Pommern angeschlossen, ein Beschluß, der Vater - ob nun "Muß-Pommer" oder "Beute-Pommer" - als überzeugtem Neumärker und damit Brandenburger gegen den Strich ging.

Die Neumark umfaßte die nordöstlich der Oder gelegenen Kreise der Provinz Brandenburg, die sich nördlich des Netze-Warthe-Bruchs bis auf die Erhebungen des Pommerschen Höhenrückens erstreckten. Seit dem 13. Jahrhundert dehnten die Markgrafen von Brandenburg ihre Herrschaft zwischen Pommern und Polen bis zur

Drage aus. Bis um 1400 hieß die Neumark "Terra trans Oderam", hernach "Nova Marca". Von 1402 bis 1455 war die Neumark im Besitz des Deutschen Ritterordens, der sie wieder an Brandenburg verkaufte. Markgraf Hans von Küstrin besaß die Neumark als eigenen Territorialstaat von 1535 bis 1571. Nach dem Wiener Kongreß wurde die Neumark Teil der Provinz Brandenburg, und 1938 fielen die Kreise Arnswalde und Friedeberg, wie oben erwähnt, an Pommern. In der von Land- und Forstwirtschaft geprägten Region beschränkte sich die Industrie auf die Verarbeitung der landwirtschaftlichen Erzeugnisse, u.a. in Mühlen, Sägewerken, Holzwollefabriken und Textilverarbeitungsbetrieben und auf die Belieferung der Landwirtschaft mit Waren aus Maschinenfabriken, Ziegeleien und Elektrobetrieben.

Am 29. Oktober 1937 zogen wir von Schneidemühl nach Woldenberg. Über Nacht wurden die Lebensgewohnheiten auf den Kopf gestellt. Die bürgerlichen und urbanen Konventionen wichen den ländlichen Gepflogenheiten. Die Umstellung von einer - nach damaligen Maßstäben - komfortablen Vierzimmer-Stadtwohnung in Schneidemühl auf ein von Nachbarn weit entferntes, einzeln stehendes Gehöft bedeutete eine grundlegende Veränderung der bisherigen Lebensverhältnisse. Statt mit elektrischem Licht, Zentralheizung, fließendem kalten und warmen Wasser mußten wir uns mit Petroleumlampen, Kachelöfen und einer Pumpe auf dem Hof begnügen. Zu den Defiziten an zivilisatorischen Annehmlichkeiten trat der Mangel an fähigen Landarbeitern. Außer Tante Hannchen, die als zuverlässige Helferin den ganzen Tag eingespannt war, standen lediglich zwei gutwillige, aber unselbständige Arbeitskräfte in Brot und Lohn: Gustav K., der sonnabends zu seiner Wohnung in Woldenberg pilgerte und sich montags in der Frühe zurückmeldete, und Johann L., der aus Posen zu uns gestoßen war und sich im Pferdestall häuslich eingerichtet hatte. Hin und wieder einkehrende Handwerksburschen, die für Holzhacken eine warme Mahlzeit erhielten, waren unsichere Kantonisten. Unter diesen Bedingungen sollten die Felder bestellt, Ernteerträge gesteigert, der Viehbestand vergrößert und die Wirtschaftsgebäude (Pferde- und Kuhstall sowie die Scheune) renoviert bzw. neu gebaut werden. Beschwerliche und arbeitsreiche Jahre, die Kräfte und Nerven kosteten, kamen auf meine Eltern zu. Über die tägliche Anspannung und Heidenarbeit verloren sie kein Wort. Ebenso nicht über die materielle und finanzielle

Bedrängnis, in die sie von heute auf morgen gerieten. Aus familiengeschichtlicher Sicht stellte der Umzugstag von Schneidemühl nach Woldenberg eine Zäsur dar. Eine neue Ära begann.

Für mich erhob sich die Frage der schulischen Weiterbildung. Der Erbhof, den ich fortan *Birkenhof* nenne, lag etwa 4 bis 5 km von der Stadt Woldenberg entfernt. Vater hatte diesen Namen wegen der vielen Birken, die - inmitten einer Apfel- und Birnenplantage - einen Ententeich, auf dem ein Kahn schaukelte, einrahmten, vorgesehen, doch die amtliche Umbennung unterblieb aufgrund der Kriegsereignisse. Eine Busverbindung existierte nicht. Meine Eltern konnten es nicht verantworten, einen Erstkläßler allein per pedes oder pedales im Sommer und Winter bei Wind und Wetter zur Volksschule nach Woldenberg zu schicken, obwohl der Birkenhof direkt an der Hochzeiter Chaussee - als Markgrafenweg von Landsberg (Warthe) nach dem Ort Hochzeit im 13. Jahrhundert angelegt und 1934 zur Reichsstraße 1 gekürt, von Aachen über Düsseldorf, Dortmund, Hildesheim, Magdeburg, Berlin nach Königsberg (Ostpreußen) - verkehrsmäßig günstig lag. Deshalb beantragten meine Eltern beim zuständigen Schulrat eine Sondergenehmigung zur Unterrichtserteilung auf privater Basis, d.h. Mutter sollte meine weitere Schulbildung in die Hand nehmen. Am 1.1.1938 gestattete ihr der Regierungspräsident in Frankfurt (Oder), ihre "Kinder Eckart und Gert im Winterhalbjahr selbst zu unterrichten." Mit Ablauf des Halbjahres stellte sie im Sommer 1938 einen Antrag auf Verlängerung der Unterrichtserlaubnis. Nach Vorlage eines Gutachtens durch das staatliche Gesundheitsamt erteilte der Regierungspräsident am 18.5.1938 Mutter die Genehmigung, "daß Ihr Sohn Gert auch im Sommerhalbjahr von dem Besuch einer öffentlichen Schule befreit wird. Der Unterricht wird von dem Herrn Kreisschulrat überwacht werden." Der letzte Satz dieser Verfügung, vom grünen Tisch aus erdacht, blieb Theorie. Seinerzeit freute ich mich darüber wie ein Schneekönig. Von nun an beantragten meine Eltern jedes Halbjahr von neuem eine Verlängerung der privaten Unterrichtserlaubnis, so daß ich weder in Woldenberg noch anderswo - abgesehen von dem halben Jahr als Abc-Schütze in Schneidemühl - während der üblichen Grundschulzeit eine öffentliche Schule besucht habe.

Damit machte mich der Birkenhof zu einem Heimschüler. Lesen, Schreiben und Rechnen brachte mir in den Jahren 1937-1941 ausschließlich meine Mutter bei. Nach dem Frühstück sollte sich der Küchentisch in einen Schreibtisch verwandeln. Bücher und Schreibhefte wurden auf dem Eßtisch ausgebreitet. Meistens war ich für das Pauken unter Mutters Anleitung zwischen Herd und Küchenschrank wenig disponiert, denn der Blick aus dem Küchenfenster war faszinierender. Der Heimunterricht war für Mutter keine leichte Aufgabe, weil mich das vielfältige Leben und Treiben auf dem Bauernhof mehr lockte und fesselte als jegliche Schulweisheit. Mit Engelsgeduld nahm sie ihre Doppelrolle, gleichzeitig Autoritätsperson und liebevolle Mutter zu sein, auf sich. Meine Versenkung in die Schullektüre ähnelte der Konzentration zwischen Tür und Angel. Von der ländlichen Idylle überwältigt, saß ich wie auf glühenden Kohlen und erwartete Aufträge und Aushilfsarbeiten, um schulischen Pflichten auszuweichen. Nur allzu oft habe ich - zum Kummer und Leidwesen meiner lieben Lehrerin - günstige Gelegenheiten zum Anlaß genommen, "hinter die Schule zu gehen." Schulunterricht war in meinen Augen schlicht und einfach Nebensache. Goethes Ansicht, *"Zum Lernen gibt es freilich eine Zeit"*, beeindruckte mich überhaupt nicht. Mein ganzes Sinnen und Trachten war einzig und allein auf den Birkenhof gerichtet. Auf der Strecke blieb eine solide Grundschulbildung, ein Umstand, den ich später zu spüren bekam und der mir zu schaffen machen sollte. Das unbeschwerte Landleben mit den reizvollen außerschulischen Entfaltungsmöglichkeiten dauerte bis zu meinem Eintritt in die weiterführende Schule im Jahre 1941.

Unterdessen hatte Hitler mit seinem Angriff auf Polen am 1. September 1939 die Lunte ans Pulverfaß gelegt. Die Furie des Zweiten Weltkrieges nahm ihren Lauf. Ich erinnere mich an den schwarzen Tag, weil wir an die Mannschaften, die auf der Hochzeiter Chaussee entlang ins Feld rücken mußten, körbeweise Pflaumen verteilten. Die alljährlich reiche Ernte der Pflaumen-Allee erzielte in jenem Herbst einen Rekord. Anders als 1914 fand das Kriegsgeschrei keinen Nährboden. Stirnrunzeln und Kopfschütteln von Offizieren und Soldaten sprachen Bände. An den verewigten Tag dachte Eckart, als er am 1.9.1944 nach seiner Einberufung zur Wehrmacht niederschrieb: "Heute abend vor 5 Jahren waren wir noch auf. Damals war Annemarie bei uns. Wir gingen vor die Toreinfahrt und schauten nach Osten. Ich sehe vor mir Vaters ernstes Gesicht und höre seine Worte: 'Das wird ein schwerer Krieg.'" Ein paar Monate nach diesen Zeilen sollten sich die dunklen Vorahnungen auch für Ostdeutschland bewahrheiten. Es hieße, die historische Wahrheit aus der Sicht vom Birkenhof zu verzerren, würde man der "political correctness" zuliebe die Augen vor der Tatsache verschließen, daß der Kriegsausbruch - das mag auf den ersten Blick befremdlich klingen - arbeitsmarktpolitisch betrachtet, überraschende Folgen zeitigte. Die zum Kriegsdienst einberufenen Männer aus der Landwirtschaft wurden durch den Einsatz von Kriegsgefangenen und ausländischen Zivilarbeitern zunächst aus Polen und Frankreich, dann der Sowjetunion, ausgeglichen. Unerwartet standen seit September 1939 polnische Kriegsgefangene für die Kartoffel- und Rübenernte zur Verfügung. Ohne Zweifel bedeuteten die Hilfskräfte - ein polnisches Dienstmädchen namens Olga wirkte im Haushalt mit - eine Entlastung für meine Eltern. Das offene Bekenntnis zu den Zeitumständen fällt mir insofern nicht schwer, weil bei uns alle Arbeitskräfte, Deutsche oder Ausländer ohne Unterschied, eine gleiche, faire und humane Behandlung erfahren haben.

Die bittersüße Begleiterscheinung des Krieges wirkte sich stärker nach der Kapitulation Frankreichs aus. Im Sommer 1940 wurden uns zwei französische Kriegsgefangene zugeteilt, Vincent und Emile. Zu beiden Franzosen gewannen wir entgegen der offiziellen Intention und Lesart, die von Feindbildern beherrscht war, im Laufe von fast fünf Jahren ein vertrauensvolles, ja freundschaftliches Verhältnis. Das enge Miteinander im Alltag ließ uns im Denken und Empfinden zusammenrücken. Mutters gute französische Sprachkenntnisse trugen dazu bei, Vincent und Emile die Scheu zu nehmen. Die Benutzung ihrer Landessprache weckte bei ihnen ein Gefühl von Sicherheit und Geborgenheit. Beide waren aufgeschlossen und zugänglich. Ihre politische Meinung wurde nicht für tabu erklärt. Eine Zeitlang war es meine Aufgabe, Vincent und Emile nach dem Abendessen auf dem Wege in das Kriegsgefangenenlager, das in einem Nebengebäude beim Nachbar Richard B. - am Ende der Kirschen-Allee - untergebracht war, als Wachmann zu begleiten und zu beaufsichtigen. Die Verständigung erfolgte durch Zeichensprache oder durch ein Gemisch von Deutsch, Französisch und Englisch. Unterwegs malten sie ihre

Heldentaten bei der Bekämpfung des deutschen Vormarsches im Frankreich-Feldzug bis ins einzelne aus. Witz und Esprit beflügelten die phantastischen Geschichten. Sie gaben ohne Furcht und Argwohn ihre abschätzigen Kommentare nicht allein über Churchill und Stalin, sondern in der Hauptsache über Hitler. Ihr Patentrezept für die Beendigung des Krieges sah einfach aus: Alle drei dieser so unterschiedlichen Politiker sollten in einen Sack gesteckt und im Meer versenkt werden! Den Sympathiewert, den der "Führer" bei Deutschen genoß, imitierten und ironisierten die Franzosen symbolisch am Hitlergruß: Bei ihrer Ankunft in Deutschland 1940 sprangen ihnen die hochgestreckten Arme ins Auge. Nach dem Zenit seiner Macht 1940/41 sank von Jahr zu Jahr der Neigungswinkel, bis die Arme, nach dem mißlungenen Attentat vom 20. Juli 1944 waagerecht gehalten, Anfang 1945 senkrecht im Ruhezustand verblieben. Unsere Kriegsgefangenen registrierten weitere Beispiele für die jährlich nachlassende Akzeptanz des NS-Regimes bei weiten Teilen der Bevölkerung: Das Parteiabzeichen wurde seltener getragen, und die Grußformel "Heil Hitler" war stetig im Schwinden begriffen. Desgleichen signalisierte der Sprachgebrauch einen Stimmungsumschwung. Die devote Bezeichnung "der Führer" machte nach und nach der abfälligeren Namensnennung "Hitler" Platz.

Da die Lebensmittelkarten eine Abgabe von Süßigkeiten im beschränkten Umfang vorsahen, teilten Vincent und Emile mit mir häufig ihre Schokolade, die ihnen Familienangehörige regelmäßig zuschickten. Sie pflegten die Schoko-Riegel in feine Stücke zu zerschneiden, gleichsam zu zermahlen, um dann die Schmalzbrote mit Schokoladenstreusel zu bestreuen. Das Zusammensein mit den freundlichen und lustigen Franzosen wie auch mit den distanzierteren polnischen Kriegsgefangenen stellte meine erste internationale Begegnung dar. Der heitere Smalltalk und die ernstere Konversation mit Vincent, der eine 4-jährige Tochter mit Namen Monique hatte, und dem etwas jüngeren Emile haften heute noch in meinem Gedächtnis. 1941 kam der Russe Iwan hinzu, der aus Charkow in der Ukraine stammte und seinen Angaben zufolge zu den deutschen Truppen übergelaufen war, um sich auf diese Weise der Erfassung durch die Rote Armee zu entziehen. Anuschka, kurz Nuscha genannt, eine Russin, verstärkte den Kreis der Hilfskräfte. Der tägliche Umgang und das mehrjährige Zusammenleben mit den Ausländern öffneten mir den Blick für transnationale Gemeinsamkeiten von Menschen.

Worauf erstreckten sich meine landwirtschaftlichen Aktivitäten? Noch heute gehen mir die unterschiedlichsten (Hilfs-)Arbeiten durch den Sinn. Jedes Jahr, mit dem die physischen Kräfte wuchsen, der Erfahrungsschatz sich weitete, Selbständigkeit und Verantwortungsgefühl zunahmen, brachte neue Tätigkeitsfelder. Im Grunde habe ich bei allen Arbeiten mitgeholfen oder Aufgaben eigenständig ausgeführt, die in der wenig mechanisierten Landwirtschaft anfielen und die mir vom Alter und Schwierigkeitsgrad her zumutbar waren. Obenan stand - abgesehen vom Kühehüten, das mir langweilig und eintönig erschien - der Umgang mit den Pferden, meine Lieblingsbeschäftigung. Wenn schon kein eifriger Schüler, so war ich ein umso leidenschaftlicherer Pferdelenker und Fuhrmann. Zunächst einmal machten einfach Kutschfahrten im Sommer und Pferde-Schlittenfahrten im Winter - die Winter waren lausekalt (-35° war keine Seltenheit) und schneereich, mildernd wirkten Windstille, blauer Himmel und Sonnenschein - riesigen Spaß. Ich lernte, Pferde anzuschirren, an- und auszuspannen, zu füttern, tränken, warten, putzen, striegeln, bändigen, einzufahren, aufs Pferd zu springen, die Zügel anzuziehen und fest in der Hand zu halten. Zuallererst führte ich ein Pferd vor einem Wagen, bis ich allmählich sattelfest war, drei Pferde vor den Ackerwagen mit Anhängern zu lenken. Den Fohlen - ich war Zeuge mancher Geburt - war ich gleicherweise zugetan.

Von allem Groß- und Kleinvieh standen mir nach den Pferden die Wach- und Hütehunde nahe, die in ihren Revieren ihre Pflichten taten. Zu meinem Arbeitspensum - bei schwerer "Fron" sekundierten Hilfskräfte - gehörten z.B. Einkäufe von Lebens- und Futtermitteln sowie Verkäufe der Getreide- und Zuckerrübenernte in Woldenberg. All das mit Roß und Wagen. Zu den Feldarbeiten zählten: Pflügen, Säen, Eggen, Gras mähen, Mähmaschinen handhaben, Heu mit der Hungerharke rechen, Fuhrwerke be- und entladen, Brennholz aus dem Wald abtransportieren, Getreide dreschen und zur Verarbeitung von Mehl zur 10 km entfernten Mühle befördern. Das hausgebackene Brot, von Hannchen wöchentlich zubereitet, war ein Leckerbissen. Mein kleiner Vetter Wolfhart, der aus Schneidemühl zu Besuch kam, schlug beim Anblick der von mir rustikal belegten

Brote, die er als Doppeldecker bezeichnete, vor Faszination die Hände über dem Kopf zusammen. Es war eine Selbtverständlickeit, Besucher aus Woldenberg und der Umgebung mit dem Fuhrwerk abzuholen und heimzubringen. Beim Schmied Neumann in Woldenberg wurden die Pferdehufe beschlagen. Einmal geriet ich beim Festhalten der Pferdebeine an ein glühendes Hufeisen. Die Spuren der Unachtsamkeit sind an beiden Zeigefingern nicht verwischt.

Als Beispiele für den politisch-menschlichen Lebensbereich werden zwei Erlebnisse geschildert, die spannungsgeladen waren und bemerkenswert sind. Einst erhielten die Franzosen und ich den Auftrag, eine Fuhre Kartoffeln ins Kriegsgefangenenlager für polnische Offiziere in Woldenberg - heute ein Museum - zu liefern. In dem Lager wurden ca. 7 500 Offiziere gefangen gehalten. Kein Franzose durfte die Schwelle des Lagers betreten, so daß ich allein mit dem Ackerwagen an den Steinbaracken entlangfuhr. Als die Kartoffeln in die Keller entladen wurden, näherte sich ein polnischer Major. Er offerierte mir ein Stück Seife, für ihn eine symbolische Handlung, die, wie er andeutete, vielleicht auch seinem gleichaltrigen Sohn in Polen widerfahren würde. Die Fühlungnahme machte mich verlegen. Mir schlug das Herz bis zum Hals. Ich war unsicher, ob ich die Gabe annehmen durfte oder ablehnen mußte. Wie sollte ich handeln? Die Rechtslage war glasklar. Jegliche Kommunikation war illegal und strikt untersagt. Allzeit wurden wir von dem Wachpersonal streng beobachtet und überwacht. Der Vorfall ging unter die Haut und nagte im stillen fort und fort.

Ein anderes Mal fuhren Vater, Vincent, Emile und ich zum Pferdemarkt nach Driesen, um ein Arbeitspferd zu kaufen. Da es bei uns gang und gäbe war, mit den Arbeitskräften gemeinsam das Essen einzunehmen, suchten wir um die Mittagszeit einen Gasthof auf. Zusammen mit Vincent und Emile nahmen wir an einem Tisch Platz. Beim Verlassen des Gasthauses postierte sich ein uniformierter Parteifunktionär vor den Pferdewagen, stellte meinen Vater zur Rede, erhob harsche Vorwürfe ihm gegenüber wegen des gemeinsamen Mittagstisches mit Ausländern und verlangte seinen Namen. Vater, den der braune "Goldfasan" nicht ins Bockshorn jagen konnte, fuhr ihm in die Parade. Er hieß uns wieselflink den Wagen zu besteigen. Sofort brachte er die Pferde zum Galopp. Mit wutentbranntem Gesicht stieß der Parteibonze gräßliche Flüche aus und griff händeringend in die Wagenräder, um das Fuhrwerk zum Stehen zu bringen. Eo ipso mußte das klägliche Experiment scheitern. Im Gegensatz dazu funktionierte die Nachrichtenübermittlung von Driesen nach Woldenberg prompt, denn am folgenden Tag trat der Bürgermeister in Woldenberg an meine Mutter heran. Er erwartete eine Entschuldigung meines Vaters. Weil Vater den Gang nach Canossa nicht antrat, leistete Mutter Abbitte. Indem der Verwaltungschef der Stadt drohend die Hand erhob, konnte er sich den Nebensatz nicht verkneifen, daß ihr Mann doch sicher schon von Konzentrationslagern gehört hätte! Trotzdem wollte er kein Unmensch sein! Ein anderes Mal hat Vater einen HJ-Führer, der Eckart zum Dienst abholen wollte, vom Hof verwiesen. Glücklicherweise blieben solche Vorkommnisse, denen eine Überreaktion der Staatsmacht mit unübersehbaren Konsequenzen hätte folgen können, Ausnahmen. Ohne Zweifel führte die Chaussee von Woldenberg zum Birkenhof geradewegs in eine heile Nischenwelt. Hier konnte kein Außenstehender die Welt aus den Angeln heben. Und ich wohnte auf der Sonnenseite des Lebens: *"Nie kehrst du wieder, goldne Zeit, so froh und ungebunden."* (E. Höfling)

Andererseits sollen die Schattenseiten, die ursächlich in der ländlichen Einsamkeit und in der räumlichen Distanz zur Stadt lagen, nicht mit Stillschweigen übergangen werden. Auf Grund des Umfeldes verlief meine Kommunikation vornehmlich mit Erwachsenen. Innerhalb der häuslichen Gemeinschaft und der elysischen Gefilde lebte ich auf vertrautem Fuß. Niemand warf mir Knüppel zwischen die Beine. Im Lot war die Tuchfühlung mit Seelen edler Prägung. Nicht den Takt zu verletzen, lautete der kategorische Imperativ für zwischenmenschliche Beziehungen. Auf diesen Pfeilern ruhte der Modus Vivendi im Grenzbereich der eigenen Felder und Wiesen. Außerhalb des Bannkreises Birkenhof galten andere Verhaltensmuster. Infolge des Umzugs aufs Land brach gezwungenermaßen der Umgang mit meinesgleichen ab. Während ich in Schneidemühl übermütige Spielgefährten, die Allotria trieben und mitunter über die Stränge schlugen, anführte, konnten sich in der ländlichen Abgeschiedenheit keine freundschaftlichen Beziehungen zu Gleichaltrigen entwickeln. In der Außenwelt verbrannte ich mir bei Altersgenossen, die einem Imponiergehabe und einer Großsprecherei huldigten, Zunge und Finger. Die mir geläufige Werteskala von Normen und Verhaltensregeln prallte an der Eigengesetzlichkeit jugendlicher Interaktionsmechanismen ab. Auf diesem Gebiet sammelte ich seit 1941 genügend Erfahrungen, da ich nach bestandener Aufnahmeprüfung die Mittelschule in Woldenberg mit Mädchen und Jungen gleichen Alters besuchte.

In der Realschule und Hitlerjugend sowie auf der Oberschule in Friedeberg herrschten ein rauher, kommißartiger Ton, der nur Kraftmeierei, Stärke und Machtentfaltung gelten ließ. Allein die Fähigkeit, den "Lebenskampf" als "Held" zu bestehen, verschaffte Respekt. Hinzu kam, daß Erfolgserlebnisse im Unterricht ausblieben, ein Manko, das wegen der wackligen Grundschulkenntnisse nicht verwunderte. Der unzureichende Wissensstand zeigte sich in allen Fächern. Mit diesen negativen Begleitumständen des Umzugs nach Woldenberg hängt zusammen, daß ich mich in der Mittel- und Oberschule in meiner Haut nicht wohlfühlte. Ich empfand mich als Außenseiter. Die unerquicklichen Erfahrungen verstärkten wiederum die emotionalen Bindungen zum Birkenhof. Ein Circulus Vitiosus! Ich brauchte einen langen Atem, um über den eigenen Schatten zu springen und die Wagenburg-Mentalität zu überwinden. Schritt um Schritt lernte ich, nach der Devise *"behaupte, wo du stehst"* zu handeln und nicht gleichaltrigen Kameraden bei großspurigem Auftreten aus dem Wege zu gehen. Trotz bitterer Lektionen, z.B. die Konfrontation mit jugendlichen Sprücheklopfern, die mich beim Vorbeiradeln an Sieverts Gut "Johanneswunsch" - ein Enkel des Gutsbesitzers war späterhin ein Schüler von mir - mit verbalen Anfechtungen und penetranten Rempeleien zu schikanieren versuchten, möchte ich die friedliche Oase, die mit dem Namen Birkenhof verknüpft ist, um nichts in der Welt missen. Die Jahre auf dem Birkenhof sind ein fester Bestandteil meines Lebens. Die Schokoladenseite der Kindheitsbilder läßt die Kehrseite der Medaille verblassen. Genauso sah das Tante Lotte: "Die schönste Kindheit verlebt man wohl auf dem Lande", oder poetisch formuliert: *"Ihr glücklichen Augen, was je ihr gesehn, es sei, wie es wolle, es war doch so schön!"*

Tante Lotte, die alleine oder mit ihren Schwestern oft in Woldenberg weilte, hat außer den Kindheitstagen in Schneidemühl das Landleben auf dem Birkenhof geschildert:

"Die Familie siedelt um. Man zieht auf den väterlichen Hof bei Woldenberg. Das ist herrlich für Gert. Da ist Freiheit, man kann auf dem Hof und auf den Wiesen umhertollen, in die Ställe laufen. Besonders hat er die Pferde in sein Herz geschlossen und ist am liebsten im Pferdestall. Er ist 6 Jahre geworden, und es ist Zeit für den Schulbeginn. Nach Woldenberg ist es zu weit für den kleinen Kerl. Also beginnt bei Mutti der Schulunterricht. Er lernt bei ihr schreiben, lesen und rechnen. Hört man aber ein Geräusch auf dem Hof, dann blitzen seine Augen auf: 'Mutti, ich habe keine Zeit, nachher geht's weiter', und raus ist er wie der Blitz, wo beladene Wagen einfahren und er unbedingt dabei sein muß, wenn die Pferde ausgespannt werden. Außerdem ist Vati draußen, da muß doch Gert bei ihm sein. In ähnlicher Weise verlaufen die vier Grundschuljahre. Gert ist mehr auf dem Hof als bei seiner Schularbeit. Mutti hat ja auch genug Arbeit, um den großen Haushalt zu besorgen. Mit zehn Jahren sieht man ihn schon auf der Hungerharke sitzen, auf der Egge oder am Pflug, mit langer Peitsche die Pferde lenkend. Der Vater schaut stolz auf den tüchtigen Sohn. Der kleine Chef heißt er bei den Leuten; die beiden Franzosen, die zur Arbeit auf den Hof kommen, nennen ihn 'le petit chef.'"

Ein Vergleich zwischen der Prosa von Tante Lotte und den Versen von Tante Dore über den Landfriedensbezirk Birkenhof zeigt einen kongruenten Betrachtungswinkel:

*"Da ich aus Marburg war die Tante,*
*gar vieles aus den Ferien nur kannte,*
*so zogen sie ins Woldenberger Land,*
*wo sich die schönste Kindheit für ihn fand.*
*Eckart mußte in die Schule rein,*
*Gert konnte noch zu Hause sein.*
*Sein Schreibtisch ist ein Stuhl gewesen,*
*dort lernte er das Schreiben und das Lesen.*
*Die Mutti an dem Herde stand*
*und ab und zu den Blick dann zu ihm sandt.*

*Doch hörte er die Pferde traben,*
*dann konnte man nicht viel mehr sagen.*
*Die Schularbeit, die blieb dann stehen.*
*Er mußte nach den Pferden sehen.*
*Es war doch eine schöne Zeit,*
*und liegt sie jetzt auch schon so weit,*
*bei allem Schweren, was dann war,*
*vergiß sie nicht, die Kinderjahr."*

In den "Erinnerungen" von Tante Annemarie für ihre Kinder steht: "Wir wollen auch unsere Besuche in Woldenberg bei Onkel Hans und Tante Friede und den beiden Vettern Gert und Eckart nicht vergessen. Eure ersten Landerlebnisse hattet Ihr auf dem Erbhof. Ich sehe noch unser 1-jähriges Innelein in bunter Spielhose von oben bis unten mit Kirschflecken besprizt. Sie konnte sich von der Kirschen-Allee nie trennen. Wolfharts Narbe auf der Stirn rührt von einem Sturz auf der Steinschwelle des Woldenberger Hauses. Guni schmuste am liebsten mit Onkel Hans."

Ostern 1941 endete der Unterricht bei der privaten Hauslehrerin, der meinetwegen nie der Geduldsfaden riß. Nun mußte ich jeden Morgen vom Birkenhof nach Woldenberg kräftig in die Pedale treten, unabhängig von den Witterungsbedingungen, ob bei Dunkelheit, Kälte, Schnee, Eis, Regen oder Sturm. Gleichzeitig ging die Aufnahme der Zehnjährigen in das Jungvolk vonstatten. Die Überführung erfolgte nicht auf freiwilliger Basis, sondern wurde schematisch von der Schule klassenweise organisiert. Während ich anfänglich altersgerecht vom Tragen einer adretten Uniform angetan war, ließ die Euphorie mit der Zeit nach. Vincent und Emile, die keine untergeordnete Rolle bei mir spielten, machten über den Wechsel von der Arbeitskleidung zur braunen Garderobe ihre Scherze. Die sarkastischen und spöttischen Kommentare trafen ins Schwarze. Oft mußte ich mich vom Birkenhof heimlich und durch eine Hintertür davonstehlen, um nicht mit der Uniform aufzufallen. Zudem entging mir nicht, daß sich Mitschüler, keine Kirchenlichter im Unterricht, am Nachmittag beim HJ-Dienst chamäleonartig in Prahlhänse und Maulhelden verwandelten, während reservierte Altersgenossen verstummten.

Abgestoßen hat mich überdies der Dienstablauf. Bei Geländeübungen auf dem Exerzierplatz im Woldenberger Wäldchen mußte die Abteilung, die einen Wettstreit verlor, anschließend Gruppenkeile einstecken. Die Körperstrafe folgte - der NS-Ideologie nach -, weil sich bei dem vormilitärischen Training die Angehörigen der unterlegenen Schar als "Schwächlinge" erwiesen hatten. Die handfeste, rabiate Züchtigung - eine Art Spießrutenlaufen zur Abhärtung - war selbst den Siegern zugedacht, wenn sie nur halbherzig an der drakonischen Maßregelung der Verlierer mitwirkten. Daß die Straf- oder Erziehungsmaßnahmen auf sozialdarwinistische Vorstellungen - "Im Kampf ums Dasein überlebt nur der Stärkere" - zurückgingen, wurde mir bewußt, als ich nach dem Krieg in Hitlers "Mein Kampf" las: "Der völkische Staat hat die gesamte Erziehungsarbeit in erster Linie auf das Heranzüchten kerngesunder Körper auszurichten. Dem völkischen Staat ist ein zwar wissenschaftlich wenig gebildeter aber körperlich gesunder Mensch ... erfüllt von Entschlußfreudigkeit und Willenskraft für die Volksgemeinschaft wertvoller als ein geistreicher Schwächling." Zum Abschluß des Dienstes wurde bei Gesang und Klang durch die Woldenberger Innenstadt marschiert. Dabei konnte ich mit meinem Marschtempo in gleichem Schritt und Tritt die Fähnleinführer nicht beeindrucken, so daß ein solcher Nachmittag mehr Verdruß als Seligkeit bereitete. Daneben blieben die ablehnende Einstellung des Elternhauses gegenüber dem NS-Regime und die politischen Unterhaltungen mit den Franzosen, Polen und Russen nicht ohne Einfluß auf mein Weltbild. Auf diese Weise entstand in mir nach und nach eine Abneigung gegen die Teilnahme am Hitlerjugenddienst. Als plausibler Entschuldigungsgrund für mein Fernbleiben zählte der Wechsel von der Mittelschule in Woldenberg zur Oberschule in Friedeberg im Jahre 1943.

Friedeberg, ein Ackerbürgerstädtchen, auf der Grundmoräne westlich an der Seenenge des Ober- und Untersees gelegen, hat eine kreisförmige Planzeichnung. 1286 wird erstmals der Ort erwähnt, dem die Familie von Friedeberg ihren Namen gab, die an der Saale zu Hause war. Mit ihr konnten landsuchende Siedler von der unteren Saale und dem Harzvorland eine neue Heimat finden. Um 1337 gewann Friedeberg ähnliche Bedeutung wie Landsberg/Warthe. Schwere Zerstörungen brachte der Dreißigjährige Krieg mit sich. 1758 plünderten Russen den Ort aus. In den deutschen Befreiungskriegen zwischen 1806 und 1813 war der Ort wiederholt von preußischen und napoleonischen Truppen besetzt. 1816 wurde Friedeberg preußische Kreisstadt und Sitz eines Landrats. 1938 fiel der Kreis an die Provinz Pommern. Friedeberg besaß ein königliches Gymnasium, nach 1933 in Oberschule umbenannt, eine höhere Mädchenschule, eine Präparandenanstalt - von meinem Vater kurzfristig besucht - ein Lehrerseminar, Landratsamt und Amtsgericht.

Zwischen Woldenberg und Friedeberg existierte keine Eisenbahnverbindung, sondern ein Linienbus pendelte hin und her. Der Schulweg verlängerte sich für mich vom Zeitaufwand und von der Entfernung her. Als Ritter des Pedals radelte ich nunmehr vom Birkenhof bis zum Postamt Woldenberg (nahe am Bahnhof), stellte dort das Fahrrad ab und bestieg den Schulbus, der gegen 7.00 Uhr abfuhr und die Schüler(innen) nach Friedeberg beförderte. Insgesamt betrug der einfache Schulweg jetzt 25 km. Wenn der Schülerbus nach 13.00 Uhr Friedeberg verließ, traf er - vorausgesetzt, daß kein Motorschaden das mit Holzkohle angetriebene Fahrzeug zum Stillstand brachte - gegen 14.00 Uhr in Woldenberg ein. Dann strampelte ich heimwärts. Bei Gegenwind erreichte ich den Birkenhof gegen 15.00 Uhr. Zu diesem Zeitpunkt fand in Woldenberg zweimal wöchentlich der HJ-Dienst statt. Die Erledigung von Hausaufgaben und die Teilnahme an den Übungen des Jungvolks waren unvereinbar. Das war selbst für die HJ-Führer ein durchschlagendes Argument. Somit wurde mir Dienstbefreiung gewährt, ein Umstand, der mir gelegen kam, zumal sich die Kontaktnahme mit Altersgenossen in der HJ noch komplexer als in der Schule gestaltete. Da am Nachmittag eine weitere Radfahrt nach Woldenberg nicht zuzumuten war, versäumte ich zumeist auch den Konfirmandenunterricht.

Das Jahr 1943 brachte einschneidende Veränderungen. Selbst für strategische Laien leitete die Schlacht um Stalingrad die Wende des Krieges ein. Die Kanonenschläge, vor denen zwei Jahre später auch eingefleischte Gefolgsleute des Regimes die Ohren nicht mehr verschließen konnten, waren noch nicht hörbar. Anfang 1943 nahm Mutter ihre Unterrichtstätigkeit wieder auf. Ich bin nicht im Bilde, ob sie sich aus finanziellen Überlegungen - der Birkenhof verschlang Unsummen - freiwillig meldete oder ob sie im Rahmen der Maßnahmen des "totalen Krieges", die die Frauen zum heimatlichen Kriegsdienst verpflichteten, einer Aufforderung der Regierung nachkam. Mutter versah eine volle Stelle und unterrichtete bis zu unserer Flucht an der Volksschule in Woldenberg, wohin sie täglich mit dem Fahrrad fuhr.

Im Januar 1943 wurde Eckart als Marinehelfer eingezogen. Damit begann unsere Sorge um sein Wohlergehen im Kriege, die sich wie ein roter Faden durch die Korrespondenz der Folgezeit zieht. Das familienbezogene Fühlen und Denken meiner Eltern, das uns Kinder wie eine Schutzhülle aus Liebe und Warmherzigkeit umgab und Geborgenheit vermittelte, veranschaulichen Briefe aus der Kriegszeit. In den Versen eines modernen Gedichts (hrsg. von Hannelore und Wilfried Hilgert) klingt ein solches Zusammengehörigkeitsgefühl an:

> *"Die Familie ist die Fähre,*
> *die wie keine andere trägt,*
> *ob auf sturmgepeitschtem Meere,*
> *auf dem Strom, wild belegt.*
> *Die Familie ist die Fähre,*
> *die am sichersten trägt.*
> *Wir sind auf dem Meere,*
> *sind in Stürmen unentwegt."*

Während Eckarts Feldpostbriefe vollständig gerettet wurden, sind wenige Briefe von uns an ihn erhalten. Diese spiegeln die allgemeinen Zustände, den Alltag auf dem Birkenhof und meine Entwicklungsstufe wider. Alle Briefe kreisen um Eckarts Ergehen und die ständige Hoffnung auf ein Lebenszeichen von ihm. Selbst die Arbeiterschaft vom Birkenhof nahm an den Sorgen teil. Am 6. Juli 1943 läßt ihn Mutter wissen: "... wir denken immerfort an Dich, und so fragen all die Mannen in der Küche. Johann L. sagt, er hat gar keine Ruhe, weil er nicht weiß, wo Du schläfst. Gert hat die Aufnahme in die Oberschule und der Abschied von Dir so angegriffen, daß er nach Tisch ganz fest auf der Chaise geschlafen hat." Im Anhang des Briefes ist von mir zu lesen: "Es ist jetzt 20.45 Uhr. Vati sitzt im Sessel und raucht seine Zigarre. Mutti ißt noch die Kirschen auf. Johann pumpt Wasser. Und Du? Unser Radio geht jetzt wieder. Wir haben heute zwei Kiepen beim Ein- und Verkauf besorgt. Einige Leute sind schon schlafen gegangen, und Mutti macht die Erbsen sauber. Johann holt das Mehl vom Boden. Hannchen muß morgen Brot backen. Gestern waren in Woldenberg Seiltänzer. Ich habe mir die ganze Vorstellung angesehen. Es war herrlich."

**21.10.1943:** "Mutti hat wieder vormittag Schule. Das ist besser, weil sie früher zu Hause ist. Heute hat Vincent Geburtstag. Einen Bezugschein für einen Fahrradreifen habe ich bekommen. Aber es ist noch keiner geliefert worden. Neulich in der Nacht vom Donnerstag auf Freitag war hier Alarm. Die Flak schoß in Küstrin, Frankfurt (Oder), Berlin und Stettin. Gestern war der Schulbus kaputt, und ich mußte von Dolgen [Dolgen liegt zwischen Friedeberg und Woldenberg, nahe am See] nach Woldenberg zu Fuß gehen. Die Maurer sind gestern wieder gekommen [für den Neubau der Scheune]. Vati kam abends aus Woldenberg zurück, er hatte mit den Franzosen Holz geholt."

**Oktober 1943:** "Heute komme ich endlich dazu, an Dich zu schreiben. Die ganze Woche habe ich die Maschine [d.h. den Kartoffelroder] gefahren, bloß gestern war ich frei. Emile hatte mich abgelöst. Vati schrieb wohl schon, daß wir gestern in Stettin waren. Um 6.30 Uhr fuhren wir in Woldenberg los. In Stargard stiegen wir in einen Eilzug nach Stettin um, wo wir um 11.00 Uhr ankamen. Sogleich fuhren wir mit der Straßenbahn zur Schalehnstraße und gingen zum Landeshaus. Vati erhielt gleich seinen Schein [vermutlich eine Baugenehmigung]. Dann brachten wir das Paket zur Post. Inzwischen war es 12.30 Uhr, und wir gingen zum Hotel Metropol zum Mittag. Es gab Wildbraten und Rotkohl. Ich trank eine Flasche Zitronensprudel. Danach kauften wir bei Karstadt ein. Wir suchten etwas, was wir Mutti mitbringen konnten. Wir besorgten zum Fensterputzen einen Schwamm, einen Gürtel und WC-Papier. Anschließend bummelten wir in der Großstadt umher. Um 15.30 Uhr tranken wir in der Konditorei Jäger Kaffee und aßen Kuchen. Im Fürstensaal vom Bahnhof spendierte Vati noch eine Portion Eis. Um 16.30 Uhr suchten wir den Bahnsteig auf, eine Viertelstunde später rollte der D-Zug ein. Bis Stargard mußten wir stehen. Viele Evakuierte aus Bochum, Hamburg und Berlin füllten den Zug. Ein Mann hielt mich für einen Großstädter und gab mir einen Apfel. Schade, daß wir Dich nicht besuchen konnten. Ich danke Dir recht herzlich für Dein erstes verdientes Soldatengeld, das Du mir geschickt hast. Ich bringe es umgehend auf die Sparkasse. Johann ist nach Grapow gegangen. Nuscha wäscht ab. Iwan ist nach Gramsfelde gelaufen. Vincent arbeitet als Vorarbeiter bei den Polen mit. Die Jungen, die bei der Kartoffelernte helfen, haben sich laufend mit Kartoffeln beworfen. Einige waren nett, einer kommt aus Berlin, ein anderer aus Stettin. Die anderen vier stammen aus Bochum. Jeder bekam pro Tag 2 Reichsmark. Sie waren neun Tage hier. Wir sind jetzt am letzten Stück. Ich hoffe, morgen vormittag wird es fertig. Ich pflüge mit drei Pferden: Liese, Annette und Lilo. Am Donnerstag muß ich wieder zur Schule. Morgen erscheinen zum Ernteeinsatz zehn Frauen aus Hochzeit. Ende der Woche sollen die Rüben geerntet sein. Dienstag will ich mir die Haare schneiden lassen und hören, ob der Schein für den neuen Fahrradmantel eingetroffen ist. Nachher fahre ich die Polen noch zur Stadt, da stecke ich den Brief gleich ein. Emile hat dieses Jahr allein gedrillt. Sind dort viele Flugzeuge? Der Junge aus Stettin will mir ja eine neue Peitsche besorgen. Vati kommt gerade aus dem Pferdestall. Ich fahre jetzt immer den Kartoffelroder. Morgen fährt Lottchen wieder nach Schneidemühl." Mutter fügte an: "Jetzt mache ich rasch Abendbrot für alle. Wir haben neue Tischzeiten. Keine Vesper, dafür Arbeitsschluß um 18.00 Uhr, Abendessen um 18.45 Uhr."

23.11.1943: "Vorhin habe ich Häcksel geschnitten" [d.h. mit einem Göpelwerk wurde das Stroh, das als Futtermittel diente, zerkleinert. Unter Göpel ist eine alte Drehvorrichtung zum Antrieb von Arbeitsmaschinen durch im Kreis herumgehende Pferde zu verstehen]. "Trudchen sitzt auf dem Sofa und stopft meine Handschuhe. Hannchen war heute auf dem Friedhof. Vati liest. Fritz auch."

Fritz G., ein 12jähriger Junge aus Bochum, hatte bei uns Unterkunft und Schutz vor den Luftangriffen im Ruhrgebiet erhalten. Auf Grund der weiten Entfernung von den alliierten Luftbasen bestand in den östlichen Provinzen des Reiches größere Sicherheit vor Bombenangriffen als in West- und Mitteldeutschland. Die zunehmende Tätigkeit der alliierten Luftwaffe löste in den letzten Kriegsjahren eine Evakuierung von Frauen und Kindern aus den Großstädten auf das Land jenseits von Oder und Neiße aus.

Der letzte Brief aus dem Jahre 1944 stammt von meiner Mutter. Sie schreibt am

18.12.1944 an Tante Dore: "Nun liegt Eckart - nach seiner Verwundung bei Jülich - in einem Feldlazarett. Hans ist für acht Tage in Arnswalde zum Volkssturmkursus. Gert ist kleiner Chef. Er ist heimlich hintenherum (die Leute sollten ihn nicht sehen, weil sie arbeiten) Schlittschuh laufen gegangen. Zu unserer Freude kam Lottchen für zwei Tage. Du willst wirklich im April nach Bromberg? Wird es Dir nicht leid tun?" [d.h. Tante Dore hatte einen Versetzungsantrag von Marburg an eine Schule in Bromberg gestellt, um der Verwandtschaft geographisch wieder näher zu sein]. "Ein Päckchen wage ich nicht zu schicken. Es geht zuviel verloren. Ich sende Dir stattdessen eine Fleisch- und Brotmarke von uns zur Weihnacht. Mach Dir die Weihnachtstage so schön, wie es möglich ist in dieser ernsten Zeit."

## 3. Der Kriegswinter 1944/45 in der ostdeutschen Heimat

*"Die Außenwelt bewegt sich so heftig, daß ein jeder einzelne bedroht ist, in den Strudel mit fortgerissen zu werden"*

Ende 1944 mehrten sich die Anzeichen für den Anbruch einer ernsten Zeit in Ostdeutschland, deren Spuren sich bis zum Sommer des gleichen Jahres zurückverfolgen lassen. Von 1939 bis Mitte 1944 lagen die Ostprovinzen fernab vom Kriegsgeschehen. Von Luftangriffen - vom Birkenhof kamen alliierte Bombergeschwader Richtung Osten in Sicht - leidlich verschont, schienen sie die ruhigsten Gebiete des Deutschen Reiches zu sein. Die Rückzugsgefechte der Ostfront beeinträchtigten unser Sicherheitsgefühl wenig, spielten sich die Kampfhandlungen immer noch Hunderte von Kilometern östlich von Memel und Weichsel ab. Die ungetrübten Kindheitserinnerungen an den Birkenhof lassen sich auch durch die weitgehend friedlichen Jahre inmitten des Weltbrandes erklären.

Die fast friedensähnliche Situation änderte sich grundlegend nach dem Beginn der sowjetischen Großoffensive am 22. Juni 1944, auf den Tag genau drei Jahre nach dem Eindringen deutscher Armeen in die Sowjetunion. Innerhalb weniger Wochen gelangten die zahlenmäßig weit überlegenen sowjetischen Angriffsarmeen an die östliche Reichsgrenze. Am Birkenhof trafen Fluchtwagen von der Bevölkerung des Memellandes im Herbst 1944 ein. Nach Abschluß der sowjetischen Sommeroffensive, die an die Weichsel führte, blieben die Fronten in Ostpreußen und Polen bis zum Januar 1945 relativ stabil. Zwar war jeden Tag mit einer neuen Offensive zu rechnen, aber die trostlose und verzweifelte Gesamtkriegslage blieb uns, weil militärische Tatsachen von der Propaganda vernebelt bzw. totgeschwiegen, unbekannt. Daß sich die militärische Situation zunehmend verschärfte, deutete indirekt die Errichtung des Volkssturms an. Im Oktober 1944 kündigte der "Reichsminister für Volksaufklärung und Propaganda", Joseph Goebbels, die Bildung des Volkssturms im ganzen Reich an - eine Folge des nach dem 20. Juli 1944 proklamierten totalen Kriegseinsatzes -, der alle Männer vom 16. bis 65. Lebensjahr erfassen sollte, die bisher wegen kriegswichtiger Arbeiten oder wegen mangelnder Tauglichkeit vom Wehrdienst zurückgestellt waren. Die quasi-militärischen Organisationen wurden zum Bau von Panzergräben, Schützenlöchern und Bunkern befohlen. Zur Einweisung in die Verteidigungsaufgaben wurde Vater im Dezember 1944 nach Arnswalde beordert, worauf Mutter in ihrem Brief vom 18.12.1944 Bezug nimmt.

Anfang Januar 1945 wurde Eckart nach seiner Verwundung bei Jülich in ein Lazarett nach Heidenheim an der Brenz verlegt. Ohne die bevorstehende sowjetische Großoffensive zu ahnen, begaben sich Vater und ich am 10. Januar 1945 nach Heidenheim, um Eckart in ein heimatnahes Lazarett, d.h. nach Kreuz zu bringen. Auf der ermüdenden Eisenbahnfahrt, die bei überfüllten Zügen volle zwei Tage und Nächte dauerte und über Berlin, Leipzig und Nürnberg führte, erlebte ich den Kontrast zwischen den Segnungen des Friedens und dem häßlichen Antlitz des Krieges aus der Nähe. Hier friedliche Siedlungen und das vollendete Werk der Schöpfung in Gestalt bizarrer Formen einer bezaubernden Winterlandschaft, dort die grauenerregenden Spuren der aufgegangenen Saat der Gewalt, ein von Menschenhand heraufbeschworenes Horrorgemälde: Dem Erdboden gleichgemachte Wohngebiete und ganze Städte, die vom Flächenbombardement regelrecht niedergewalzt waren: "Vor ein paar Tagen war Nürnberg das Ziel von 1400 Flugzeugen, die ihre Bomben über der Stadt abwarfen. Alles ist restlos kaputt." Dagegen schien Heidenheim noch ein Ort der Stille zu sein: "Nachdem sich der Zug sieben Stunden lang in Nürnberg nicht von der Stelle bewegte, sind wir heute um 10.00 Uhr in Heidenheim eingetroffen. Es ist eine ruhige Kleinstadt. Wir bewohnen ein schönes Zimmer im Hotel Ochsenhof. Eckart liegt mit sieben Verwundeten in einer Stube. Ein Russe kommt aus Neu-Sibirsk (Sibirien). Er hatte sich 'freiwillig' zum Kampf gegen die Rote Armee gemeldet." (12.1.1945) Das Anliegen verlief wunschgemäß. Eckart wurde aus dem Lazarett entlassen. Mit unserem Verwundeten trafen wir nach einer gleichermaßen beschwerlichen Rückfahrt am 17.1.1945 in Woldenberg ein und behielten ihn zwei Tage zu Hause. Am 20.1.1945 geleiteten wir ihn nach Kreuz, dem etwa 25 km vom Birkenhof entfernten Eisenbahnknotenpunkt.

Nachdem die deutsche Armeeführung Anfang 1945 den gewaltigen Aufmarsch von mehr als zehnfach überlegenen sowjetischen Kräften festgestellt und trotz dringender Vorstellungen keine Verstärkung erhalten hatte, zeichnete sich bereits ab, daß der zu erwartende sowjetische Angriff eine militärische Katastrophe auslösen würde, die die Zivilbevölkerung unmittelbar treffen mußte. Der sowjetische Großangriff an der gesamten Ostfront von der Memel bis zur Weichsel begann am 12.1.1945, zu einem Zeitpunkt, als wir uns in Heidenheim befanden. Die mit ungeheurem Truppen- und Materialeinsatz geführten Angriffe erzielten in wenigen Tagen entscheidende Durchbrüche.

Unter dem Eindruck der alarmierenden Nachrichten fuhren am 22.1.1945 Mutter und Emile, der sich bei der Fahrt mit dem Pferdeschlitten durch die Wälder vor Partisanen fürchtete, nach Kreuz, in der Absicht, Eckart heimzuholen. Das Ersuchen lehnte der Oberarzt mit den Worten ab: "Führerbefehl, kein Soldat darf ambulant behandelt werden." Eckart reagierte gefaßt. Der Birkenhof war bekümmert, als nur Mutter und Emile abends vom Schlitten kletterten. Daraufhin fuhr ich allein am Mittwoch, dem 24. Januar 1945, mit der Eisenbahn nach Kreuz. Am selben Tage wurde das Lazarett wegen der sich nähernden Front geräumt. Mit Billigung der Zugleitung durfte ich Eckart in dem Lazarettzug, der meinetwegen zum Ausstieg in Woldenberg anhielt, die kurze Strecke begleiten. Eckart trug mir auf, rechtzeitig vor den Sowjets zu fliehen. Mit der Verabschiedung auf dem Woldenberger Bahnhof riß der Kontakt ab.

Seit dem 22.1.1945 zogen bei uns ununterbrochen Flüchtlingstrecks vorbei. Auf der Hochzeiter Chaussee ergoß sich einer der zahlreichen Flüchtlingsströme, der über Schneidemühl und Deutsch Krone führte. Wie die Stoßrichtung der sowjetischen Armeen verlief die Flucht der deutschen Bevölkerung gleichmäßig von Osten nach Westen. Dabei zielte die Mehrzahl der Fluchtwege nach Ostbrandenburg. Wir hatten täglich Einquartierung von Flüchtlingen und Verwundeten. Alle Zimmer waren belegt. Trotz bedrückender Botschaften und Beobachtungen wähnten wir uns - wie die meisten Menschen in Ostbrandenburg - nicht im direkten Gefahrenbereich. Es war für Ostdeutsche schwer vorstellbar, daß die sowjetischen Streitkräfte, ohne auf nachhaltige Abwehr zu stoßen, so tief ins Reich vorstoßen würden. Überdies gab es die alte, entlang der Reichsgrenze führende Obra-Stellung (Nebenfluß der Warthe), an der während des ganzen Herbstes 1944 geschanzt worden war. Dazu kam, daß die verantwortlichen Parteibehörden die Bevölkerung über den Ernst der Lage und das Tempo des sowjetischen Vormarsches völlig im Unklaren ließen bzw. täuschten, so daß kostbare Zeit verstrich. Selbst mehrere Tage nach Beginn der Großoffensive wurde die Flucht der Bevölkerung rundheraus verboten. Noch am Freitag, dem 26. Januar 1945, kam Vater, der in Woldenberg zur Weiterleitung der Trecks eingesetzt war, abends mit der Anweisung der Kreisleitung nach Hause: "Flucht kommt nicht Frage. Wer davon spricht, wird erschossen." Diese Irreführung hinderte allerdings die Orts- und Kreisleitung nicht daran, Schriftgut und Inventar zu verladen. Als ich am Sonntag, dem 21. Januar 1945, in die Stadt radelte, um Gerüchten über Vorbereitungen für eine Flucht nachzugehen, parkten Möbelwagen vor dem Gebäude der Kreisleitung. Die gleiche Optik bot sich mir am Mittwoch, dem 24. Januar 1945, als ich auf dem Heimweg von Eckarts Lazarettzug Speditionsfahrzeuge vor den Parteihäusern stehen sah. Offensichtlich machten die Instanzen der Verwaltung und die Funktionsträger der NSDAP Anstalten, sich rechtzeitig abzusetzen.

Mit Fluchtgedanken wollten wir uns zunächst nicht tragen. Das erfolgversprechende Aufbauwerk Birkenhof stand vor unseren Augen. Vater konnte auf die Instandsetzung von Wirtschaftsgebäuden, auf eine Erhöhung der Hektarerträge, verbesserte Produktivität in der Vieh- und Veredelungswirtschaft sowie auf eine Modernisierung des Produktionsprozesses zurückblicken. Darüber urteilte Nachbar Richard B.: "Herr Brauer hat es verstanden, seine Wirtschaft nicht nur zu erhalten, sondern sie bei guter, ordnungsgemäßer Bewirtschaftung sowie durch Neubauten und erhebliche Vermehrung seines Viehbestandes, auf ein musterhaftes Niveau zu bringen. War er doch ein tatkräftiger Mensch, der, obwohl von Beruf Lehrer, einem Landwirt mit praktischen Erfahrungen ein Vorbild sein konnte." (22.2.1952) Sollten die ansehnliche Leistungsbilanz meiner Eltern, die jahrelange Anstrengung und der Verzicht auf Annehmlichkeit und Komfort in den Wind geschrieben werden? War die Schufterei von sieben Jahren umsonst? Es tat weh, den Tatsachen ins Auge zu sehen.

Ein Daheimbleiben stand indessen überhaupt nicht zur Diskussion. Es galt, nicht nur der Front und den Kampfhandlungen auszuweichen, sondern einem Gegner, der, wie die im Herbst 1944 in Ostpreußen und schon vorher in den baltischen Ländern gemachten Erfahrungen gezeigt hatten, keinerlei Rücksicht auf die Zivilbevölkerung nahm, vielmehr zur Vergeltung und Rache gegenüber deutschen Bürgern ansetzte. Sowjetische Einheiten, von ihrer Führung - die Tiraden des sowjetischen Schriftstellers Ilja Ehrenburg fachten Haß und Rachegelüste zu heller Glut an - zum Beutemachen ermuntert, gingen gnadenlos und unbarmherzig gegen jedweden Bewohner in Stadt und Land vor, zerstörten und plünderten Hab und Gut. Frauen, ob jung oder alt, wurden in Anwesenheit ihrer Familie vergewaltigt, Zivilisten nach Belieben erschossen bzw. in provisorische Lager zusammengetrieben und nach Osten verschleppt. Deshalb war der Entschluß zur Preisgabe der Heimat und zur Flucht vor den sowjetischen Truppen unter der gesamten deutschen Ostbevölkerung nahezu allgemein. Wohl benutzte die NS-Propaganda die Kunde von roher Gewalt und barbarischen Greueltaten für ihre Zwecke, vor allem zur Stärkung des Widerstandswillens. Aber unabhängig davon herrschte in Ostdeutschland die Meinung vor, daß die Zivilbevölkerung eine Abrechnung und Heimzahlung der Roten Armee für die Untaten von Deutschen in der Sowjetunion zu erwarten hatte, eine Besorgnis, die zu aller Entsetzen die schlimmsten Befürchtungen noch übertreffen sollte. Millionen Deutsche aus dem Osten gehörten zu den Leidtragenden des von Hitler entfesselten Krieges und der brutalen und kaltblütigen Machtpolitik Stalins. Mithin war das Ausmaß der Flucht aus dem Osten größer, weil der Schrecken, den die sowjetische Soldateska unter der deutschen Bevölkerung verbreitete, die Furcht vor der Besetzung durch anglo-amerikanische Truppen, ja selbst vor den Bombenangriffen alle Begriffe überstieg. Die panikartige Massenflucht, die das Erscheinen der Roten Armee allerorts auslöste, erfaßte kurzerhand den Birkenhof.

Als uns am Sonntag, dem 21. Januar 1945, das polnische Dienstmädchen Ursel mit der Nachricht überfiel, im Nachbarort Merenthin würde gepackt, waren wir wie vom Blitz getroffen. Bange Ahnungen, lange verdrängt, hatten nicht getrogen. Nolens volens leiteten wir die notdürftigen Vorbereitungen zur Aufgabe und zum Verlassen des Birkenhofes in die Wege. Zwei Planwagen in Giebelform, ausgerüstet mit Teppichen als Schutzdach, wurden bereitgestellt. Würde die Signalglocke zur Flucht wirklich läuten?

# Viertes Kapitel

## FLUCHT PER TRECK OHNE ENDZIEL

*"Jeder muß selbst zusehen, wie er sich durchhilft"*

### Vorbemerkung

Die Erinnerung an die schwere Zeit des Krieges und der Not beruht weitgehend auf gerettetem Quellenmaterial, d.h. vor allem auf eigenen Notizen und Tagebuchaufzeichnungen, die eines Tages Eckart über unser Ergehen auf der Flucht ins Bild setzen sollten, aus dem Jahr 1945. Hinzu kommen historische Quellen und Darstellungen sowie Ergebnisse der Forschung, die heute zur Verfügung stehen. Dazu zählen u.a. Wehrmachtberichte (fortan **OKW**), Zeitungsartikel und die Kriegstagebücher des Oberkommandos der Wehrmacht, hrsg. von Percy Ernst Schramm. Diese Kriegstagebücher (fortan **KTB**), die nach dem Krieg der Öffentlichkeit zugänglich wurden, sind in ihren Stellungnahmen zur militärischen Lage freimütiger und objektiver als die meist tendenziösen Meldungen des **OKW**, die sogen. Wehrmachtberichte.

Bei dem Erlebnisbericht über die Flucht sollen - soweit sinnvoll und zweckmäßig - unmittelbar auf die Beschreibung des jeweiligen Tagesgeschehens Zitate aus dem **KTB**, Meldungen aus dem **OKW** oder zeitgenössische Presseartikel folgen, die den Frontverlauf skizzieren bzw. die militärische Konstellation, bezogen auf unseren Standort, kommentieren. Indem zwischen dem eigenen Erleben und dem uns betreffenden Kriegsschauplatz ein enger Zusammenhang hergestellt wird, bekommt die persönliche und situationsbedingte Schilderung Wirklichkeitsnähe und einen historischen Bezugsrahmen.

## 1. Die Rote Armee im Nacken

*"Lang, lang ist's her."* Trotzdem sind sie nicht versunken und vergessen die vergangenen Widerwärtigkeiten des Schicksaljahres 1945, die sich tief in mein Gedächtnis eingegraben haben.

Während sich für Ostpreußen und Schlesier die Flüchtlingstrecks über vier Monate hinzogen, entschied sich das Los der Landsleute der engeren Heimat innerhalb von 14 Tagen. Am 26. Januar 1945 überschritten sowjetische Panzer in breiter Front die Netze, schlossen Schneidemühl ein und rückten in raschem Tempo Richtung Westen vor. Zu diesem Zeitpunkt hatten sie sich Woldenberg bereits bedrohlich genähert, vergleichbar der Entfernung Wiesbaden - Bad Ems. Im Hinblick auf die Lagebeurteilung kam erschwerend hinzu, daß es keine zuverlässigen Informationen über den genauen Frontverlauf gab. Im Grunde tappten wir im Dunkeln. "Jetzt ging alles durcheinander. Unser Haus war mit Flüchtlingen und versprengten Soldaten überfüllt" lautet eine Notiz jener Tage. Als Vater am 26. Januar 1945 abends die Nachricht brachte, daß eine Flucht nicht in Frage käme, "beschlossen wir, schlafen zu gehen und nicht weiter zu packen." Gleichwohl erfaßte meine Eltern eine Unruhe, so daß sie des Nachts vom Bett aufstanden und im Zimmer hin- und hergingen.

Binnen kurzem schlug die Stunde der rauhen Wirklichkeit. Um 3.00 Uhr am Sonnabend, dem 27. Januar 1945 - nach Mutters Erzählungen kursierte im Kaiserreich an diesem Tag einst das Bonmot: "Heut' wird nicht gescheuert und gefegt, heut' ist der Geburtstag seiner Majestät" - klopfte der russische Landarbeiter Wassil, den Inspektor A., der Verwalter von Sieverts Gut "Johanneswunsch", geschickt hatte, ans Schlafzimmerfenster: "Sofort fertigmachen! Los!" Die schreckliche Botschaft wirkte wie ein Donnerschlag. Ohne viel Besinnen mußten wir uns auf den Boden der Tatsachen stellen, d.h. Haus und Heimat Hals über Kopf verlassen. Da es an Lastkraftwagen und motorisierten Verkehrsmitteln mangelte, kam trotz grimmiger Kälte die Flucht nur mit Pferd und Wagen in Betracht. Ein Entkommen mit der

Eisenbahn schied für die ländliche Bevölkerung von vornherein aus. In der Frühe überlief uns eine Gänsehaut, denn es war eine eiskalte Nacht. Seit Jahresanfang herrschte Frostwetter von -25°. Zudem blies ein scharfer Ostwind, und die Landschaft war tief verschneit. Überhaupt überzog die ostdeutschen Provinzen um die Jahreswende 1944/45 ein äußerst strenger Winter. Noch gab es vage Vorstellungen von Schneestürmen, spiegelglatten Straßen, schneeverwehten Fahrwegen und Frostbeulen, ganz abgesehen von lauernden Gefahren. Vater und ich legten mit Johann letzte Hand an die Fluchtwagen, die zum Bersten voll waren. Wir beluden die beiden Wagen mit den notwendigsten Habseligkeiten und Gebrauchsgegenständen. Vorrang hatten warme Kleidung, ein Vorrat an Lebensmitteln, Kraftfutter für die Pferde und last but not least die Dokumentensammlung der Familie. In der Panikstimmung blieb ein Schwein, das ein paar Tage zuvor geschlachtet worden war, zu Hause zurück.

Zu früher Morgenstunde (gegen 6.00 Uhr) verließen wir unseren Birkenhof. Neben dem Grund und Boden mußten wir das lebende und tote Inventar in Haus und Hof stehen- und liegenlassen, vor allem das arme Vieh in den Ställen, über dessen Schicksal die Geschichte schweigt. Auf Nimmerwiedersehen? Solche Gedanken lagen fern. Ein letzter, schmerzerfüllter, rückwärts gewandter Blick. Zu sehr drängte die Zeit, um in Abschiedswehmut zu verfallen. Und dennoch beschlich uns unter der Oberfläche stiller Gram: *"Von der Heimat gehn ist die schwerste Last, die Götter und Menschen beugt."* (Agnes Miegel)

Der Tag des Fluchtbeginns, der wie ein Unwetter über uns hereinbrach, machte mich - den Kinderschuhen gerade entwachsen - zum Treckfahrer. Ich lenkte den Hauptwagen mit Liese, Annette und Vicky, meine Eltern saßen neben bzw. hinter mir; den anderen mit Lotte, Lilo und Trixi - unter den sechs Pferden waren Zug- und Kutschpferde - steuerte Hannchen, begleitet von Johann und Fritz. Als wir uns ein Stück vom Birkenhof entfernt hatten, verlor sich der zweite Wagen in dem Gewirr von Fahrzeugen. Ich hielt an, lief zurück und sah, daß sich Trixi in den Zügeln und Leinen verfangen hatte. Nach Auflösung der Verstrickung konnte Hannchen nachfolgen. Auf der Hochzeiter Chaussee waren Schneepflüge im Einsatz. Inspektor

A., der die Hiobsbotschaft zum Aufbruch überbringen ließ, war mit seinem Traktor unterwegs. Die Gehöfte vor Woldenberg waren wie ausgestorben, kein Licht brannte in den Häusern und Wirtschaftsgebäuden. In der Stadt stapfte eine Menge Menschen durch den Schnee zum Bahnhof, während Soldaten mit Stöcken, Skiern und Rodelschlitten nach Hochzeit stiefelten. Nach militärischen Prüfsteinen eine Quantité négligeable. Justament durchzuckte ein lebensrettender Gedanke Vaters Gehirn. Er beschloß, sich nicht dem Woldenberger Ortstreck, der Richtung Berlinchen aufbrach, anzuschließen, sondern eigenmächtig und selbständig Fluchtrichtung und Fluchtwege zu bestimmen, d.h. zunächst Richtung Arnswalde. In der Wutziger Straße stauten sich ungezählte Trecks. Im Schritttempo erreichten wir das Dorf Brandsheide, in dem der unüberschaubare Strom der Fuhrwerke zum Stillstand kam. Da sich eine Weiterfahrt von selbst verbot, packte Vater die Gelegenheit beim Schopf und veranlaßte die Reparatur einer Deichsel, die vor Woldenberg geborsten war. Sodann bahnten wir uns einen Weg über Kölzig, Marienwalde, Sellnow, wo für die Pferde eine Mittagsrast eingelegt wurde, zum Gut Heinrichswalde. Auf einem Bund Stroh wichen in der ersten, mit Sternen übersäten mondhellen Nacht, weder Hundekälte noch ein desolater Seelenzustand: *"O, wie ist es kalt geworden und so traurig, öd und leer."* (Hoffmann von Fallersleben)

KTB vom 27.1.1945: "Die Brückenköpfe an der Oder in Schlesien werden umkämpft. An der Netze steht der Feind bei Czarnikau und Schönlanke. An Schneidemühl kamen 14 Panzer heran." Da die Distanz Schönlanke - Woldenberg etwa 20 km beträgt, waren die sowjetischen Truppen zu Anfang der Flucht einen Katzensprung von uns entfernt!

Am 28. Januar führte der Weg über Radun in die neumärkische Kreisstadt Arnswalde zu Familie L., die uns ein warmes Zimmer für die Nacht anbot. Eigentlich wollte Vater Mensch und Tier einen Ruhetag gönnen. Insgeheim hoffte er auf eine Umkehr. Obwohl das Wunschdenken hinter der Realität zurückblieb, kamen uns derartige Gedanken in einer elenden Lage wiederholt in den Sinn. Den meisten Ostdeutschen, die vor der Roten Armee die Flucht ergriffen, war die Vorstellung fremd, das Verlassen der angestammten Wohnsitze könnte eine Entsagung für längere Dauer oder gar den Verlust der Heimat bedeuten.

**KTB vom 28.1.1945:** "Feindliche Panzer drangen bei Filehne über die Netze. Bei Schneidemühl wurde der Gegner abgewiesen."

Am 29. Januar mußten sich die Pferde bei Schneetreiben und klirrender Kälte ins Geschirr legen, um die schwerbeladenen Wagen durch den knirschenden Harschschnee zu ziehen. Zum Aufwärmen diente Eierlikör, ein Mitbringsel von Zuhause. Französische Kriegsgefangene marschierten westwärts. In dem hügligen Gelände glichen die Straßen durch die Glatteisbildung riskanten Rutschbahnen. Wegen der Glätte gerieten die Fuhrwerke ständig ins Schleudern oder drehten sich quer. Dabei verloren die Pferde den Halt. Kalte und rauhe Winde trieben den Schnee ins Gesicht. Unter dem Druck der Schneestürme, gegen die Menschen und Tiere anzukämpfen hatten, löste sich nahe Billerbeck die Teppich-Bespannung eines Wagens. Nach Plönzig, Rosenfelde und Blankensee sollte der Treck in Warsin unterbrochen werden. Die Wagen wurden auf dem Gutshof, der unzählige Fuhrwerke beherbergte, eng beieinander abgestellt. Die Pferde kamen in den Schafstall, und wir erhielten einen Löffel Suppe. In Warsin bot das Pfarrhaus eine behagliche Unterkunft. Frau N., die selbstlose und vorbildliche Pfarrersfrau, hatte ein offenes Haus für Flüchtlinge. Sie teilte ihr Schlafzimmer mit uns.

**KTB vom 29.1.1945:** "Kreuz ist in der Hand des Feindes, der nun an die Pommernstellung herankommt." Fünf Tage zuvor hatte ich Kreuz mit dem Lazarettzug verlassen.

Am 30. Januar ging es nach Megow. Da kein Quartier erhältlich war, mußten die Pferde trotz beißender Kälte zugedeckt im Freien vor den Wagen stehen. Grollender Kanonendonner während der ganzen Nacht ließ keine Ruhe aufkommen. Es waren bange und angstvolle Stunden im dunklen Pferdestall, der wenigstens vor der Eiseskälte, die Brot und Schmalz zum Gefrieren brachte, schützte. Morgens konnten wir in einem Arbeiterhaus Kaffee und Kartoffeln kochen. Wieder zogen Hunderte von Franzosen, die in einer Scheune genächtigt hatten, in Reih und Glied an den

Trecks vorbei.

**KTB** vom 30.1.1945: "Der Feind steht jetzt vor der Oder-Warthe-Stellung. Spitzen von ihm erreichten Berlinchen", d.h. die sowjetischen Truppen waren im Moment von unserem Standort etwa 15 km entfernt oder näher als die Entfernung Wiesbaden - Frankfurt/M bzw. Wiesbaden - Mainz/Essenheim. Die Erfahrungen auf der Flucht bestätigten, daß die politische Führung die Bevölkerung über die militärische Faktenlage prinzipiell im Unklaren ließ bzw. die Informationen den Ereignissen hinterherhinkten. Darüber hinaus wurden von Zeit zu Zeit, vorsätzlich oder unbeabsichtigt, Gerüchte über einen erzwungenen Rückzug der Sowjets und die Möglichkeit einer Heimkehr in die Welt gesetzt. Der Wahrheitsgehalt der Sondermeldungen war nicht zu überprüfen, zumal "*fama tausend Zungen hat.*" Bei dem permanenten Durcheinander von offiziellen Nachrichten, Gerüchten und Propagandasendungen war das subjektive Sicherheitsempfinden fortwährend Wechselbädern ausgesetzt: "Panikmeldungen verwirren vielfach die Lage." (KTB vom 25.1.1945) Im Nachhinein liefern historische Quellen den Beweis, daß das Gemunkel über drohende Gefahren meistens den Tatsachen entsprach.

Am 31. Januar brachen wir, übermüdet und durchfroren, zur Weiterfahrt auf. Über Pyritz, dessen Innenstadt Ruhe und Frieden ausstrahlte - bis 1945 das "pommersche Rothenburg" - ging es auf vereisten Wegen nach Rackitt Richtung Bahn. Als der Leiterwagen gegen einen Baum schleuderte und sich verkeilte, saßen wir fest. Helfende Hände boten sich zunächst nicht an. In ausweglosen Lagen zeigte sich die Hilfsbereitschaft von Menschen, andererseits war der Selbsterhaltungstrieb häufig stärker als der Altruismus. Schließlich erbarmte sich ein Radfahrer aus Berlin als Helfer in der Not. Mit doppelter Anstrengung gelang es, den Wagen aus der Vertiefung zurück auf die Fahrstraße zu ziehen. Prompt stürzte Trixi und war nicht imstande, sich auf dem Glatteis aufzurichten, weil die Beine immer wieder ausrutschten. Mit einer Wolldecke zur Standsicherheit konnte das Pferd zum Stehen gebracht werden. In Trippelschritten kamen die Pferde voran. Es dauerte seine Zeit bis nach Bahn, einer Kleinstadt im Kreis Greifenhagen. Warmes Essen in einer Schule, die uns ins Quartier nahm, war Balsam für die erschlafften Nerven.

Am nächsten Morgen, dem 1. Februar, überraschte man uns sogar mit frischen Brötchen. Während sich Vater zum Friseur begab und Johann die Pferde in seine Obhut nahm, gingen Mutter und ich auf die Suche nach Einkaufsmöglichkeiten. Nach Nahrungsmitteln liefen sich ebenso Angestellte der Woldenberger Stadtkasse die Hacken ab. Solche eigentlich belanglosen Begebenheiten, die dem Leser grotesk erscheinen mögen und doch symptomatisch im Kriegsalltag waren, gaukelten ein Stück Normalität vor. Unweigerlich zerstörten nackte Tatsachen die flüchtigen Träumereien im Handumdrehen. Nur Insider wußten, daß der Krieg bereits unweit von Bahn tobte.

**KTB vom 31.1.1945:** "Kämpfe bei Landsberg und vor Berlinchen; der Gegner drang weiter Richtung Soldin [Soldin liegt etwa 15 km südlich von Bahn] vor. Der Feind hat also die Absicht, Pommern durch einen Stoß in Richtung Stettin abzuschneiden."

Jählings riß der Kontrast zwischen der trügerischen Scheinwelt und dem bitteren Ernst. Beim Schlendern von Laden zu Laden erscholl urplötzlich Alarm mit der Aufforderung: "Trecks raus aus der Stadt!" Wir fielen aus allen Wolken. Zeitgleich wurden Straßenpflaster aufgerissen, Sperren gelegt und Soldaten, in weiße Mäntel gehüllt und die Panzerfäuste im Anschlag, stoben in kopfloser Hektik auseinander. Deutsche Flugzeuge kreisten in niedriger Höhe über der Stadt. Allerlei Gerüchte schwirrten durch den Ort. In Windeseile sprach sich herum, daß sowjetischen Panzern ein Durchbruch bei Bahn gelungen sei. Die Stadt glich nunmehr einem aufgestörten Ameisenhaufen.

Die Nähe sowjetischer Verbände jagte uns Angst und Schrecken ein. Man brauchte kein Militärexperte zu sein, um zu begreifen, daß Panzer eine höhere Geschwindigkeit als Trecks entwickeln. Das Damoklesschwert, von der Vorhut der Panzertruppen eingeholt und eingeschlossen zu werden oder auf offener Straße in die Kampfhandlungen zu geraten, schwebte jederzeit über den Flüchtlingen. Nach den schlechten Nachrichten spannten wir in größter Eile die Pferde an und setzten sie in Trab. Fort ging's im Nu. In wilder Hast verließen wir am 1.2.1945 gegen 14.00 Uhr Bahn Richtung Oder: *"... die Angst beflügelt den eilenden Fuß."* (Schiller)

Mittlerweile kündigte sich ein Wetterumschlag an. Tauwetter hatte eingesetzt. An Streckenabschnitten, auf denen der festgefahrene Schnee abgetaut und das Eis geschmolzen war, *"ging's fort in sausendem Galopp."* (Gottfried August Bürger) Alle Trecks befanden sich im Wettlauf mit der Zeit. Die große Furcht vor der Roten Armee befiel jedes Fuhrwerk und trieb vor Einbruch der Dunkelheit zur Schnelligkeit an. Ein beherrschender Gedanke schoß uns durch den Kopf: Sollten wir wenige Kilometer vor der Oder den sowjetischen Truppen in die Hände fallen? Angesichts der heranziehenden Gefahr blieben uns die Worte im Munde stecken. Selbst Vater mußte alle Kräfte aufbieten, um die Nerven nicht zu verlieren, als an der Straßenkreuzung nach Schwedt der Hinweis alarmierte: "Für Trecks gesperrt!" Damit war der kürzeste Fluchtweg zur Oder verschlossen. Geschwind schlugen wir auf Vaters Ratschlag nicht die südliche Route Richtung Küstrin, sondern die nördliche Richtung Greifenhagen ein, von Bahn etwa 25 km entfernt. Nach den Orten Liebenow und Rosenfelde begann die Dämmerung. Als sich ein düsterer Wald auftat, versank die Sichtweite bei einbrechender Dunkelheit. Rasch wurde es stockfinster. Die Straße war mittlerweile wieder zugefroren. Durch das Glatteis gerieten die Wagen ins Schleudern, und das halsbrecherische Fahren wurde zum Alptraum. Keine funkelnden Sterne leuchteten. Kein Baum hob sich gegen den Nachthimmel ab. In der Finsternis konnte man die Hand nicht vor den Augen sehen: *"Die Nacht ist keines Menschen Freund."* (Andreas Gryphius) Ich erkannte nicht einmal Hannchens Wagen. Lediglich dünne, krächzende und kräftige Stimmen waren vernehmbar: "Wir sehen nichts mehr!" Der *"point of no return"* ermahnte inständig: Vorwärts! Die Oder mußte unter allen Umständen erreicht werden. Mitternacht schlug. Immer gleichbleibend Wald und unaufhörlich Glatteis. Abrupt kam Lotte zu Fall. Die Laternen waren erloschen. Ratlose Minuten folgten. Treckfahrer halfen uns über den Berg, so daß Lotte Tritt fassen konnte. Fritz wies den Weg mit einer notdürftig reparierten Laterne. Damit der zweite Wagen nicht aus dem Blickfeld geriet, fuhr Hannchen, die sich an dem Geflimmer orientierte, voraus. Ich selbst sah von der Laterne keinen Lichtstrahl, nur hin und wieder ein Flackern, wie von einem Glühwürmchen. Von dem straffen Halten der Zügel taten mir die Hände weh. Aus den Pferden wurde das Letzte herausgeholt. Die Wagen schleuderten auf dem

Glatteis derartig, daß sie wiederholt in den Straßengraben abzugleiten drohten. Trotzdem durften die Pferde im Tempo nicht nachlassen. Volkssturmmänner, die die Gefechtslage aufklären sollten, erkundigten sich nach sowjetischen Panzerüberfällen. In atemloser Spannung näherten wir uns Greifenhagen, dem wichtigen Brückenort. Schwerbewaffnete Kontrollposten an und auf der Oderbrücke warnten: "Genau in der Fahrbahnmitte halten, rechts und links liegen Sprengladungen!" Die überlange Brücke wollte kein Ende nehmen. Dazu waren die Sichtverhältnisse wegen defekter oder getarnter Beleuchtungsanlagen eingeschränkt. Voller Herzklopfen führte die nächtliche Parforcejagd am 2. Februar um 2.00 Uhr ans linke Oderufer. Nach sechs bitterbösen Tagen und Nächten war das Nahziel - die Entfernung vom Birkenhof bis Greifenhagen beträgt etwa 120 km - erreicht. Ein Stein fiel uns vom Herzen. Die akute Gefahr war gebannt. Trotz alledem: *"Das ist nicht das Ende, ... das ist erst der Anfang"* (Friedrich Wolf) der Odyssee, ein Wort, das retrospektiv seinen tieferen Sinn erhält.

Diesseits der Oder wickelte sich der Verkehr glatt ab. Die Treck-Kolonnen lösten sich in Wohlgefallen auf. Bei dem schneidenden Wind hielten wir Ausschau nach einer Behausung. Auch den abgetriebenen Pferden war nach Ausspannen zumute. Nach Mescherin machte die zugeschneite Fahrbahn die Straßenmarkierung unkenntlich, so daß die Fuhrwerke einzeln nacheinander mit sechs Pferden aus den Schneeverwehungen herausgeschleppt werden mußten. Zu nachtschlafender Zeit öffnete der Besitzer einer Kate die Haustür zum Einlaß. Unterdes war es 3.00 Uhr geworden. Während wir mit Stühlen an einem ungeheizten Kachelofen vorlieb nahmen, fanden wenigstens die ausgepumpten Pferde Unterstand in einem Kuhstall. Mehr als dreizehn Stunden, in denen die Furcht wie Blei in den Gliedern lastete, kamen wir uns wie gehetztes Wild vor. Es grenzte ans Unglaubliche, daß wir auf Teilstrecken den Sowjets nur um Haaresbreite entweichen konnten. Nach einem Dankgebet für Gottes Hilfe und Führung übermannte uns die Müdigkeit.

Der Erlebnisbericht soll für einen Exkurs unterbrochen werden. Wie beurteilten zeitgenössische Beobachter die militärische Lage und welche Schlüsse erlaubt der heutige Informationsstand? Aufschlußreich ist die Analyse der "Neuen Züricher

Zeitung" vom 31. Januar 1945: "Im Zentrum der Front kündigen sich neue dramatische Ereignisse an. Eine mächtige russische Panzerarmeee überschritt auf breiter Front die Obra in voller Stärke, überrannte die mit Volkssturm verstärkten Grenzbefestigungen im ersten Anlauf und befindet sich nun in schnellem Vordringen auf Frankfurt an der Oder. In letzter Stunde eingetroffene Frontberichte melden den völligen Zusammenbruch der deutschen Verteidigung westlich der Obra. In unabsehbaren Trecks bewegen sich Flüchtlingsströme aus den deutschen Ostgebieten nach dem Westen. Die Trecks sind dörferweise aufgebrochen und bleiben nach Möglichkeit zusammen. Ihre Größe schwankt zwischen kleinen, nur wenige Wagen umfassenden Kolonnen und dem monströsen Gebilde eines fünfzig bis sechzig Kilometer langen Heereswurms mit vielen Tausenden von Fuhrwerken."

Am 1. Februar 1945, als wir um Mitternacht die Oder passierten, berichtete die **"Neue Züricher Zeitung:** "In Moskau herrscht der Eindruck vor, daß die erste Phase der russischen Winteroffensive, die in einem beispiellosen Siegeszug in weniger als drei Wochen ganz Polen überrannte und den Kern des deutschen Ostheeres zerschmetterte, vor ihrem Abschluß steht. Nach einer Zwischenphase, dem Aufmarsch an der Oder, dürfte dann der zweite Teil der russischen Winteroffensive folgen, nämlich die Schlacht um die Oder und um Berlin."

Mit dem Hinweis auf die gewaltige Übermacht an Kampfkraft rannte ein sowjetisches Flugblatt bei den deutschen Führungsstäben offene Türen ein: "Kennen Sie die wirkliche Lage an der Front? Die Truppen der Roten Armee haben nördlich und südlich von Frankfurt die Oder überschritten und stehen 60 km vor Berlin."
(2.2.1945)

Nicht einmal der Autor des **KTB** betrieb Schönfärberei: "Der Gegner drang in den Sternberger Forst [Großvater Paul Becker ist gebürtiger Sternberger] ein und besetzte Meseritz [hier unterrichtete Großvater am Gymnasium]. Kämpfe bei Küstrin. Nördlich davon kam er bis an die Oder [Raum Bahn - Greifenhagen]. Er steht vor Königsberg in der Neumark. Einige Panzer stießen bei Neuwedel [nördlich von Woldenberg] vor. Schneidemühl ist abgeschnitten. Vom Westen schiebt sich

Tauwetter nach dem Osten vor. Dabei Temperaturen von +8 Grad." (2.2.1945) Der Eintrag im KTB belegt: Hätten wir von Bahn kommend die südliche Richtung eingeschlagen, wären uns die sowjetischen Panzer, die von Königsberg (Neumark) und Küstrin vorrückten, direkt entgegengerollt.

Hierzulande kennt die historische Forschung den genauen Operationsablauf: Am 28. Januar 1945 stießen sowjetische Divisionen durch den Netzekreis, ließen den Kreis Friedeberg mit Woldenberg hinter sich und stürmten auf der Reichsstraße 1 an Landsberg vorbei in Richtung Küstrin, wo sie in den letzten Januartagen die Oder erreichten, d.h. sie waren stellenweise früher an der Oder als wir! Den Bürgern der Neumark, die durch diesen Vorstoß am unmittelbarsten betroffen waren, erging es nicht viel anders als der Bevölkerung der südlichen Kreise Ostbrandenburgs. In der Zeit vom 29. bis 31. Januar 1945 begann eine panikartige Flucht aus Landsberg, Soldin und Königsberg (Neumark). Der überwiegende Teil der ländlichen Bewohner wurde von dem Vormarsch der Sowjetarmeen dermaßen überrascht, daß nur einer Minderzahl die Flucht gelang. Bereits am 2./3. Februar 1945 war ganz Ostbrandenburg von sowjetischen Truppen besetzt. Aus dem historischen Sachverhalt geht hervor, daß uns himmlische Heerscharen zur Seite standen.

Nach den Ruhestunden auf der Sitzbank am kalten Ofen bei Familie P. in Neu Rosow setzten wir den Treck am 2. Februar gegen 11.00 Uhr zum vorgegebenen Fluchtziel, d.h. Anklam, fort. *"Eile mit Weile"* (Augustus) hieß die Losung. Die Pferde gingen im Trott. Zudem war das Wetter freundlicher geworden. Die Route führte über Kolbitzow, Stettin-Schöningen, Stettin-Scheune nach Stettin-Möhringen, wo kein Quartier zu finden war. Dagegen bot das Gut Sparrenfelde Mensch und Tier eine ordentliche Unterkunft. Im Gästebuch von Gutsbesitzer Dr. J. gaben meine Eltern frank und frei zu Protokoll: "Auf der Flucht aus unserer geliebten Heimat war die herzliche Aufnahme ein Lichtblick. Leider wurde uns hier der beste Pferdeeimer von der SS gestohlen."

KTB vom 2.2.1945: "Nordwestlich von Küstrin drang der Gegner bei Zielenzig über die Oder. Der Gegner hat nun nach Nordwesten in Richtung Pyritz eingedreht.

Außerdem schiebt er sich an Arnswalde heran." Dagegen ist im Wehrmachtbericht vom 2.2.1945 von der Überquerung der Oder durch die Sowjets keine Rede. Es heißt lediglich: "Die Besatzungen von Schneidemühl und Posen erwehren sich heftiger, von starkem Artillerie-Salvengeschützfeuer unterstützter Angriffe der Bolschewisten."

Die verschiedenen Berichte und Zeitungsartikel machen klar, daß es den Sowjets Ende Januar/Anfang Februar 1945 gelungen war, an einigen Abschnitten die Oder zu überqueren. Mithin konnte das derzeitige Sicherheitsgefühl bestenfalls vorübergehend eine stabile Grundlage haben, obwohl das **OKW** meinte, daß "nach dem Tauwetter die Oder wieder ein schwierigeres Hindernis geworden ist." (7.2.1945) Offenbar war eine zweite Phase der sowjetischen Großoffensive, der eine Ruhepause voranging, in Vorbereitung. Zudem zeigen die Lageberichte, daß die sowjetischen Armeen nicht gleichzeitig an allen Frontabschnitten die deutschen Abwehrkräfte zurückdrängten, sondern tiefe Stoßkeile in den deutschen Verteidigungsraum trieben. Während sie Ende Januar bereits Brückenköpfe auf dem linksseitigen Oderufer bilden konnten, gelang ihnen die Eroberung von Schneidemühl, das sich 21 Tage den Angriffen widersetzte, am 15. Februar 1945.

Am 3. Februar zog der Treck durch die waldarme Seen- und Hügellandschaft. Nach Neuenkirchen und Bismark folgte Löcknitz, das Standquartier für drei Tage, weil ein Rad des Leiterwagens ausgefallen war. Die Pferde ruhten wohlbehalten in einem Stall, während wir bei Karl J. und Frau Martha ein warmes Zimmer bekamen. Hier konnte ich wieder Rundfunk hören.

**KTB vom 3.2.1945**: "Schneidemühl hält sich weiter."
**KTB vom 4.2.1945**: "Der Feind drang in Richtung Pyritz vor. Ein eigener Vorstoß drang bis Flatow vor."
**KTB vom 5.2.1945**: "Bei Lebus drang der Gegner über die Oder, ferner südwestlich von Küstrin. Nördlich von Küstrin weitere Versuche, über die Oder zu dringen. Bahn und Pyritz wurden angegriffen; Arnswalde wurde eingeschlossen."

Nach der Reparatur des Rades ging der Treck am 6. Februar weiter. Bei der

Wetterbesserung und mit gestärkten Pferden ließen sich mehr Kilometer als bisher zurücklegen. Die Strecke verlief über Rossow nach Pasewalk, einer anmutigen Kleinstadt mit elliptischem Grundriß und gitterförmigem Straßennetz, am rechten Ufer der Uecker gelegen. Vater dachte an Otto von Bismarck, der durch die Stadt mit Kürassieren geritten war. In anderer Hinsicht war Pasewalk der geistig-politische Ausgangspunkt der Tragödie Deutschlands, denn im Jahre 1918 "beschloß" im dortigen Lazarett der Gefreite Adolf Hitler, "Politiker zu werden." Passanten flanierten gemächlich und bedächtig in den breiten und baumreichen Straßen. Ein Fußgänger, guten Mutes, redete auf uns ein: "Bleiben Sie bei uns. Hier ist es schön und sicher!" Vaters spontane Reaktion: *"Die Botschaft hör' ich wohl, allein mir fehlt der Glaube."*

Der Streckenabschnitt führte über Jatznick, Heinrichsruh nach Ferdinandshof. Größtenteils war das Suchen nach einer Unterkunft für sechs Pferde und sechs Personen eine Wissenschaft für sich. Gewöhnlich war es dämmrig oder bereits dunkel, wenn wir als Quartiermacher das Terrain erkundeten. Gegen Abend war die Mehrzahl möglicher Unterkünfte belegt. Eine offene Haustür gehörte zu den Ausnahmen. Nicht selten blieb uns nichts anderes übrig als die Straßen abzuklappern. In Ferdinandshof sah ein hilfswilliger Ortsbauernführer nach dem Rechten. In der Schule hieß eine korpulente Köchin die Flüchtlinge mit warmem Essen, Kaffee und Brot willkommen. Johann, der Teller auf Teller leer aß wie ein Scheunendrescher, strahlte förmlich. Unterkunft fand sich bei Familie K., einem 70-jährigen Ehepaar. Frau K., nicht auf den Mund gefallen, war früher Blumenverkäuferin in Berlin, Herr K. Maurer, ein unverbesserlicher Parteigenosse der NSDAP. Seine unkritische Einstellung trübte nicht das gemeinsame Nachtquartier im Schlafzimmer des Ehepaars. Am nächsten Tag vermißte Mutter den Schmalztopf. Der Verlust der eisernen Reserve war nicht zu ersetzen. Fritz nahm sich vor, mit Mutters Fahrrad nach Löcknitz zu radeln, um die Vorratsquelle herbeizuschaffen. In Anklam, offizielles Fluchtziel der Stadt Woldenberg, sollte er wieder zu uns stoßen. Beim Aufbruch in der Morgenfrühe kam Vicky nicht in Gang. Das Pferd konnte sich nicht mehr aufrichten. Vermutlich hatten Überanstrengungen und die kurzen Erholungsphasen der vergangenen 10 Tage die Erkrankung ausgelöst. Als schädlich erwies sich, daß die Pferde, um ihre Leistungsfähigkeit zu erhalten, zeitweise notgedrungen überfüttert wurden. Ein leutseliger Tierarzt, der eine Nierenerkrankung feststellte, veranschlagte eine Woche für die Wiederherstellung. Die Pflege übernahm Johann, der Vickys Gesundung in Ferdinandshof abwarten sollte.

**KTB vom 6.2.1945**: "Zwischen Bahn und Pyritz gingen eigene Kräfte vor. Die Pommernstellung hält."

Mit fünf Pferden treckten wir am 7. Februar auf gerader Chaussee über Rathebur nach Ducherow. Entgegengesetzt steuernde Verkehrsteilnehmer warnten: "In Ducherow ganz strenge Kontrolle nach Volkssturmmännern!" Wir schwebten in tausend Ängsten. Obwohl Vater wegen seiner Verwundung aus dem Ersten Weltkrieg offiziell dem Volkssturm nicht angehörte, fiel er vom Alter her in die Kategorie des zu erfassenden Personenkreises, zumal er im Dezember 1944, wie berichtet, an einem Kursus zur Ausbildung von Volkssturmmännern in Arnswalde teilnehmen mußte. Überdies hatte sich Hitlers Drohung vom 27.1.1945 herumgesprochen: "Da wird Volkssturm aufgeboten. Wer ausreißt, wird erschossen. Das muß mit allen Mitteln gemacht werden." (Lagebesprechungen im Führerhauptquartier, S. 317) Daher hielt sich Vater meist im hinteren Teil des Planwagens versteckt. Beklommen fuhren wir an Ducherow heran. Zum Glück blieben Kontrollen aus. Lediglich ein Arzt aus Arnswalde, der nach den Trecks schaute, erkundigte sich nach dem Gesundheitszustand der Flüchtlinge. Er erzählte, daß der Kreisbauernführer H. von Polen erschlagen worden sei.

Der Bestimmungsort Anklam rückte in Reichweite. Bei Sonnenschein und auf schneefreier Straße gelangten wir über Kosenow in die Kreisstadt Anklam, am Südufer der Peene gelegen, ein Ort, dem schmucke Bürgerhäuser ein mittelalterliches Gepräge verliehen. Die ehemalige Hansestadt war duch Luftangriffe angeschlagen. Bomben und Granaten hatten einige Stadtteile in Schutt und Asche gelegt. In den Straßen stauten sich die Trecks. Der Marktplatz in der Altstadt demonstrierte ein Kapitel des Flüchtlingsdramas ad oculos, ein wüstes Durcheinander von Menschenmassen, Pferden und Wagen, *"eingekeilt in drangvoll fürchterliche Enge."*

(Schiller) Die NSV (Nationalsozialistische Volkswohlfahrt) nannte ein Quartier für Pferde und Menschen. Die Pferde kamen in eine Scheune der Vorstadt, wir in das "Hotel zur goldenen Traube" am Markt, das als Flüchtlingsheim deklariert war. Nachdem die Pferde versorgt waren, machten wir uns auf den Weg zur "Traube", die eine wohlschmeckende Leberwurstsuppe bereithielt. Mit Bekannten aus Woldenberg wurden Neuigkeiten ausgetauscht. Auf der Treppe des Hotelaufgangs sollte eine Behelfs-Schlafstätte entstehen, denn Zimmer und Kammern, hörte man, wären überbelegt. Wir hatten uns kaum auf den hölzernen Treppenstufen niedergelegt, da erschien der rührige Hotelbesitzer, der die auf dem Boden liegenden Menschen betrachtete, steuerte auf Vater zu und zog ihn ins Vertrauen: "Sie können doch hier nicht auf der Treppe sitzen bleiben, kommen Sie, ich gebe Ihnen ein Gästezimmer!" Der Hotelier öffnete ein Prunkgemach mit fließendem kaltem und warmem Wasser. Gemessen an zivilisatorischen Maßstäben war "Die goldene Traube" 1945 das komfortabelste Logis. Ein kurzlebiges Schlaraffenlandleben wie im Traum! Nachdem wir wie Murmeltiere in den Daunenbetten geschlafen hatten, kehrte die harte Wirklichkeit zurück. Die NSV bezeichnete Krien, ein Dorf ca. 18 km von Anklam entfernt, als zukünftigen Unterbringungsort.

KTB vom 7.2.1945: "Bei Fürstenberg und südlich Frankfurt a.d.O. ging der Feind über die Oder. In Pommern kam der Gegner zwischen Bahn und Pyritz vor. Arnswalde wurde von Norden angegriffen. Schneidemühl wieder angegriffen." Der Verfasser des KTB ergänzte: "Daß der Gegner verharrt, ist nicht als eine operative Pause anzusehen, sondern nur als ein Atemholen, das durch die Gegebenheiten erzwungen ist. Die Masse einer Panzerarmee scheint gegen Stettin angesetzt zu sein."

Am 8. Februar verließen wir Anklam in Richtung Krien. Der Weg über Görke, Postlow, Albinshof, Domäne Krien, nach Krien war die ruhigste, ja friedlichste Teilstrecke. Durch keine Widrigkeiten beeinträchtigt, fuhren uns die zurückliegenden Tage und Nächte durch den Sinn. Während die Pferde im Schritt gingen, wollte das tägliche Szenario jenseits der Oder nicht aus dem Kopf, das seit dem 27. Januar kein Auge trocken ließ. Da lagen in der eisigen Luft zerbrochene Treckwagen in den Straßengräben, Kleider, Schuhe, geschlachtete Schweine, die abgeworfen waren, weil die Pferde die überladenen Fuhrwerke bei Schneeverwehungen nicht ziehen konnten, desgleichen Koffer und Kartons mit Wäsche, Lebensmitteln und persönlichen Kostbarkeiten. Fluchtwagen waren in den Abgrund gestürzt, davor die Besitzer, die ratlos und weinend vor ihrem letzten Hab und Gut standen. Tote Pferde füllten die Straßengräben. Ins Herz trafen die erfrorenen Kinder, die von verzweifelten Müttern in einfachen Holzkisten am Wegrand zu Grabe getragen wurden. Wer zählte die schwächlichen Kleinkinder, die zwischen Eis und Schnee dem Kältetod erlagen? Angesichts des Todes ihrer Liebsten erstarrten Eltern und Angehörige zu Bildsäulen, Menschen, die nichts waren als ein Häufchen namenloses Elend. Es war ein Jammer, die Not der gebrechlichen und hinfälligen Menschen mit ansehen zu müssen, die sich mit voll bepackten Hand- oder Ziehwägelchen mühsam eine Spur durch schneeverwehtes Gelände bahnten. Weit und breit grauenvolle Bilder von menschlichem Leid. Welch eine Tragödie! Bei dem grausamen Schicksal und dem großen Verhängnis, das über Ostdeutschland hereinbrach, verwundert es nicht, daß die meisten kein Blatt vor den Mund nahmen und für Hitler, den Anstifter der *"Gesamtnot und Gesamtplage der Menschen ... und ... der Völker"* nur Spott, Hohn und Verachtung übrig hatten. Vor dem unsagbaren Unheil wurden unter Anspielung auf die sich dahin schleppenden Flüchtlingstrecks die hohlen Phrasen der NS-Propaganda sarkastisch zitiert: "Räder müssen rollen für den Sieg! Kein Deutscher soll hungern und frieren! Mein Führer, wir danken dir!"

An Weggabelungen traten manchmal längere Staus auf, weil aus allen Himmelsrichtungen Trecks lawinenartig aufeinander zuströmten. Treckleitungen wiederholten formelhaft die stereotype Frage: "Wo kommt Ihr her, wo wollt Ihr hin?" Das Stimmungsbarometer stand auf Sturm, wenn an den Fuhrwerken Störungen auftraten, die zum Anhalten zwangen. Damit geriet die gesamte Kolonne ins Stocken. Nachfolgende Treckfahrer wurden unleidlich und schrien aus Leibeskräften: "Nur immer weiter, weiter!" Wagenlenker, die aus der Kiellinie ausscherten, um eine Nasenlänge voraus zu sein, setzten zum Überholen an und erregten dadurch Ärgernis bei den langsameren Fuhrwerken. Jedem Treckfahrer lag daran, so schnell wie möglich die Oder zu überqueren, um den Gefahren zu entgehen und sich in Sicherheit zu wiegen. Die endlosen Züge der Flüchtlingsströme weckten die

Vorstellung einer gigantischen Völkerwanderung. Die breite Palette von Ortsnamen an den Treckwagen verriet, daß sich quasi ganz Ostdeutschland auf der Flucht befand: *"Alles rennet, rettet, flüchtet."* (Schiller)

## 2. Einquartierung in Krien (Anklam)

Am 8. Februar 1945 landeten wir in Krien, ein Dorf in der flachen Peenemündung. Meine Eltern gingen zwecks Zuweisung eines Quartiers zur NSV-Leitung. Der Lehrer des Dorfes beriet mit dem Ortsgruppenleiter, und beide verständigten sich über die Unterbringung von Menschen und Tieren. Die Pferde sollten auf verschiedene Bauern verteilt werden, wir bei der Familie Karl L. in Neu-Krien wohnen. Dort waren tags zuvor eine kleine Küche mit einem Kohlenherd und ein leeres Zimmer in Beschlag genommen worden. Frau L., eine kleine, rundliche Person, die beim Bombenangriff auf Anklam von Granatsplittern getroffen worden war, hielt mit ihrer Aversion nicht hinterm Berg: "Dieses Zimmer ist beschlagnahmt, das sollen Sie haben, Betten habe ich nicht, Tisch und Stühle auch nicht! Da müssen Sie sehen, wo Sie so etwas kriegen!" Der "Begrüßungsschuß" war wie ein Schlag ins Gesicht. Nach der kalten Dusche stahl sie sich fort. Ein Dauerquartier? Mutter brach in Tränen aus: "Hier bleibe ich nicht einen Tag!" Wir wandten uns noch einmal an die NSV und den Ortsgruppenleiter. Das vage Versprechen einer anderen Unterkunft trug nicht weit. Unter dem Zwang der Verhältnisse blieb nichts anderes übrig, als zähneknirschend die bittere Pille der frostigen Einquartierung zu schlucken. Zu dem unmöblierten Nebenraum hatte die Hauswirtin mit ihrer Plumpheit Öl ins Feuer der Niedergeschlagenheit und des Meditierens über das verlorene traute Heim gegossen: *"Kein Schmerz ist größer, als sich der Zeit des Glücks zu erinnern, wenn man im Elend ist."* (Dante)

Der nächste Morgen gab frischen Mut zur Tat. Vater und ich nahmen das Dorf in Augenschein. Läden und Handwerksbetriebe sollten die Versorgung sicherstellen: zwei Fleischereien, zwei Bäckereien, fünf Kaufläden, zwei Schmieden, ein Stellmacher und eine Sattlerei. Damit war dem lebensnotwendigen Bedarf Rechnung getragen. Obwaltende Umstände und alltägliche Ereignisse bestimmten die Forderung des Tages.

Vordringlich war die Beschaffung von Brennholz. Die Zuteilung erfolgte durch einen cholerischen Ortsbauernführer, der zugleich Kraftfutter aushändigte. Gewöhnlich polterte er und stellte sich jedesmal auf die Hinterbeine, wenn er Futter hergeben sollte, obwohl den Trecks eine bestimmte Menge zustand. Unterdessen hatte der Hauswirt seinen Stolz darein gesetzt, die Wogen zu glätten. Er besorgte Tisch, Stühle, Stroh und Bettstellen. Frau L. überwand ihre Einsilbigkeit und teilte keine Nadelstiche mehr aus. Versöhnlich stimmte, daß ich mit der Familie die Abendnachrichten hören konnte. Hannchen war bei einer Nachbarin untergebracht, die auch Fritz aufnehmen sollte, der mit dem Schmalztopf und Fahrrad auf sich warten ließ.

Nach ein paar Tagen fuhr Vater nach Ferdinandshof, um Johann mit Vicky abzuholen. Er kam allein zurück, weil Vicky noch nicht wiederhergestellt war und vom Tierarzt eine weitere Woche behandelt werden mußte. In Anklam traf Vater Nachbar Karl S., dessen Frau und Kinder verschollen waren. Ebenso bangte der Inspektor aus Lauchstädt um seine Familie. Vater brachte in Erfahrung, daß sowjetische Panzer den Woldenberger Treck bei Berlinchen eingeholt und ins Unglück gestürzt oder wie man zu sagen pflegte, "überrollt" hatten. Über die Katastrophe - mehrere Klassenkameraden waren schon bei der Einnahme von Woldenberg durch die Sowjets ums Leben gekommen - hat der frühere Bürgermeister von Woldenberg, Otto Hemp, einen Bericht verfaßt, der in der Dokumentation über die Vertreibung der Deutschen aus den deutschen Ostgebieten veröffentlicht ist:

"In der Nacht vom 26. zum 27. Januar 1945 bekam die Stadt Woldenberg, Kreis Friedeberg, Neumark, den Räumungsbefehl. Der Bevölkerung von Woldenberg hatte ich am Tage vorher schon bekannt gegeben, daß als Alarm und gleichzeitig zum Abschied die Glocken läuten würden. Es standen am 27. Januar morgens drei Züge für den Abtransport bereit. Alle Bauern und Pferdehalter wurden zu Trecks zusammengestellt und rückten im Laufe des Tages in Richtung Arnswalde-Berlinchen ab mit dem Endziel Anklam. In der Nacht vom 28. zum 29. Januar rückte der Treck in Berlinchen ein. Am nächsten Morgen sollte es weitergehen. Es schneite und war glatt; die Kolonnen fuhren in Viererreihe, die Straßen waren verstopft, und wir beschlossen daher, noch eine Nacht in Berlinchen zu bleiben. Am Abend gegen 12.00 Uhr erschienen die ersten russischen Panzer am Eingang der Stadt. Nach etwa 25 bis 30 Minuten brannte die Hauptstraße; die Russen hatten die Häuser in Brand gesteckt. Wir zogen nochmals weiter in nördlicher Richtung nach dem Dorf Hohengrape. In der Nacht erschienen die ersten russischen Kolonnen. Am anderen Morgen fuhr ein Teil der Polen, die die Bauern mit auf die Flucht genommen hatten, mit den beladenen Wagen in östlicher Richtung davon, ohne daß wir es hindern konnten. Am Nachmittag nahm uns der Russe sämtliche Pferde weg. Wir erlebten nun die erste schreckliche Nacht. Meine Nichte wurde von vierzehn russischen Offizieren im Nebenzimmer vergewaltigt. Meine Frau wurde von einem Russen in die Scheune geschleppt und ebenfalls vergewaltigt. Danach wurde sie in einen Pferdestall gesperrt und mit vorgehaltener Pistole nochmals vergewaltigt. Alle in der Wohnung verbliebenen Flüchtlinge erlebten in der Nacht ebenfalls schreckliche Stunden. Es erschien ein Russe und suchte ein Mädchen von 13 Jahren aus. Das Kind schrie und sträubte sich, mitzugehen. Er lud seine Pistole, ließ alle antreten und drohte, uns zu erschießen, wenn wir das Mädchen nicht innerhalb von 5 Minuten in das Nebenzimmer brächten. Unter Zwang mußten wir sein Ansinnen erfüllen. Als sich erwies, daß das Mädchen zu schwach war, gab er es einem anderen Kameraden. Er selbst kam wieder und holte sich jetzt die schwangere Mutter. Sie selbst wurde im Bett vergewaltigt, während die Tochter vor dem Bett auf dem Fußboden Gewalttaten über sich ergehen lassen mußte. Der Bauer, bei dem wir in Quartier lagen, wurde mit seiner Nichte abgeholt und in Berlinchen erschossen. Täglich kam die GPU [sowjetische Geheimpolizei] und holte Männer ab. Mißhandlungen und Vergewaltigungen steigerten sich von Tag zu Tag. Jede Nacht erschienen Russen, schossen durch die Fenster und Türen, schlugen die verriegelten Türen ein und vergewaltigten Frauen und Mädchen im Beisein der Kinder. In der Scheune hörten wir Schreckensrufe von 500 bis 600 Menschen. Es war alles vergebens. In einer Nacht wurden ein Mann und eine Frau, als sie die Tür öffnen wollten, sofort erdolcht. Eine andere Frau, die sich nicht ergeben wollte, wurde nackt an den Haaren blutüberströmt über das Eis in den Gutshof geschleift. Unsere Frauen, die mit uns in der Scheune lagen, durchweg über 60 Jahre alt, wurden weiter vergewaltigt. Es kam oft vor, daß Autos vor das Gutshaus fuhren und Frauen und Mädchen dort hinholten, wo sie nicht ausreichten. Am anderen Morgen kamen sie dann gewöhnlich 20 bis 25 km zu Fuß zurück."

Zum Zeitpunkt des Desasters, als die Woldenberger Treck-Kolonne, von der wir auf Vaters innerer Eingebung hin abgeschwenkt waren, bei Berlinchen-Hohengrape in eine sowjetische Falle geriet, gönnte uns der schallende Kanonendonner in Megow - nur ein Steinwurf weit - keine Ruhe. Der entsetzliche Schauplatz nahe der Strecke Warsin - Megow war gleich um die Ecke, ganze 5 km von unserem Standort entfernt! Selbst Jahrzehnte danach läuft es mir bei der Vorstellung einer Kollision mit den Sowjetpanzern kalt den Rücken herunter. Dank einer gnädigen Fügung blieb uns diese Heimsuchung erspart.

Als wir Johann und Vicky abholten, begegnete uns Nachbar Richard B. in Ferdinandshof. Er hatte am Sonntagnachmittag, dem 28. Januar, seinen Hof verlassen. Richtung Birkenhof glaubte er einen Feuerball gesehen zu haben. In Anklam trafen immer mehr Woldenberger ein. Wegen der niederschmetternden Nachrichten zeigte sich auf allen Gesichtern Bestürzung über das widrige Geschick, das Landsleuten widerfuhr. Die Liste der Vermißten wuchs ständig. Ebenso blieb Fritz mit dem Fahrrad und Schmalztopf verschollen. Ob das leicht renitente Bürschchen dunkle Pläne ausgeheckt und den von sich aus angeregten Botengang als erste beste Gelegenheit zum Durchbrennen wahrnahm - ihm entschlüpfte schon mal das geheimnisumwitterte und quasi verräterische Verbum "ausreißen" - oder ob sich eine menschliche Tragödie zugetragen hatte, war trotz intensiver Nachforschungen nicht zu klären. Auch Polizei und NSV sahen sich bei ihrer Fahndung außerstande, Licht in den undurchschaubaren Hintergrund des Schicksals von Fritz zu bringen.

Ein zeitgenössisches Stimmungsbild über die Geschehnisse und den Gemütszustand in Krien vermitteln Briefe meiner Eltern an die Marburger Tanten. Am 27. Februar 1945 setzte Vater die Verwandtschaft über die Erlebnisse in Kenntnis: "Wir freuen uns, daß Ihr in Sicherheit seid, denn täglich haben wir auf Nachricht von Euch gewartet. Nun sind wir noch um Eckart in Sorge. In der Nacht zum Sonnabend (27.1.1945) wurden wir durch Sieverts Arbeiter geweckt, um sofort abzufahren. Doch alles ging zu langsam bei der Dunkelheit, das Aufladen der Futtersäcke, die Franzosen waren nicht dort, die Trennung von der Heimat. A. (Inspektor von Sievert-Johanneswunsch) kam dann noch selbst, verabschiedete sich von uns und sagte, daß es höchste Zeit wäre, da um 12.00 Uhr Mitternacht schon die Glocken geläutet hätten. Und so fuhren wir dann um 6.00 Uhr morgens vom Hofe, die Heimat hinter uns lassend.

Es war eine Straße des Elends und des Jammers. Kalt, Schnee, Eis auf den Straßen, die Pferde fielen, und die Wagen standen auf den vereisten Chausseen immer quer und hinter uns russische Panzer. Nachts schliefen wir in Scheunen, bei Arbeitern, bei einer Pfarrersfrau, in Schulen, bei den Pferden und Kühen, bei guten und schlechten Menschen. Zum Glück kam mir der Gedanke, lieber nach Greifenhagen zu fahren als südwärts. Und das war unsere Rettung. Alle Trecks, die nach Süden zur Oder abbogen, sind bis jetzt verschollen. So auch der ganze Woldenberger Treck, alle unsere Nachbarn, außer B. Wie ein so glänzender Schachzug den Russen gelingen konnte, ist mir ein Rätsel. Ich habe mir viel vorgestellt, aber an so etwas habe ich nicht im geringsten gedacht. Acht bis zehn Millionen Menschen auf den winterlichen Straßen, erfrorene Kinder und altersschwache Menschen im Chausseegraben, wirtschaftlich ein Land voll mit Korn und Vieh verloren. Ich selbst habe 1 Fohlen, 29 Rinder, 14 Schweine, 100 Hühner, Gänse und Puten, 100 Ztr. Roggen, 200 Ztr. Hafer dort gelassen. Die Woldenberger Speicher haben acht Tage vorher kein Korn mehr angenommen, weil alles überfüllt war, die Schweine wurden nicht verladen, und so war es in allen Städten. Wie konnte die Regierung dies nur zulassen, daß die Russen in gefüllte Scheunen und Keller kommen?

Jetzt sitzen wir in einem kleinen Zimmer von ungefähr 15 qm und einer winzigen Küche von 4 qm. Hannchen hat im Nachbarhaus eine Schlafstelle. Fritz ist unterwegs mit Friedes Fahrrad, die Franzosen durften nicht mit, Ursel [unser polnisches Dienstmädchen] wollte nicht mit und hat uns beim Aufladen das ganze Silber gestohlen. Friede hat ihre Uhr unterwegs im Stroh verloren, ich habe meine zu Hause gelassen, so leben wir jetzt ohne Zeit. Gert war heute schon zum zweiten Mal in Anklam, um Johann eine Stelle zu verschaffen. Doch sie haben keine Arbeit für einen Deutschen. Woldenberg soll zum Teil abgebrannt sein, ebenso die umliegenden Dörfer wie Wolgast, Bernsee, Klosterfelde, Regenthin, Hochzeit etc. Als B. herausfuhr, brannte Wolgast und später sah er, oder wollte gesehen haben, daß unser oder sein Gehöft auch brannten. Es stimmt wohl, daß die Polen zuerst die Häuser angesteckt haben. Hochzeit ist ohne Kampf genommen, die Arbeit an Schützengräben war nur ein Sprungbrett für die Panzer. Nun habt Ihr ungefähr ein Bild von unserer Lage. Wolfhart und Walter gratulieren wir nachträglich zum Geburtstag."

Die militärische Situation im Hinblick auf den nahen Kriegsschauplatz war zu Beginn der Einquartierung in Krien nach den Einträgen im Kriegstagebuch (KTB) unverändert gespannt:

**10.2.1945:** "Bei Arnswalde hat sich die Lage verschärft, bei Schneidemühl weitere Kämpfe."
**13.2.1945:** "In Küstrin außer der Flak kaum eigene Artillerie vorhanden. Die Lage in Schneidemühl ist ernst. Der Aufmarsch im Oder-Warthe-Bogen ist fertig und wird sich vermutlich gegen Stettin richten."
**14.2.1945:** "Von Schneidemühl ab 13.2. keine Meldung mehr."
**15.2.1945:** "Die Lage in Arnswalde ist sehr ernst geworden. Der Kommandant von Schneidemühl, wo der Gegner 9 000 Gefangene meldete, befahl nach 21-tägiger Verteidigung den Durchbruch nach Norden ..."
**16.2.1945:** "Die Besatzung von Schneidemühl ist beim Sichdurchschlagen weiter vorangekommen. Der Führer hat diese Maßnahme nicht unwohlwollend aufgenommen."
**17.2.1945:** "Von der Besatzung Schneidemühl haben sich jetzt 1000 Mann durchgeschlagen."
**18.2.1945:** "An der Oder verstärkt sich der Feind."
**20.2.1945:** "An der Oder gehen die feindlichen Vorbereitungen weiter."
**22.2.1945:** "Es ist nunmehr anzunehmen, daß der Feind gleichzeitig gegen Westen, über die Oder und in Richtung Stettin angreifen wird."

Den Erkenntnissen des OKW zufolge bereiteten die Sowjets nach einer Atempause die umfassende Schlußoffensive vor, die mit der Eroberung Berlins einen Triumpf feiern sollte. Insofern war die Quartiernahme in Krien auf Sand gebaut. Gleichwohl waren Ende Februar die bevorstehende Gefährdung und Gefahrenzone nicht zu erkennen. Allenfalls herrschte eine äußerliche, trügerische Ruhe vor dem Sturm. Die kraftmeiernde Propaganda bagatellisierte die sowjetischen Angriffsvorbereitungen. Selbst die "Neue Züricher Zeitung" nahm die Nachrichten von der Front gelassen auf: "Die russische Generaloffensive hat teils durch verstärkten deutschen Widerstand, teils durch das eingetretene Tauwetter eine beträchtliche Verlangsamung erfahren." (20.2.1945) Ähnlich der Autor des KTB am 24.2.1945: "An der Oder Ruhe."

Am 1. März 1945 beging ich meinen 14. Geburtstag. Eine Familienfeier im bisher üblichen Rahmen war ein Ding der Unmöglichkeit. Dennoch ließen meine Eltern nichts unversucht, dem Ehrentag unter den obwaltenden Umständen eine besondere Note zu verleihen. Nach Herzenslust konnten wir uns Gänsebraten von zu Hause und leckeren Kuchen zu Gemüte führen. Geographische Schreibspiele füllten den Nachmittag. Gemütsruhe stellte sich nicht ein. Der Geburtstag in der Fremde, ohne Heimat und Eckart, von dem es kein Lebenszeichen gab. Im Unterbewußtsein geisterte die Rote Armee, die sich mit geballter Faust an der Oder auf die Lauer legte: *"Von des Gedankens Blässe angekränkelt ..."* (Shakespeare)

Tags darauf sprach Frau L. beiläufig von der Konfirmation, die für Sonntag, den 4. März, anberaumt war. Um den richtigen Zeitpunkt für meine Aufnahme in die Gemeinde der Erwachsenen nicht zu versäumen, suchten Mutter und ich den Pfarrer auf. Sie bat ihn, mich mit einzusegnen und schlug gleichzeitig einen zeitgemäßen Konfirmationsspruch vor, Psalm 46, Vers 1 und 2: *"Gott ist unsre Zuversicht und Stärke, eine Hilfe in den großen Nöten, die uns getroffen haben."* Mutter putzte Eckarts Einsegnungsanzug und sein Sporthemd heraus. Eine Kirschtorte - der letzte Rest der Kirschen-Allee - sollte der kulinarische Glanzpunkt des Tages sein.

Prüfung und Konfirmation fanden am Sonntag, dem 4. März, 10.00 Uhr, in der Kirche zu Krien statt. Unter den Konfirmanden war Vaters ehemaliger Schüler Rudolf T. aus Schneidemühl. Pastor Schröder aus Liepen im Kreis Anklam hielt eine den Zeitumständen entsprechende ernste Predigt. Keine normalen Verhältnisse bildeten den Rahmen der Feier. Einige Gemeindemitglieder vermißten Vater und Bruder, und viele hätten ihre angestammte Heimat verloren. Er erinnerte seine Zuhörer an das Wort: *"Größer als der Helfer ist die Not doch nicht."* Beide Kirchenlieder waren zeitnah: *"So nimm denn meine Hände."* Das zweite Lied griff den Leitgedanken von meinem Konfirmationsspruch auf: *"Harre, meine Seele, harre des Herrn; alles ihm befehle, hilft er doch so gern."* Nach dem Gottesdienst zogen wir uns ins Quartier zurück. Mutter kredenzte ein "Kriegs-Festessen".

Kurz darauf - der Brief ist undatiert - schüttete Mutter ihr Herz gegenüber ihren Marburger Schwestern aus: "So hat uns das Schicksal aus der geliebten Heimat verschlagen. Fremd in der Fremde. Flüchtling, der um alles bitten muß und doch alles hatte, was irgend das Herz begehrte. Und doch wäre alles zu ertragen, wenn wir nur wüßten, wo unser Eckart ist und wie es ihm geht. So viele Wege haben wir eingeschlagen, von ihm Nachricht zu bekommen. Alles umsonst. Unsere einzige Hoffnung ist, daß er an Dich, Dorchen, schreibt, und Du ihm unsere und uns seine Adresse gibst.

Als wir nachts um 3.00 Uhr am 27. Januar 1945 geweckt wurden und die Russen wenige Kilometer von uns entfernt waren, als wir losfuhren bei eisigem Winde und fußhohem Schnee und alles zu Hause lassen mußten, was Hans in sieben schweren Jahren aufgebaut hatte, waren wir ganz versteinert. Jetzt hatte Hans es erreicht. Jetzt war unser Birkenhof auf der Höhe und jetzt kam es, wie er so lange schon gefürchtet: Es fiel alles in die Hände der Russen. Das Stück deutscher Erde, das uns gehörte - russisch! Noch heute ist es uns unbegreiflich. Zwölf Tage Flucht bei eisigem Schneewind über vereiste Straßen, die russischen Panzer immer hinterher. Nur ein Ziel: Über die Oder. Das Brot, das wir mithatten, war zu Stein gefroren. Nachts lagen wir auf Stroh in zugigen Scheunen und immer das Schießen der Panzer hinter uns. In Bahn durften wir nicht weiter: Verbot durch die Wehrmacht. Am nächsten Morgen mußten wir so schnell wie möglich fort. An allen Ecken standen Soldaten mit der Panzerfaust. Die Straßen waren schon aufgerissen. Unsere Panzer fuhren voraus und dann nach allen Seiten. Nun ging es zwölf Stunden hintereinander, so schnell die Pferde noch laufen konnten, zur Oder. Wir drei auf unserem Wagen sprachen kein

Wort, nur immer der Gedanke: Zur Oder. Kein Stern am Himmel. Nur der Sturm tobte, wilder denn je. Kaum war eine Orientierung möglich. Fritz wies den Weg mit der Laterne. Zwei Stunden nach Mitternacht waren wir an der Oderbrücke. Soldaten warnten: "Nicht zu weit rechts fahren. Überall liegen Sprengladungen!" Gert fuhr unseren Wagen. Den anderen Hannchen mit Johann und Fritz. Endlose Brücke bei Greifenhagen. Und wir kamen rüber. Was uns in diesem Augenblick erfüllte, das können Worte nicht sagen: War doch die Oder auf der ganzen Flucht das größte Ziel. Uns hat eine höhere Macht geführt. Denn die meisten Woldenberger Trecks sind in die Hände der Russen gefallen. Gert war gerettet und wir mit ihm. Jetzt hatten wir Ruhe vor den russischen Panzern, und die armen, braven Pferde brauchten nicht mehr im Galopp zu laufen.

Nun sind wir schon vier Wochen in Neu-Krien. Das aber wird noch nicht das Ende der Flucht sein. Die Russen kommen näher. Stargard ist weg." (KTB vom 5.3.1945: 'Stargard ging verloren, aus Schneidemühl sind von rund 1 000 Mann, die ausbrachen, 184 durchgekommen, der Kommandant wurde gefangen'). "Wohin aber dann? Das Zimmer ist naß. Hans hat sich eine schwere Bronchitis geholt und ist in ärztlicher Behandlung.

Gert leidet unter tiefem Heimweh. Jeden Tag hofft er im Wehrmachtbericht zu hören, wir dürfen nach Hause. Sein Geburtstag war trostlos. Am Freitag (2.3.) erfuhren wir, daß am Sonntag (4.3.) Einsegnung sei! Ich suchte mit ihm den Pfarrer auf. Der Pfarrer war ein wundervoller Mensch. Die Predigt am Einsegnungstage war ergreifend. Auch aus Schneidemühl wurde ein Junge eingesegnet. Der Pfarrer hat zwei Söhne verloren, darum fand er die Worte, die ans Herz greifen. Was aber wir auf der Flucht erlebten: Die vielen kleinen Kinder, die in Kisten irgendwo am Wege verscharrt wurden, die alten Leute, die auf den Wagen gestorben sind, die toten Pferde auf den Chausseen, die abgeworfenen Körbe und Kisten, die weinenden Menschen. Einmal Kosaken am Waldrand mit etwa 300 Pferden. Dann endlose Kolonnen von Gefangenen verschiedener Nationalität. Die Soldaten uns immer fragend: "Sind Sie überfallen worden?" und unsere Panzer, die so unheimlich wirkten durch die weißen Mäntel, die die Soldaten umgeworfen hatten wie Tücher. Zerbrochene Wagen im Graben. So hoher Schnee mitunter, daß wir sechs Pferde vor einen Wagen spannen mußten! 'Flüchtlingselend', wie Eckart damals aus Jülich schrieb, 'ist schlimmer als alles'."

Die Selbsterhaltung erlegte uns neue Pflichten auf. Zeit und Umstände schoben einem Müßiggang einen Riegel vor. Wir haben für uns selbst und andere Flüchtlinge Brennholz aus dem Walde abtransportiert. Familien wurden mit den Fuhrwerken von Krien nach Anklam gebracht und wieder abgeholt. In Anklam heulten meistens die Sirenen und kündigten Luftalarm an. Aus Furcht vor einem Bombardement strömten die Einwohner in hellen Scharen zu Fuß, mit dem Rad oder Wagen stadtauswärts aufs Land. Meine Eltern waren immer erleichtert, wenn ich mit heiler Haut in Krien eintraf.

Mit Johann, ein Original, bin ich öfter nach Anklam zum Arbeitsamt gefahren. Johann, der einen breiten Rücken hatte, wenn er mit seinen bisweilen derben Manieren aneckte, wurde alsbald zum Dorfgespräch. In seiner unbekümmerten Art brachte mich einmal unser Faktotum während der Bahnfahrt in Verlegenheit. Als der Schaffner bei vollem Abteil die Reisenden nach den Fahrkarten fragte, antwortete Johann, der es daneben verstand, mit jedem Wind zu segeln, im Brustton der Überzeugung: "Wir haben alle Fahrkarten!" "Wissen Sie das genau?", entgegnete der Schaffner, "wo ist denn Deine Fahrkarte?" Darauf Johann: "Meine hat der junge, gnädige Herr, da hinten sitzt er!" Mit der majestätischen Anrede, die auf Johanns gutsherrliche Bindungen zurückging, hatte er mich bereits in Woldenberg bedacht.

Eines Tages erschienen auf der Bildfläche Ortsgruppenleiter und Ortsbauernführer, linientreue Lokalmatadore, die ihren Launen freien Lauf ließen. Sie fielen mit der Tür ins Haus: "Ihr Kastenwagen ist beschlagnahmt! Pferde werden wir Ihnen heute noch nicht wegnehmen! Übermorgen wird der Wagen abgeholt!" Wir waren wie vor den Kopf geschlagen. Der beste Kastenwagen sollte konfisziert werden! Was sollten wir mit einem Wagen anfangen, zumal Krien, wie sich immer mehr herausstellte, nur ein Etappenziel auf der Flucht war? Daran zweifelten meine Eltern nicht: "Hier bleiben wir noch nicht, die Flucht geht weiter!" Darum wurden Vater und ich nochmals beim Bürgermeister und Ortsgruppenleiter vorstellig, in der Hoffnung, einen Sinneswandel bewirken zu können. Herr M., steif und stur, blieb unnachgiebig und drehte uns unter Drohgebärden den Rücken zu: "Darüber bestimme ich und kein anderer!" Sein Bruder, Volkssturmführer, dessen Kamm mit steigender Dienstbeflissenheit schwoll, stieß in dasselbe Horn. Er setzte Vater mehrmals unter Druck, an den Übungen des Volkssturms teilnehmen zu müssen. Vater schenkte den Appellen keine Beachtung.

Zu den Tagesaufgaben gehörte die Sorge um das Wohl der Pferde. Bauer H. konnte Liese nicht mehr bei sich behalten, weil er Pferde von Verwandten unterbringen wollte. Nachbarin Frau R. bot an, Liese in ihrem Stall aufzunehmen. Am 12. März brachte die Zuchtstute ein Fohlen zur Welt, das allerdings nicht überlebte.

Zu derselben Zeit wurde ich, gerade 14 Jahre alt geworden, zu Schanzarbeiten verpflichtet. Wie in Woldenberg und Hochzeit handelte es sich um die Aufstellung von Schippkolonnen zum Bau von Panzergräben, Schützenlöchern und Bunkern. Für die Verteidigungsaufgaben wurden auf Befehl des Gauleiters in Pommern auch Vierzehnjährige herangezogen. Auf offenen Lastkraftwagen wurde ich mit Gleichaltrigen zu dem Einsatzgebiet nahe Anklam, dem Geburtsort des berühmten Flugtechnikers Otto Lilienthal, der dort seit 1890 Gleitversuche unternahm, befördert. Als wir mit dem Ausheben eines Panzergrabens beschäftigt waren, gab es unversehens Luftalarm. Die Kreisstadt Anklam, Standort einer landwirtschaftlichen Verarbeitungsindustrie (Maschinenbau, Molkerei, Zucker- und Möbelfabriken) und Sitz der Arado-Flugzeugwerke mit einem Flugplatz, war des öfteren Ziel von Luftangriffen. Angesichts der Gefahr entledigte ich mich des Spatens und suchte Deckung bei den diensttuenden Soldaten. Am selben Tage war Swinemünde Objekt eines Großangriffs: "Bisher stärkster Einsatz der feindlichen Luftwaffe, nämlich 5300 gegenüber 452 eigenen." (KTB vom 12.3.1945) Die Geschwader flogen mit mächtigem Getöse über Stadt und Land. Im Gewühl von Soldaten, Volkssturmmännern, Zivilisten und Jugendlichen entdeckte ich den Maurer B., der beim Bau unserer Scheune - im Sommer 1944 fertiggestellt - beteiligt war. Er berichtete, daß der russischer Arbeiter Iwan, der im Januar 1945 zu Schanzarbeiten in Hochzeit eingesetzt war, uns am 27. Januar 1945 noch nachgelaufen sei, um gemeinsam mit uns vor der Roten Armee zu flüchten. Als ich beim Aushub der Panzergräben gegenüber

Altersgenossen, eingedenk der nutzlosen Verteidigungsmaßnahmen in Hochzeit, die den Vormarsch der Sowjets auch nicht verhindern konnten, den militärischen Wert der Erdarbeiten anzweifelte, beschimpfte und verspottete man mich als Defätisten. Die Großmannssucht rief das Verhalten einiger Woldenberger Pimpfe in Erinnerung: *"Ich weiß es aus eigener Erfahrung, was das für eine schwere Sache ist, gegen den Strom zu schwimmen."* Gott zum Lob war dieser unvergeßliche Tag bei Anklam Anfang und Ende meines Kriegseinsatzes: *"Wirklich, ich lebe in finsteren Zeiten."* (Brecht) Von weiteren überflüssigen Schanzarbeiten blieb ich verschont.

Kaum hatte die NS-Partei den Kastenwagen eingezogen, folgte eine neue Hiobsbotschaft: "Pferdemusterung!" Da der Bedarf an Pferden bei der Wehrmacht zunahm, schwante uns nichts Gutes. Deshalb beugten wir uns dem Musterungsbescheid mit innerem Widerstreben. Die Einziehung der Pferde für den selbstzerstörerischen Krieg brachte das Blut der Flüchtlinge in Wallung. Ergreifende Szenen spielten sich vor der Musterungs-Kommission ab. Ein Bauer, dem die Zornesröte ins Gesicht stieg, sollte von seinen letzten beiden Pferden eines abgeben. Er machte seinem Herzen Luft und warf den Offizieren voller Verzweiflung an den Kopf: "Fünf Söhne sind mir im Feld gefallen, meinen Hof habe ich verloren, vier Pferde sind mir schon weggenommen, wenn Sie dies Pferd auch noch nehmen, dann schießen Sie mich doch lieber selber gleich tot!" Der Hauptmann der Musterungsstelle zählte die Beschlagnahme-Aktion zu dem schwierigsten Kommando seiner Laufbahn. Die Wahl der Musterungsoffiziere fiel auf Annette, Eckarts Reitpferd. Dem stattlichsten Pferd im Stall, das zu einem Schleuderpreis von 1.650,- RM versetzt werden mußte, gereichte es mit zum Verdienst, daß wir die Oder vor den Kampfhandlungen um Haaresbreite passieren konnten. Die Dienststelle füllte das Überweisungsformular aus, aber weder für Annette noch für den Kastenwagen wurde eine Zahlung geleistet. Die Konfiszierung von Pferd und Leiterwagen riß eine Lücke in die Beweglichkeit. Wie sollte bei der Einbuße der Transportfähigkeit die weitere Flucht, die von Tag zu Tag wahrscheinlicher wurde, gelingen? Aus der Bedrängnis blieb nur der Ausweg, den Treck am Tag X mit einem instabilen Wagen und fünf Pferden fortzusetzen.

Allabendlich wollte die Hauswirtin, die aus den schillernden Wehrmachtberichten Schimären heraushörte, nach dem rettenden Strohhalm greifen: "Ich denk immer, sie haben noch was, sonst könnten sie doch nicht so reden!" Nach den Spätnachrichten wiederholte sie in einem originellen pommerschen Dialekt treuherzig ihre zweifelhafte Schlußfolgerung, an der sie sich hoffnungsvoll berauschte. Alle Tage die alte Leier! Sie erlag wie andere arglose und leichtgläubige Zeitgenossen der fintenreichen Taktik der NS-Propagandamaschine, die Siegesmeldungen und verheißungsvolle Parolen über startklare sogenannte Wunderwaffen verbreitete. Doch Skepsis war aufgrund leidgeprüfter Erfahrungen und unleugbarer Signale gut angebracht, obschon die Mehrheit der Bürger keinen Blick hinter die militärischen Kulissen werfen konnte. Zuverlässige Nachrichten und glaubwürdige Frontberichte fehlten. Die veröffentlichte Meinung zeichnete ein rosiges Bild über den Verlauf zukünftiger Operationen. Nur verschlüsselte Hinweise und getarnte Einlassungen ließen Rückschlüsse auf die tatsächliche Situation zu. Sogar die gegnerische Seite verzerrte aus durchsichtigen Motiven das Tatsachenmaterial: "Die Feind-Propaganda versucht, durch anscheinend günstige Meldungen ... die Zivilbevölkerung ... zum Hineinlaufen in das feindliche Feuer anzustacheln." (KTB vom 4.3.1945) Gezielte Desinformationen oder wissentliche Falschmeldungen auf beiden Seiten erschwerten die eigene Lagebeurteilung. Wir folgten der inneren Stimme, die neue Offensiven der Roten Armee an die Wand malte, eine Vermutung, die zu Recht bestand, wie die Aufzeichnungen im **KTB** belegen. Wegen der geographischen Nähe gaben die militärischen Bewegungen bei Stettin zu denken.

06.3.1945: "Feindliche Panzer südlich Stettin."
07.3.1945: "Unklar ist, ob der Gegner bereits die Stettiner Bucht erreichte."
08.3.1945: "Südlich Stettin kam der Gegner weiter voran."
09.3.1945: "Die Lage in Küstrin hat sich weiter verschärft. Der Feind ist bis in die Stadt vorgedrungen."
11.3.1945: "Feindliche Panzer drangen über die Autobahn Stettin-Altdamm."
13.3.1945: "Der Gegner meldet die Einnahme von Küstrin, was im wesentlichen richtig ist."
15.3.1945: "Örtliche Kämpfe an der Oder. Druck an der Oder."

17.3.1945: "Bei Stettin wurde die eigene Kräftegruppe zusammengedrängt."
18.3.1945: "Bei Stettin Verschärfung der Lage."
20.3.1945: "Bei Stettin ging Gelände verloren."
23.3.1945: "Zwischen Lebus und Küstrin griff der Feind mit sechs Schützen-Divisionen an."

Die wohlinformierte **Neue Züricher Zeitung**, die wir allerdings nicht zu Gesicht bekamen, kündigte am 14.3.1945 an: "Nachdem Pommern erobert und Küstrin genommen ist, sind die hauptsächlichen Vorbedingungen für den Angriff auf Berlin erfüllt. Eingeweihte Kreise rechnen mit dem baldigen Fall von Breslau, Glogau und Altdamm, die immer noch starke russische Verbände auf sich ziehen. Auch diese Stellungen müssen beseitigt werden, bevor Schukow und Konjew [die Oberkommandierenden der sowjetischen Streitkräfte] zur Offensive übergehen können. Für die letzten Vorbereitungen sind gegenwärtig bedeutende Umgruppierungen an der ganzen (Oder)Front im Gang!"

Bei der geringen Entfernung Stettin - Anklam von etwa 80 km konnte sich die Lage schlagartig zuspitzen. Klar stand uns vor Augen, daß sich jenseits der Oder der zeitliche Abstand zwischen dem jeweiligen Standort und den nachsetzenden Sowjettruppen stellenweise nicht nach Tagen, sondern Stunden bemaß. Die gepanzerte Faust der Roten Armee saß uns im Nacken. Im übrigen sprach für die Fortsetzung der Flucht ein unvorhergesehener Umstand. Nach einem soeben bekannt gewordenen Erlaß des Gauleiters von Pommern sollten 14-jährige Jungen zum Flakdienst herangezogen werden. Mit einer solchen Erfassung war nach der Vollendung meines 14. Lebensjahres zu rechnen. Aus diesen Gründen - in Mecklenburg galt die abenteuerliche Anordnung (noch) nicht - war es beschlossene Sache, die Flucht per Treck unverzüglich weiterzuführen, obwohl die Wirtsleute keine Ruhe gaben: "Bleiben Sie hier, Sie gehen ins Ungewisse, hier ist es sicher!" Andererseits konnte die Warnung nicht in den Wind geschlagen werden. Insofern setzte der vorgesteckte Plan, sich wieder auf die Landstraße zu begeben, Zuversicht, Hoffnung und Gottvertrauen voraus.

Unterdessen waren alle fünf Pferde im Stall von Familie R. zusammengezogen. Da der Aufbruch still und leise vonstatten gehen sollte, packten wir unsere sieben Sachen ohne viel Aufhebens, ließen aber einen Teil der Habe wegen des übervollen Wagens zurück. Als am 23. März 1945 im Raum Küstrin sechs sowjetische Divisionen zum Angriff antraten, nahmen wir nach 43 Tagen Einquartierung Abschied von Krien.

## 3. Fahrt ins Ungewisse

Während nach der Trennung vom Birkenhof die Oder in kürzester Frist überquert werden mußte, stand der jetzige Aufbruch nicht unter Zeitdruck. Bei der ersten Fluchtetappe war der Bestimmungsort Anklam als Aufnahmekreis für Flüchtlinge aus dem Kreis Friedeberg behördlicherseits festgelegt. Nunmehr galten andere Voraussetzungen. Diesmal gab es keinen allgemeinen Ortstreck, sondern der Abzug ging auf die Initiative meiner besorgten Eltern zurück. Darüber hinaus fehlte ein fest umrissenes Fluchtziel. Das Problem, über das wir uns den Kopf zerbrachen, hatte Mutter in dem bereits zitierten Brief Anfang März 1945 angesprochen. Nach Ansicht meiner Eltern war Krien nicht das Ende der Flucht. Der springende Punkt bestand in dem "Wohin?" Da weder Verwandte - Tante Dores Wohnsitz Marburg/L. gehörte wegen der riesengroßen Distanz für Pferdestärken in das Reich der Phantasie - noch Freunde oder Bekannte im Westen Deutschlands beheimatet waren, mangelte es an einer Anlaufstelle und damit an einer Zielgeraden. Ohne gebundene Marschroute diente das westliche Elbufer als Ziellinie. Der Zufluchtsraum schwankte zwischen Perleberg und Thüringen. Wegen der o.a. pommerschen Sonderreglung in bezug auf die Erfassung der 14-jährigen war das Hauptanliegen, den Geltungsbereich der Provinz Pommern umgehend zu verlassen. Insofern hingen über dem Entschluß zur Weiterfahrt mehrere Imponderabilien.

Kaum war der schwerbeladene Planwagen vom Hof auf die holprige, kopfsteingepflasterte Straße eingebogen, als eine Bohle barst. Familie L. stand triumphierend vor der Tür: "Sie sollen eben hier bleiben!" Mit einer notdürftig befestigten Planke wagten wir den Start in eine unsichere Zukunft. Vater eilte voraus zur Domäne Krien in der Hoffnung, einen Ersatzwagen aufzutreiben. Vergebens! Vor dem einzigen Wagen, den ich wie bisher als Treckfahrer lenkte, waren drei Pferde gespannt. Johann nahm vom rückwärtigen Sitzplatz die beiden anderen Pferde ins Schlepptau. Nach Albinshof, Breest und Klempenow klärte sich der Himmel auf, und beiderseits der Straße entfaltete sich ein prächtiges Landschaftsbild. Der Lenz war gekommen. So weit das Auge reichte, sprossen Knospen hervor und Bäume standen in voller Blüte. Hügel und Täler, Wiesen und Wälder kleideten sich in neues Grün.

Die Sonne blickte durch die Zweige und die Inhalation des feinen Duftes der Frühlingsauferstehung wirkte wie ein Abschütteln von Sorgen. Die liebliche Gegend konnte zu einem vorgezogenen "Osterspaziergang" verleiten: *"Vom Eise befreit sind Strom und Bäche durch des Frühlings holden, belebenden Blick ..."*

In Klatzow war das Tagespensum, das - abhängig vom Straßenzustand und von anderen nicht berechenbaren Faktoren - etwa 25 bis 30 km umfaßte, zurückgelegt. Die Pferde verbrachten die Nacht in einem Stall, die Menschen auf dem Planwagen im Freien. Am nächsten Morgen (24.3.1945), standen wir mit der hellen Sonne auf, die zum Abmarsch animierte. Die behelfsmäßig instandgesetzte Wagenkonstruktion hielt einem Wendemanöver auf dem unebenen Untergrund stand. Die Nebenstraße mündete in die Chaussee, die einen steilen Berg hinaufführte, von dessen Gipfel man einen schönen Ausblick auf Altentreptow hatte. Auf der Gefällstrecke konnten die Pferde den Wagen ohne Bremsvorrichtung nicht verlangsamen. Ein altbewährter Kunstgriff meisterte die gefahrvolle Abwärtsfahrt. Ein Hinterrad wurde mittels einer Kette blockiert. Der einfache Mechanismus erfüllte seinen Zweck. Ohne Eigenbeschleunigung brachte ich den Wagen in Altentreptow zum Stehen.

In der Kleinstadt, in der Fritz Reuter als Zeichenlehrer und Stadtverordneter wirkte, spürte man noch pulsierendes Leben. Antiquierte und verschnörkelte Häuser zierten das Stadtbild. Eßwaren und Hafer waren vorrätig. Eine Dame zeigte die Richtung nach Stavenhagen. Von auffallender Liebenswürdigkeit fügte sie lächelnd hinzu: "Kommen Sie vor der Weiterfahrt eine Tasse Kaffee bei mir trinken!" Der freundlichen Einladung folgten wir mit Vergnügen. Frau B. kochte Kaffee und reichte wohlschmeckende Kekse. Auf ihre rhetorische Frage, "Sie haben sicher einen weiten Weg hinter sich!" machte Mutter keinen Hehl aus der Fahrstrecke: "Ach ja, von Klatzow!" Das waren 2 km! Vater und ich tauschten einen Blick der Befangenheit. Damenhaft verzog die Gastgeberin trotz begreiflicher Verlegenheit keine Miene.

Nach der gemütlichen Kaffeepause sollte die versäumte Zeit aufgeholt werden. Ein Mißgeschick kam dazwischen. Auf der rauhen und engen Straße der Vorstadt krachte es, und die Planke zerbrach. Mitten auf der Fahrbahn wurde das ramponierte

Fuhrwerk zum Verkehrshindernis! Als Notstation diente ein Bauernhof, der eine goldene Brücke baute. Bauer K. leistete bereitwillig Hilfe. Vater und ich fanden einen Stellmacher, der die Leiter reparierte. Somit mußte in Altentreptow der Treck vom 24.3.-28.3.1945 unterbrochen werden. Die Schlafstelle war eine leere Pferdebox. Johann wachte über die Pferde bei einem anderen Bauern. Das tägliche Mittagessen in der Stadt war eine angenehme Begleiterscheinung des unfreiwilligen Aufenthalts. Die Bäuerin offerierte Milch und Eier. Üblicherweise brachten die Abendnachrichten den Tag zum Abschluß, vereinzelt, wie in diesem Quartier, die Informationen des Auslandssenders. Den Abschied nahm sich Frau K. zu Herzen, zumal ihre Familie ebenfalls Vorbereitungen zur Flucht traf.

Vorübergehend schweiften die Gedanken von den offiziellen Bekanntmachungen zur Kriegslage - stets auf denselben Ton getrimmt - ab. Die innere Kompaßnadel schlug heimwärts aus. Auf dem Birkenhof verschmolzen bei Nachrichtensendungen die Ohren mit der Schallwand des aus der Weimarer Republik stammenden Radios wegen des mäßigen Klangvolumens sozusagen zu einer höheren Einheit, hauptsächlich, wenn Reportagen von BBC London anstanden. Dessen ungeachtet setzte ein einigermaßen störungsfreier Empfang eine gezielte Bewässerungsaktion voraus. Schon ein Krug Wasser, über die Außenantenne verschüttet, verwandelte das Rundfunkgerät aus grauer Vorzeit - ein Volksempfänger war meinen Eltern die Anschaffung nicht wert - kurzlebig in ein wahres Wunderwerk der Technik. Durch die künstliche Beregnung der Hauswand, in der Trockenperiode mehrere Male wiederholt, erreichten "feindliche Lageberichte" ab und an den Birkenhof. Die laufenden Kriegsberichte holten mich aus einer momentanen Versunkenheit in das Hier und Jetzt zurück.

Am 28.3.1945 rollte der Treck über Reinberg nach Japzow. Auf dem Gutshof Woller überstanden wir die Nacht im Planwagen, während sich die Pferde in einer Scheune mit grünem Futter stärkten. Da fünf Pferde abwechselnd einen Leiterwagen zogen, grauste es uns, als Polizisten auf dem Gutshof nach "Musterungspferden" Ausschau hielten. Entwarnung nach einer Weile atemloser Stille, denn der böse Kelch einer abermaligen Konfiszierung ging noch einmal vorüber. Waren die überzähligen Pferde für die Kontrolleure Luft? Nachher erzählte Vater, er hätte zu einer List gegriffen. Um den Polizisten den Wind aus den Segeln zu nehmen, gab er ihnen zu verstehen, daß der zweite Fluchtwagen in Waren bereitstände!

Als am 29.3.1945 nach dem Ort Wolde Pommern hinter uns lag und die Provinzialgrenze zum Mecklenburgischem Territorium überschritten war, atmeten wir in Ivenack durch. Tagsüber beschäftigten sich die Gedanken mit der wiederholten Frage, wo abends eine passable Bleibe aufzutreiben war. Bei den kleinen Einfamilienhäusern des Dorfes Klockow stiegen uns Zweifel auf, ob sich in diesem Siedlungsgebiet eine Unterkunft für fünf Pferde finden lassen würde. Aber siehe da! Gleich der erste Siedler, Ferdinand R., hatte eine Stätte für Menschen und Pferde. Bei dem starken Wind und dem naßkalten Aprilwetter, das selbst die alliierten Flugbewegungen behinderte ("Vom Süden kein Einflug wegen schlechten Wetters", KTB vom 28.3.1945), fröstelte uns, weil die vorderen Sitzplätze auf den Planwagen allen Unbilden der Witterung unbeschirmt ausgesetzt waren. Es setzte uns in Erstaunen, daß wir als Überraschungsgäste am Gründonnerstag ein geräumiges Zimmer mit frisch überzogenen Betten bewohnen durften. Herr und Frau R. erfüllten sogar den frommen Wunsch, die österlichen Tage in ihrem Haus zu verbringen, ohne Umschweife.

Das Ehepaar R. gewährte Gastrecht und übte Gastfreunschaft. Beide, lustige und vergnügte Leute, stammten aus dem Rheinland. Sie hatten sich nach der Inflation in den 20er Jahren in Klockow angesiedelt. In ihrer Wohnküche saßen wir abends zusammen. Eine Nachbarin gesellte sich dazu. Zentrales Gesprächsthema war naturgemäß die politische und militärische Hochspannung. In der Runde wichen die Meinungen stark voneinander ab: Auf der einen Seite die Nachbarin und wir, auf der anderen Ferdinand R., ein überschwenglicher Goebbels-Schwärmer. Seine Wogen der Begeisterung gingen hoch, als am Ostersonntag im Radio urplötzlich eine inbrünstige Stimme, umrahmt von Marschmusik, ertönte: "Hier ist der Sender Werwolf!" Der "Werwolf" - im Volksglauben ein Mensch, der sich zeitweise in einen Wolf verwandelt - war eine Freischärlerbewegung, ein Schwanengesang aus der Propagandawerkstatt von Goebbels wie der Volkssturm. Nichtsdestotrotz war Ferdinand R. Feuer und

Flamme, hockte mit hochrotem Kopf, funkelnden Augen und erhobenem Zeigefinger dicht am Rundfunk und lauschte blindgläubig den Lügenmärchen von Goebbels, die ihm Sand in die Augen streuten. Wohl begründetes Mißtrauen konnte seine Überzeugung nicht erschüttern. Zu Ostern kam er nicht vom Radio los. Sobald sich der "Werwolf" meldete, war er guter Dinge und sah die hoffnungslose Lage durch eine rosa Brille. Der propagandistische Zuspruch richtete ihn auf. Vertrauensselig gestimmt, klammerte er sich an die Fata Morgana und erhob sich wie ein zum Herrchen spähendes Hündchen, das schön macht und schrie wie aus heiterem Himmel: "Hier Werwolf!" In den hohlen Worten, die er auf der Zunge zergehen ließ und mit einer geradezu seherischen Zuversicht sprach, lag seine Gewißheit vom "Endsieg". Ein komischer Anblick, der zum Schmunzeln Anlaß gab. Sein Optimismus war umso unfaßbarer, als gleichzeitig die englischen und amerikanischen Armeen den Spessart in Besitz nahmen, sich dem Thüringer Wald näherten und in Kassel einmarschierten. Trotz der politischen Unstimmigkeiten erfuhren die menschlichen Beziehungen keine Trübung.

Nächste Station am 3.4.1945 war Stavenhagen, Geburtsort des Schriftstellers Fritz Reuter, der bedeutendste Mundartdichter Mecklenburgs. Viele Häuser wiesen durch Inschriften und Reliefs auf "Ut mine Stromtid" hin. Als der Marktplatz und Reuters Standbild mit Figuren aus seinen Romanen sichtbar wurden, öffnete der Himmel seine Schleusen. Nach der Reuterstadt liefen Angehörige vom BDM (Bund deutscher Mädel) ein Stück die Landstraße neben dem Wagen entlang. Die Arbeitsmaiden redeten über den bevorstehenden Zusammenbruch des Dritten Reiches frei von der Leber weg. Bei dem Dauerregen übernachteten wir in Jürgenstorf zusammen mit den Pferden in einer Scheune. Ein unangenehmer Rechnungsführer, zugleich Bürgermeister, spielte auf dem Gut die erste Geige. Er wollte nicht einmal Kartoffeln für eine Mahlzeit hergeben. Zuvorkommender waren der Inspektor und seine Frau. Da Vater kränkelte, wagten wir nicht die Weiterfahrt bei dem Schauerwetter und blieben zwei Nächte auf dem Gutshof.

Am 5.4.1945 treckten wir über Kittendorf, Klein-Pasten nach Neu-Schloen. Auf der Fahrt lief sich das rechte Vorderrad so heiß, daß es rundum dampfte. Wassertropfen aus einem Bach nebenan zischten auf dem heißen Eisen. Nach der Abkühlung und Einfettung mit Wagenschmiere, die ich in einem Dorf besorgte, konnte es weitergehen.

Auf welligem Hügelland steuerten wir die Stadt Waren mit ihren hübschen Fachwerkhäusern an, die ein altertümliches Flair ausstrahlten. Die Treckleitung nannte eine Scheune als Quartier. Weil sie abseits lag, die Dämmerung aufzog und die Pferde sich müde gelaufen hatten, schlugen wir die Lagerstatt in einer desolaten Scheune, die einer mit Binsen und Stroh gedeckten Großhütte ähnelte, auf blankem Boden auf. Der miese Unterstand war eine der elendsten Quartiere. Mitten auf dem Scheunenflur entstand eine Liegestatt. Mäuse und Ratten jagten herum, der Wind pfiff von überall durch die heruntergehängenden Sparren. Zudem gab es ständig Fliegeralarm. Wir mußten uns die Nacht mehr oder minder um die Ohren schlagen. An Morgenkaffee war nicht zu denken. Die Wohnungsinhaber verlangten zuerst Brennholz! Johann, Hansdampf in allen Gassen, hatte im Handumdrehen Nahrungsquellen ausfindig gemacht. Im Hotel "Stadt Hamburg" aßen Flüchtlinge zu Mittag. Erfolgreich gestaltete sich die Suche nach einem zweiten Wagen. Der Ortsbauernführer verkaufte einen litauischen Leiterwagen für 300,- Reichsmark.

Von heute auf morgen machte Johann seine Absicht kund, eine Stellung in der Landwirtschaft anzunehmen. Er wandte sich an das Arbeitsamt, das ihm eine Stelle als Landarbeiter bei dem Bauern Alwin S. in Zislow, Kreis Waren, vermittelte. Zunächst war Johann selig, weil er auf eine bessere Ernährung hoffte. Bei der Weiterfahrt am Montag, dem 9.4.1945, war er mit sich und der Welt zerfallen. Er wurde kleinlaut, war hin- und hergerissen und änderte seinen Entschluß. Vater sollte die Bewerbung beim Arbeitsamt widerrufen. Obwohl die Verpflegung zunehmend Schwierigkeiten bereitete, wollten ihm meine Eltern nicht den Laufpaß geben. Schließlich blieb es bei Johanns ursprünglichem Vorhaben. Im Grunde tat uns die Trennung leid. Wir ließen ihn ungern von dannen gehen, denn trotz mancher Schwäche erwies er sich in den Jahren seiner Tätigkeit treu wie Gold. Als Andenken vermachte Johann meinem Vater, an dem er sehr hing, seine wertvolle Uhr, sein ganzer Stolz. Seinem Wunsch gemäß sollte das einzige Erinnerungsstück in zuverlässigen Händen aufbewahrt werden. Wenn er auch mit der Glatze und der hängenden Unterlippe etwas ungewöhnlich aussah, war er doch eine Seele von Mensch. Johann nahm Vater das Versprechen ab, ihn auf dem Rückweg in die Heimat nicht zu vergessen. Am Eisenbahnübergang in Waren sagte er adieu und lief auf und davon. Die Pferde trabten geradeaus Richtung Röbel.

Die Strecke führte mitten durch die Mecklenburgische Seenplatte. Nach einem unzugänglichen Wald, in dem sich eine Munitionsfabrik verbarg, gelangten wir über Klink nach Sietow, unweit vom Ufer der Müritz. Hier gab es in der Mittagssonne eine Pause. Die Pferde konnten grasen, und Mutter kochte in einem Siedlerhaus ein warmes Essen. Inzwischen zeigten sich Symptome einer ernsten Erkrankung von Lotte, die zu einer Unterbrechung des Trecks zwang. Der zuständige Ortsbauernführer wies als Quartier das Gut von Otto G. in Zierzow im Kreis Waren zu. Auf diese Weise blieben wir auf halbem Weg der Route westwärts stecken und verfehlten die gesetzte Ziellinie, die Überquerung der Elbe: *"Wie oft schlägt man einen Weg ein und wird davon abgeleitet."*

## 4. Zwangsaufenthalt in Zierzow (Waren/Müritz)

Als die westalliierten Truppen Seesen einnahmen und bis zum Harz vordrangen, rollten wir mit den Pferdewagen am 9.4.1945 auf den Gutshof von Zierzow, der notgedrungen für 20 Tage Unterschlupf gewährte. Die Erkrankung von Lotte durchkreuzte den inzwischen herangereiften Plan, geradewegs nach Perleberg zu trecken. Briefsendungen wurden längst nach Perleberg postlagernd nachgesandt. Die Hoffnung, dieserart Nachrichten von Eckart vorzufinden, war hiermit genommen. Andererseits kann man von einer *"Wendung durch Gottes Führung"* sprechen, denn in Perleberg wären wir alsbald in die Hände der Sowjets gefallen.

Ein schneidiger Tierarzt aus Röbel untersuchte das kraftlose Pferd. Da er sich über die Art der Erkrankung unschlüssig war, konnte er keine Heilmethode empfehlen. Vater stellte eine eigene Diagnose. Wir taten das Nötige, um das vertraute Tier zu hegen und zu pflegen.

Das Gut Zierzow umfaßte 1 000 Morgen. Die Gebäude erschienen renovierungsbedürftig. Otto G., als Eigentümer kaum erkenntlich, behandelte den Betrieb stiefmütterlich. Er war weder Vorbild noch Chef für die Bediensteten, sondern überließ die Wirtschaftsführung seinem Verwalter, der das Zepter schwang und sich in dieser Rolle gefiel. Während der Gutsherr mit einem Ochsenschieber auf dem Hof herumzog oder an Futtersilos hantierte, lag die Leitung des Betriebes bei seiner Frau. Einst Mamsell auf dem Gut, etwas dünkelhaft, zugleich arbeitsam und emsig, kommandierte die jetzige Gutsherrin Haus und Hof, rackerte von früh bis spät und gab ihrem Mann Direktiven.

In Zierzow fanden etliche Flüchtlinge und Evakuierte eine befristete Aufnahme. Ein Herr E. aus Reydt (Westfalen), im herrschaftlichen Garten tätig, eine sechsköpfige Stettiner Familie, fanatisierte Parteigänger, und drei kecke bis dreiste Frauensleute aus Breslau. Der endlose Zustrom der aus der Heimat Verbannten brachte es mit sich, daß in unserer Kammer weitere Personen einquartiert wurden. Die beiden

Weibsbilder, eigentlich echte Xanthippen, überboten sich gegenseitig durch ihr Gezanke, Geschubse und Geschimpfe, ein Wortwechsel, der mit Pausen die Nacht über andauerte. Zwei Nächte waren die Giftnudeln zu ertragen.

Über kurz oder lang wurde eine Kompanie der Luftwaffe, ein Löschzug, auf den Gutshof verlegt. Die Fahrzeuge tarnten und verteilten sich an verschiedenen Ecken und Winkeln der Gebäude. Die Mannschaften schliefen in einer Scheune. Die unerwünschte Einquartierung beunruhigte die Gutsbesitzer und die Bewohner des Gutshauses, weil dadurch die Tiefflieger angelockt wurden. Tatsächlich flogen fortab Kampfflugzeuge die Landstraße entlang und feuerten auf stehende und fahrende Automobile. Mitunter war die Knallerei so heftig, daß die gesamte Belegschaft auf dem Hof in Deckung ging. Militärautos fuhren ständig hin und her, nachts und tagsüber, mal gen Westen, mal gen Osten.

Inzwischen verdichteten sich die Hinweise, daß die relative Ruhe an der Oderfront, die der Vorbereitung der Eroberung von Berlin diente, ein Ende nahm. Die hektischen militärischen Bewegungen und das unüberhörbare, dumpfe Grollen von Salven aus der Elbgegend deuteten den Beginn der Schlußphase des Krieges an. Die seit längerem erwartete sowjetische Großoffensive stand offenkundig unmittelbar bevor. Die letzten Eintragungen im KTB unterstreichen die dramatische Lage:

12.4.1945 : "Es wird heute oder morgen mit dem Beginn des feindlichen
            Großangriffs gerechnet."
14.4.1945 : "Nach Aussage eines gefangenen russischen Fliegeroffiziers will der
            Feind am 15.4. beginnen."
16.4.1945 : "Der Feind trat zum Großangriff an der Oder an, an der Straße Küstrin -
            Berlin gelangte er bis zur Höhenstufe" [d.h. Seelower Höhen].
18.4.1945 : "Fortgang des Großangriffs, dabei auch eigene Gegenstöße bei Seelow,
            wo der Gegner 6 km vorankam."

Am 20. April 1945 wurde die Führung des Kriegstagebuches von Percy Ernst Schramm, dem späteren renommierten Göttinger Historiker, eingestellt. Danach kommen für Bezüge zur historischen Situation ausschließlich die Wehrmachtberichte in Betracht.

Am 16. April 1945 begann, wie im KTB erwähnt, die Entscheidungsschlacht des Zweiten Weltkrieges: Mit 7 000 Kampfflugzeugen, 6 000 Panzern und über 40 000 Geschützen startete die Rote Armee ihren Sturmangriff gegen Berlin. Drei Millionen Soldaten rüsteten auf beiden Seiten zur Feldschlacht. Vor der sowjetischen Großoffensive konnte niemand Augen und Ohren verschließen. Trotz alarmierender Vorboten war an einen Aufbruch nicht zu denken, weil sich die Wiederherstellung von Lotte hinzog. Sollte das Pferd zurückbleiben? Der noch ferne Kriegsschauplatz verfolgte uns indirekt, wenn wir in Röbel Besorgungen machten und Hafer für die Pferde beschafften. Jedes Mal heulten die Sirenen, um vor Luftangriffen zu warnen. Auf dem Weg zu der ehemaligen Ackerbürgerstadt an der Müritz passierte man ein fischreiches Gebiet. Das kleine Dorf Sietow am Müritz-See war ein Geheimtip für Fischliebhaber. Demzufolge setzte Mutter, wenn es möglich war, Fisch auf die Speisekarte.

Als Vater am 18.4.1945 morgens die Pferde füttern wollte, lagen Trixi und Vicky ineinander verschlungen und verkrampft tot im Stall. Beide hatten sich in den Seilen und Strängen verfangen und gegenseitig erdrosselt. Welch ein Schock! Eine unglückliche Verkettung von Umständen hatte zwei Pferde in der Vollkraft ihrer Jahre auf tragische Weise dahingerafft. Trixi, das feurige und anmutige Zugpferd, das den Wagen kilometerweit gezogen und unterwegs auf Grund des auffallenden Aussehens mehrfach Kaufinteressenten bezaubert hatte, fiel mit der 4-jährigen Vicky über Nacht aus. Wir konnten das Unglück kaum fassen und waren voll Kummer. Otto G., der zugleich Bürgermeister von Zierzow war, bestätigte am 18.4.1945, "daß der Treckfahrer Brauer, welcher sich hier seit 14 Tagen aufhält, in der Nacht vom 17.-18.4.1945 zwei Pferde durch Erhängen verloren hat. Ein Pferd ist noch krank von den drei verbliebenen Pferden." Das war der Rest von den ursprünglich sechs Pferden.

Während der Einquartierung auf dem Gutshof in Zierzow tat ich meine Pflicht und

Schuldigkeit als Pferdelenker und Fuhrmann bei der Frühjahrsbestellung. Bei den Feldarbeiten auf fremdem Grund und Boden beschlichen mich Reminiszenzen, so daß Heimweh nach dem Birkenhof aufkam.

Abends ermöglichte Frau W., die eine Postagentur leitete, die neuesten Nachrichten zu hören und Zeitungen zu lesen. Zwischen den Zeilen wurde die militärische Lage in den schwärzesten Farben geschildert. Selbst professionelle Gesundbeter konnten die Tatsache nicht unter den Teppich kehren, daß der Krieg zur Neige ging. Würden wir die kritischen Tage der Endphase überstehen? Die Zeit drängte. Mit stockendem Atem sehnten wir die Genesung von Lotte herbei. Eigentlich hätte der Aufbruch bereits um den 16.4.1945, dem Beginn der sowjetischen Frühjahrsoffensive, erfolgen müssen. Dem stand das kranke Pferd entgegen, das mitnichten zurückbleiben sollte.

Gleichzeitig mit der Doppeltragödie von Trixi und Vicky traf ein Schreiben des Landrates von Waren-Müritz vom 16.4.1945 an meinen Vater wie ein Pfeil: "Auf Grund des Reichsleistungsgesetzes fordere ich Sie auf, am Sonnabend, den 21. April 1945, 10.00 Uhr in Dambeck bei Röbel mit 2 Pferden und 1 Wagen, wie vom Bürgermeister bzw. Ortsbauernführer bestimmt, zu erscheinen. Im Falle des Nichterscheinens haben Sie Bestrafung und zwangsweise Vorführung zu gewärtigen." Erneut wollte die NS-Führung *"fürchterlich* [Pferde] *Musterung halten"* (Schiller), ein Begriff, der seit den Vorgängen in Krien furchterregende Assoziationen hervorrief. Sollten wir kurz vor dem Abzug die letzten Pferde und erneut einen Wagen hergeben müssen? Durch die Schreckensnachricht war unversehens die weitere Flucht in Frage gestellt. Um den Kreisbauernführer in Waren zu erweichen, traten wir ihm zu dritt gegenüber. Er hörte sich das Mißgeschick mit den beiden toten Pferden an und nahm den geschwächten Zustand der anderen zur Kenntnis. Unverhofft zeigte er Verständnis und empfahl, ein tierärztliches Attest bei der Musterung vorzulegen. Mit einer Heidenangst fuhren wir an dem besagten Stichtag nach Dambeck. Dank des Attestes und eines guten Sterns wurden die Pferde als "zur Zeit untauglich" zurückgestellt.

Derweil schob sich die Hauptkampflinie, vernehmbar durch das grenzenlose Echo der

Geschützrohre, immer näher heran. Die Wehrmachtberichte nannten die umkämpften Frontabschnitte unverblümt:

18.4.1945: "Auch an der Oder tobt die Abwehrschlacht mit großer Heftigkeit."
20.4.1945: "Zwischen den Sudeten und dem Oderbruch tobt die Schlacht gegen den russischen Massenansturm mit äußerster Erbitterung."
23.4.1945: "Die Schlacht um die Reichshauptstadt ist in voller Heftigkeit entbrannt."
25.4.1945: "Sowjetische Angriffsspitzen erreichten die Elbe zwischen Riesa und Torgau."

Wie bei dem Nahziel der Flucht, die Oder, erreichten sowjetische Angriffsspitzen unsere nächste gesetzte Ziellinie, die Elbe, erneut eher als wir. Im übrigen illustrieren die ungeschminkten Formulierungen, daß die sonst zur Glorifizierung tendierenden Wehrmachtberichte die aussichtslose Lage der deutschen Abwehrkräfte nicht mehr verschleiern konnten oder wollten. In das Bild paßten die zahllosen Trecks, die seit Tagen den Gutshof anfuhren. Darunter war Vaters ehemaliger Kollege R.
aus Schneidemühl. Immerzu jagten Staffeln von Kampfflugzeugen über Zierzow hinweg. Die Lautstärke der Kanonenschläge aus dem Berliner Raum schwoll von Tag zu Tag an, so daß unsere Alarmglocken schrillten. Eines Abends färbte sich der Himmel von der Feuersbrunst um Berlin blutrot. BBC London - nach den Erlassen der NS-Regierung war der Empfang von "Feindsendern" unter Androhung von schweren Strafen strengstens untersagt - verbreitete die Meldung, daß sich die vordersten Linien der deutschen Verteidigung in Auflösung befänden. *Periculum in mora*" ! (Livius) Kein Augenblick war zu verlieren. Bei der brenzligen Situation riet der Verwalter von einem Aufbruch ab: "Wo wollt Ihr denn noch hin, Ihr kommt nirgends mehr unter!" Für die Fortsetzung der Flucht war eine Richtungsänderung vorzunehmen, denn das ursprüngliche Zwischenziel, Perleberg, entfiel wegen der veränderten militärischen Lage. Während die Sowjets in den Kreis Anklam vorstürmten, brannte uns der Boden unter den Füßen. Begann wiederum ein Wettlauf mit der Zeit? Zusammen mit dem Löschzug der Luftwaffe schieden wir am 29.4.1945 um 10.00 Uhr vom Gut Zierzow.

## 5. Tieffliegerangriffe

Denkt man an die teilweise heftige Fliegertätigkeit in Zierzow, läßt sich ermessen, welche bedrohliche Gefahrenherde die anstehende Fluchtetappe überschatteten. Dunkle Ahnungen dämmerten auf. Die mit Flüchtlingen brechend vollen Städte und Dörfer und die mit Militärautos und Fuhrwerken überfüllten Straßen waren dem Beschuß durch Tiefflieger ausgesetzt, ein bislang fremdes und unheimliches Sicherheitsrisiko. Ließ die konkrete Situation eine Alternative offen? Die militärische Entwicklung in Zierzow abzuwarten, kam einer Selbstauslieferung an die gefürchtete Rote Armee gleich. Demnach blieb nichts anderes übrig als unter Inkaufnahme des Damoklesschwertes von Tiefliegerangriffen das Heil in der weiteren Flucht zu suchen. Nach Lage der Dinge gab es keinen Königsweg, um einem Verhängnis allemal zu entrinnen. Es ging darum, so weit wie irgend möglich gen Westen voranzukommen, um auf jeden Fall unter englische oder amerikanische Besatzung, von der allgemein eine humanere Behandlung erhofft wurde, zu gelangen. Inneren Halt sollte mein für die gefahrvollen Zeitläufte mit Bedacht ausgewählter Konfirmationsspruch vermitteln: *"Gott ist unsre Zuversicht und Stärke, eine Hilfe in den großen Nöten, die uns getroffen haben."*

Fortan zogen drei Pferde die beiden Fluchtwagen, mein Gespann bestand aus Lotte und Lilo, Hannchens aus Liese. Beim Einfädeln vom Gutshof Zierzow auf die Landstraße gerieten wir in den Rückstrom der ohnmächtigen Streitkräfte. Die zurückflutenden Einheiten schienen die Waffen strecken zu wollen. Wenn nicht alle Zeichen trogen, konnte dem sowjetischen Vormarsch kein nennenswerter Widerstand mehr entgegengesetzt werden. Bewaffnete und unbewaffnete Fahrzeuge rasten auf ihrem Rückzug davon. Eine bezwungene und aufgeriebene Armee auf dem Weg in die Kapitulation. Das düstere Mienenspiel der dahinschwindenden Heerscharen verriet dumpfe Resignation. Ein Hauch von Endzeitstimmung lag in der Luft. Die aus westlicher Richtung nahenden und angreifenden Maschinen nahmen für ihre Zielobjekte die Straßenzüge ins Visier, so daß wir uns direkt in der Schußlinie der Tiefflieger befanden. Unüberhörbar und unübersehbar waren die fatalen Wirkungen moderner Waffentechnik. Ehe die Jets sichtbar wurden, setzte der Beschuß am hellichten Tag ungehindert ein. Trotzdem fuhr Mutter wie ein Schießhund mit Argusaugen den Himmelsbogen ab, um unverzüglich das Auftauchen der blitzschnellen Flugzeuge anzuzeigen. Unsere Route führte über Sietow, die Inselstadt Malchow, Jürgenshof, Karow nach Finkenwerder. Wegen der Tieffliegergefahr wollten Grundstückseigentümer keine Trecks ins Quartier nehmen. Die Pferde, pflastermüde, brauchten eine Ruhepause, denn sie trabten von morgens bis abends. Überanstrengt und ermattet, witterten sie einen Stall. Die Wagen stellten wir unter dem Schutz von Lindenbäumen an einem Gasthaus ab. Ein Bautrupp von der SS, der in der Nähe parkte, reichte uns warme Erbsensuppe. Obdachlos verbrachten wir die Nacht in den Planwagen. An Schlaf war ohnehin nicht zu denken, einmal wegen möglicher Tieffliegerangriffe, zum anderen wegen des ununterbrochenen Autolärms. Doch wer trug nicht in jenen schwarzen Tagen die Spuren durchwachter Nächte?

Am nächsten Morgen (30.4.1945) sprach uns ein Soldat vom nämlichen Bautrupp an. Es war Friedrich S. aus Woldenberg, der beim Wiederaufbau vom Pferdestall mitgearbeitet hatte und bei Kriegsausbruch eingezogen worden war. Gegen 8.00 Uhr wurden die Pferde angespannt. Die Wegstrecke führte zur Mecklenburgischen Seenplatte. Die Waffenschmiede hatte tiefe Furchen durch die landschaftlichen Schönheiten, für Urlaub und Erholung wie geschaffen, gezogen. Der Krieg als *"furchtbar wütend Schrecknis"* (Schiller) verletzte auch die Stimme der Natur. Am Straßenrand wandelte langsam und einsam ein älteres Mütterchen mit verwehtem, weißem Haar, den Rucksack auf dem Rücken, in jeder Hand eine schwere Tasche. Beim Überholen trug sie eine gemachte Ruhe zur Schau: "Es ist nicht so einfach, mit 57 Jahren auf der Landstraße allein entlangzuwandern." Meine Eltern luden die notleidende Seele zum Mitfahren ein. Freudestrahlend kletterte sie auf Hannchens Wagen und fand mit dem bißchen Habe Platz im hinteren Teil auf einem Brett. Die Weggefährtin, der ebenfalls ein Zielort fehlte, hieß Franziska H., Ehefrau eines Zeichenlehrers aus Eberswalde.

Unterdessen näherte sich das Städtchen Goldberg, Nebenresidenz mecklenburgischer Landesherren im 14. Jahrhundert, entzückend gelegen zwischen Dobbertiner und

Goldberger See. Stadteinwärts kam die dichtgedrängte Treck-Kolonne zum Stillstand. Da die drei Pferde mit den zwei Wagen überfordert waren, hielt Vater Ausschau nach einem zusätzlichen Pferd. Verhandlungsbereite Soldaten verlangten als Gegenwert für ein Pferd acht Ztr. Hafer. Aus Mangel an Kraftfutter unterblieb das Geschäft. In der Zwischenzeit schlichen die Trecks wegen des starken Verkehrs wie Schnecken voran. Immer wieder Halt in der langen Warteschlange. Fuhrwerk auf Fuhrwerk, wie Wand an Wand, füllte die Straße. Außerhalb der Stadt verebbten Rückstau und Stockung. Vater und ich nutzten die Unterbrechung für einen abermaligen Versuch, ein Pferd aufzutreiben und gleichzeitig Hafer zu beschaffen. Das Unternehmen glückte. Einige Holländer, die ihr Panjepferd für 1.000,- RM loswerden wollten, führten das Roß vor. Da die Schecke, wie ein Probelauf ergab, zog und trabte, weder bockte noch sich bäumte, kam der Kaufvertrag zustande. "Tatar" war ein kleines, geschecktes, auf Grund der tigerähnlichen Farbkontraste schnittiges Tier. Nunmehr konnten die Habseligkeiten auf beiden Wagen entsprechend der Tragfähigkeit gleichmäßiger verteilt werden. Im Austausch von Lilo stand mir das robuste und zähe Pferd Liese, das sich für den schwereren Wagen besser eignete, wieder zur Verfügung.

Der Zuwachs an Pferdestärken erhöhte das Tempo. Lastkraftwagen mit KZ-Häftlingen überholten die Trecklawine. Hagere, abgemagerte Gestalten, mit eingefallenen Wangen und einer fahlen Blässe im Gesicht, manche nur noch Haut und Knochen und ein Schatten ihrer selbst, sagten mehr über das harte Los der mitleiderregenden Menschen aus, als es Worte vermögen.

Nach Techentin und Mestlin nahte Zölkow, wo uns Herr R., der ehemalige Kollege meines Vaters, wieder über den Weg lief. Mit anderen Schicksalsgefährten übernachteten wir auf einem Gutshof in einer großräumigen Scheune. Dem Vernehmen nach konnte man sich wegen der unberechenbaren und zielsicheren Tiefflieger auf das Wagnis einer Weiterfahrt allein im Morgengrauen einlassen. Die militärischen Ereignisse schufen eine neue Lage, die gewissermaßen das Bild eines Zweifrontenkrieges darstellte. Die Rote Armee, die den Müritz-See mit Zierzow hinter sich gelassen hatte, blieb dicht auf den Fersen: "In Mecklenburg richtet sich der Hauptstoß der Bolschewisten gegen den Raum Müritz. Heftige Kämpfe sind hier im Gange." (**OKW** vom 1.5.1945) Im Klartext: Wir waren wie eingekeilt zwischen der unaufhaltsam rollenden sowjetischen Dampfwalze im Rücken und den westlichen Tieffliegern auf der Stirnseite: "*Feinde ringsum* !" (Karl Gottlob Cramer) Bei der nahezu diabolisch erscheinenden Einkreisung zwischen Skylla und Charybdis ging es ums nackte Überleben.

Bei klarem Himmel machten wir uns am 1.5.1945 in aller Herrgottsfrühe (4.00 Uhr) auf die Beine. Die Route bis Crivitz verlief ohne Zwischenfälle. Luftangriffe hatten das Landstädtchen mit Bomben belegt. Beschädigte und zerstörte Fachwerkhäuser waren das Corpus Delicti. Das Verkehrsschild Richtung Schwerin gab die Orientierung an. Breite, gepflegte Alleen, die vom Vorfrühling geprägten Grünanlagen und die abwechsungsreiche wellige Landschaft Westmecklenburgs lenkten kurzfristig vom Ernst der Situation ab. Im wunderschönen Monat Mai wollte eine Stimmung entsprechend der Jahreszeit "*Die linden Lüfte sind erwacht, sie säuseln und weben Tag und Nacht*" (Uhland) bei den mysteriösen Detonationen, die das Vogel-Gezwitscher im Keime erstickten, nicht aufkommen. In der Ferne kam schemenhaft der Schweriner See, der die malerische Residenzstadt einrahmt, zum Vorschein. Die Wagen kutschierten wir kreuz und quer durch die belebten, mit kleinen, glatten Steinen gepflasterten Straßen. Aus einem Lazarett schleppten sich mühsam bettlägerige Verwundete. Arm- und Beinamputierte humpelten von dannen. Niemand kümmerte sich um die erschöpften Invaliden, von denen die wenigsten ein Ziel vor Augen hatten. Es war erbärmlich und beschämend, wie die Soldaten, beinahe sechs Jahre für einen sinnlosen Krieg mißbraucht und von der Führung in der Stunde der Not schmählich im Stich gelassen, mitleidlos der Landstraße überantwortet wurden. Soweit möglich, nahmen wir Verwundete ein gutes Stück des Weges mit. Mittlerweile war eine Erholungspause überfällig. Stadtauswärts konnten die Pferde nicht der Versuchung widerstehen, auf einer saftigen Wiese Löcher in die frische Luzerne zu fressen. Einer solchen Begierde in Friedenszeiten nachzugeben, wäre ein Unding. Wie erwartet, eilte der bitterböse Eigentümer herbei und bestand wutschnaubend darauf, die Pferde vom Fleck weg zu entfernen. Der spärliche Vorrat an trockenem Hafer war ein kärglicher Ersatz. Der Vorfall war nicht das erste und letzte Mal, über die Problematik des Sinnspruches *"allgewaltige Not, sie kennet keine Gesetze"*, zu reflektieren.

In Gegenrichtung ratterten zwei (!) deutsche Panzer. Im Nu ertönten, wie aus der Pistole geschossen, die pfeifenden Geräusche der Kampfjets, die die Straße ins Kreuzfeuer nahmen. Wir sprangen von den Wagen, liefen einen Abhang hinunter und vertrauten uns dem Schutz des Dickichts an. Frau H., die Ehefrau des Zeichenlehrers, trug eine Fichte schützend vor sich her. In einer Feuerpause schritten die Pferde tüchtig aus, vorbei an Toten mit verglastem Blick, zerschossenen Trecks und qualvoll sterbenden Tieren. Würden wir die heimtückischen Tieffliegerangriffe überleben? Die Nervosität stieg, wenn die Wagen zwischen Militärfahrzeuge gerieten, die zwangsläufig Hauptziele für Attacken aus der Luft abgaben. Auf der Strecke nach Lützow setzte der lautstarke Beschuß durch Tieffliger massiv ein. Ständig mußten wir Deckung suchen, von den Wagen springen und uns seitwärts in die Büsche schlagen. Zum Anziehen der Zügel reichte die Zeit nicht. Die bedrohliche Lage erforderte, *"auf Tod und Leben laufen"* zu müssen. Nahte eine Waldung, hasteten wir mit keuchender Brust unter Bäume, warfen uns hin und krallten uns in die Erde. Die ungefährdeten Schützen schossen im Tiefflug mit ihren Bordwaffen wahllos auf alles, was sich bewegte. Unter dem ohrenbetäubenden Kugelhagel bebte und krachte der Wald. Durch das Gehölz und Buschwerk sah man in Brand geschossene Trecks. Pferde und Planwagen brannten lichterloh. Von vorn bis hinten zündelnde Stichflammen. Mit uns bangten und flehten wildfremde Menschen um ihr Leben. Die Todesgefahr im Angesicht, rüttelt wohl jeden Menschen auf. Wir suchten inneren Halt und wandten uns im Gebet an Gott. Dankgebete wurden zur zweiten Natur. Schlafengehen am Abend ohne ein Nachtgebet im Sinne von Dietrich Bonhoeffer glich einem Zustand der Leere: *"Von guten Mächten wunderbar geborgen, erwarten wir getrost, was kommen mag. Gott ist mit uns am Abend und am Morgen und ganz gewiß an jedem neuen Tag!"*

Bei einer Unterbrechung des Feuerüberfalls stürzten wir zur Landstraße zurück, voller Sorge um die Fuhrwerke. Die Pferde - müde und matt vom Laufen in scharfem Trabe - standen seelenruhig und bewegungslos, und dies trotz des überlauten

Fluglärms, der ungezähmten Schießerei und auflodernden Brände. Minute auf Minute verging. Die Gefahr war nicht gebannt. Pfeilgeschwind drehten die Flugzeuge um. Erneut setzte das Knattern der Bordwaffen mit einem durch Mark und Bein gehenden Lärm ein. Nach jeder Angriffswelle reagierten wir mit einem dankbaren Blick zum Himmel. Welche Schreckensbilanz auf der Straße: Tote Soldaten und Zivilisten, Pferde, Trecks und Autos waren in Flammen aufgegangen. Zum Löschen oder Ersticken der Feuerstellen gab es weder Zeit noch Mittel. Benommen und verstummt angesichts der grauenhaften Verwüstung trafen wir in Lützow ein.

Ein schlichter Unterstand, gefragt und gesucht, war nicht in greifbarer Nähe. Mutter und ich schritten quer durch den Gutspark auf eine leere Scheune zu. Die Lage war derartig ungünstig, daß sie als Unterschlupf nicht in Betracht kam. Enttäuscht machten wir kehrt. Auf dem Rückweg trauten wir unseren Ohren nicht, denn selbst in der Abendstunde veranstalteten die tobenden Flugzeuge die reinste Hetzjagd auf hilflose Opfer. In wilder Hast irrten wir wie Getriebene durch den Park, um Schutz unter hohen Bäumen zu finden. Zugleich verursachte der Kugelregen in dem baumreichen Gelände einen Höllenlärm. Die Feuerstöße und der durchdringende Widerhall der dröhnenden Maschinen waren so gruselig, daß wir in geduckter Haltung auf ein Arbeiterhaus zuliefen. Als die Frau uns zu Gesicht bekam, schlug sie uns die Tür vor der Nase zu. Unsere Kehlen waren wie zugeschnürt. Inzwischen nahmen die Tiefflieger die Dorfstraßen und Häuser unter Beschuß. Auf kniefälliges Bitten öffnete die Hausbewohnerin widerwillig den Eingang. Wir kauerten unter einem Fenster und schwebten in tausend Ängsten um Vater. Ein Ende des anhaltenden Trommelfeuers war nicht abzusehen. Als die Flugzeuge nach einer halben Ewigkeit verschwanden, huschten wir zurück zu den Wagen. Schon kam Vater daher, der genauso in Sorge um uns war wie wir um ihn. Weithin Brände, Einschläge und Zerstörung, vor allem verzweifelte Menschen. Trecks und Automobile waren ein Raub der Flammen geworden. Bei dem grauenhaften Anblick konnte das Blut in den Adern erstarren. Es war wie ein Wunder, daß sich die Pferde nicht aus der Ruhe hatten bringen lassen. Sie standen geduldig am Ort des Grauens. Während des Luftangriffs wurde ein Fahrrad, das zuvor ein Polizist mit Beschlag belegen wollte, vom Wagen entwendet. Da wir ihm die Stirn boten und gegen den Willkürakt Sturm liefen, hatte er von seinem Vorhaben Abstand genommen. Nichtsdestotrotz - das Rad war verschwunden. Hatte der Polizist die Gunst des Augenblicks als Mittel zum Zweck genutzt?

Durch die demoralisierenden Luftüberfälle waren wir aus dem seelischen Gleichgewicht geraten. Eine "*Sinngebung des Sinnlosen*" (Theodor Lessing) war nicht zu erkennen. Ein Gefühl menschlicher Ohnmacht überkam uns. Die markige Fassung in den Wehrmachtberichten "Anglo-amerikanische Tiefflieger setzten den Terror gegen die Bevölkerung mit Bomben und Bordwaffen fort" entsprach der Gefühlsregung. Bei näherer Betrachtung traf das Wort vom "Terrorangriff" - horribile dictu - die beschämenden Attacken haargenau, vorausgesetzt, die wehrlose Zivilbevölkerung lag im Fadenkreuz der teuflischen Angriffe. Dazu gehörten Flüchtlingstrecks, die inzwischen den Löwenanteil von Fahrzeugen auf der Landstraße ausmachten. Bei den guten Sichtverhältnissen wäre der Vorwand von Erkennungsschwierigkeiten eine Schutzbehauptung. Wie wahr ist die Erfahrung: "*Der Krieg zeigt die Menschen in der rohen Stärke aller Leidenschaften.*"

Lützow, ein Kreuzungspunkt von Durchgangsstraßen, lag rund um die Uhr unter Fliegerbeschuß. Zu keiner Zeit war die Luft rein. Der ohrenbetäubende Lärm der Flugzeuge ließ "*keine Ruh bei Tag und Nacht.*" Zufluchtsstätte war ein Kindergarten. Tatar, dessen geschecktes Fell hell leuchtete, wurde besonders penibel mit Decken getarnt. Die Pferde blieben während der Nacht ohne Unterstand auf dem Spielhof. Abends mußte wegen der lauernden Bedrohung durch Tieffliegerangriffe über eine kurzfristige Unterbrechung oder Fortsetzung der Flucht nachgedacht werden. Offene, d.h. nicht baumreiche Landstraßen brachten jeden Verkehrsteilnehmer in Gefahr. Im Kindergarten gab man den Ratschlag, den folgenden Tag abzuwarten und stattdessen nachts zu fahren. Tagsüber würden Flugzeuge die Strecke von Lützow nach Gadebusch und den Waldrand bestreichen, ohne auf die geringste Gegenwehr zu stoßen. Niemand hätte eine Chance, dem Kesseltreiben zu entrinnen. Mit seinem sicheren Instinkt für das Richtige und Notwendige, ein Gespür, das ihn - Gott sei dafür gedankt - auf der ganzen Flucht nicht verlassen hatte, plädierte mein Vater, auf dem wie bisher die Schwere der Verantwortung lastete, für einen Aufbruch in aller

Frühe.

Während englische und kanadische Truppen die Umgebung von Mölln besetzten und amerikanische Panzertruppen von Boizenburg kommend bis Schwerin vorstießen, spannten wir die Pferde am 2. Mai 1945 vor Sonnenaufgang an. Ohne Fliegerttätigkeit bewegten wir uns auf der baumlosen Chaussee - wegen der freien Flugbahn eine Quelle von ständiger Angst - auf Gadebusch zu. An einer Weggabelung hielt die Polizei Hannchens Wagen an und forderte die Mitnahme einer Familie mit Kinderwagen, angesichts der allgemeinen Not eine Selbstverständlichkeit.

Anfangs trabten die Pferde unbehelligt auf der ungeschützten Wegstrecke. Links und rechts der Straße fiel der Blick auf die Spuren des wahnwitzigen Luftkrieges, der keine militärischen Treffer mehr erzielen konnte: Tote Menschen und Pferde, zertrümmerte Fahrzeuge, zusammengeschossene Trecks und vom Schicksal geschlagene Leidtragende auf der Suche nach Angehörigen oder zerstörter Habe. Hals über Kopf war die gespannte Ruhe vorüber. Mars regierte die Stunde. Plötzlich kamen die Tod und Verwüstung bringenden Jagdflugzeuge angeflogen, die gnadenlos ihre Waffen auf Mensch und Tier richteten. Um Gottes willen nicht jetzt, bei den letzten Zuckungen der erlöschenden Kriegsfackel, ein Opfer blindwütiger Schießereien werden! Mit solchen Gedankensplittern sprangen wir von den Wagen herunter und liefen querfeldein zum Wald. Obwohl keine militärischen Objekte weit und breit erkennbar waren, nahmen die furchteinflößenden Flugzeuge den Forst unter Flächenbeschuß. Der ohrenzerreißende Feuerüberfall war so gespenstisch, daß wir auf allen vieren immer tiefer in den Wald krochen, von Gestrüpp zu Gestrüpp, von Baum zu Baum vortastend und uns dabei fest an Bodenwellen festhielten. Es krachte und knallte unablässig. Ein Zittern und Beben ging durch unsere Körper, und das Herz drehte sich uns im Leibe um. Das rohe und gewaltsame Handwerk hatte abermals einen Tatort des Grauens heraufbeschworen: Ein Blutbad in weitem Umkreis. Schwarze Rauchschwaden, die den Blick verfinsterten, stiegen zum Himmel empor. Frischluft glitt an dem stechenden Pulvergeruch ab. Die Fuhrwerke waren gottlob nicht vom Kugelhagel getroffen. Die abgehetzten Pferde verharrten in stoischer Gelassenheit.

Nach wenigen Hundert Metern war eine weitere Angriffsstaffel im Anflug. Wiederum entluden die tosenden Flugzeuge ihre tödliche Last und führten die Operation der Vernichtung erbarmungslos fort. Erneut konnte allein das Sprinten von der ungeschützten Chaussee zu Büschen, Sträuchern und ins Unterholz begrenzte Sicherheit bringen. Über Ciceros Argumentation der Unvermeidbarkeit von Kriegsopfern - *"Wenn die Waffen sprechen, schweigen die Gesetze"* - kann man vom grünen Tisch aus akademisch disputieren, hingegen die Realität dieses Kriegsgesetzes zu erleben, war schauderhaft.

Nach den wie eine Ewigkeit erscheinenden Horror-Minuten kamen hoch gewachsene Bäume in Sicht, auf die wir im Sturmschritt zufuhren, soweit es die ausgepumpten Pferde erlaubten. Als begrünte Zweige, Äste und dichtes Blattwerk einen gewissen Schutzwall bildeten, atmeten wir leichter. Letztendlich empfing uns Gadebusch. Am Marktplatz verabschiedete sich die Familie, die uns begleitet hatte. Eine Erholungspause stadteinwärts nutzte Mutter zum Broteinkauf. Die Flugzeuge waren hinter den Wolken verschwunden, und wir gelangten an diesem 2. Mai 1945, als in Berlin die Überreste der Wehrmacht kapitulierten, nach Roggendorf. Eine bleierne Schwere senkte sich auf die schlafbedürftigen Augen.

Die Fuhrwerke wurden an einem Kastanienplatz abgestellt. Die Pferde sollten sich in einer Scheune verschnaufen, und uns sollte die Dorfschule ein schützendes Dach gewähren. Der ortsansässige Lehrer verwies uns auf einen leeren Klassenraum als Schlafgemach. Abgekämpft und von trüben Gedanken geplagt, stand das Bedürfnis nach Ruhe obenan. Als wir alle viere von uns strecken wollten, kehrte der Kollege zurück und widerrief, wie ein schwankendes Rohr im Winde, seine Zusage. Der Sinneswandel schockte nachhaltiger als ein kalter Wasserstrahl. Der Mitpassagierin Franziska H. blieb die Sprache weg. Nicht in jeder Lebenslage geht die Rechnung *"gleich und gleich gesellt sich gern"* auf. Auch tanzte der Bürgermeister an und schlug in dieselbe Kerbe, beide hundertfünfzigprozentige NS-Claqueure. Die Bösewichte, die nur noch Bruchteile von Sekunden am längeren Hebel saßen und ihren letzten Trumph ausspielten, schleuderten uns barsch die Aufforderung ins Gesicht: "Packen

Sie Ihren Trödel wieder ein und fahren Sie weiter spazieren!" Die schneidende Anweisung - ein psychischer Tiefschlag ohnegleichen - stammte aus dem Munde von Bonzen, die sich, als die Stunde des Nationalsozialismus geschlagen hatte, mit ihren Parteiabzeichen in Szene setzten: *"Was für eine Kälte muß über die Leute gekommen sein."* (Brecht) Bei solchen Erlebnissen konnte man den Boden unter den Füßen verlieren. Die seelischen Schwingungen erreichten zum wiederholten Mal einen schwindelerregenden Tiefpunkt. Kopfscheu und geknickt fanden wir nach der hartherzigen Abfuhr und dem rüden Rausschmiß den Weg zum Kastanienplatz zurück. Goethes Zeilen beschreiben die Situation präzise: *"Wir richten uns immer häuslich ein, um wieder auszuziehen, und wenn wir es nicht mit Willen und Willkür tun, so wirken Verhältnisse, Leidenschaften, Zufälle, Notwendigkeit und was nicht alles."*

Der eine unselige Epoche abschließende Wehrmachtbericht vom 3. Mai 1945 meldete kurz und bündig: "Die von Schwerin angreifenden Amerikaner drangen in den Raum Gadebusch vor." Eine realitätsbezogene Skizzierung des Frontverlaufs. Im Dorf breitete sich die Nachricht, die niemand für sich behalten konnte und wollte, wie ein Lauffeuer aus: Die Amerikaner kommen! Einheimische und Fremde nahmen die Beine in die Hand und versammelten sich in der Dorfstraße. Keine Minute standen die fürs erste Geängstigten in einem Knäuel zusammen. Im gleichen Atemzug stoppten zwei amerikanische Kradmelder, umlagert und begrüßt von Deutschen und einer Gruppe französischer Kriegsgefangener. Die sich überstürzenden Gefühlswallungen und Gedankenblitze lassen sich folgendermaßen subsumieren: Unter *"das wilde Geschick des allverderblichen Krieges, das die Welt zerstört und manches feste Gebäude schon aus dem Grunde gehoben"*, konnte zunächst einmal ein Schlußstrich gezogen werden. Zu guter Letzt fanden die gefährlichen Tieffliegerangriffe ein Ende. Gott sei Lob und Dank, daß wir mit knapper Mühe und Not unter dem Schutz und Schirm des Höchsten mit dem Leben davongekommen waren. Empfindungen tiefster Dankbarkeit überkamen uns.

Hoch auf den Planwagen begnügten wir uns mit der Rolle von konzentrierten Zuschauern, die in Staunen gerieten über Vorgänge, die gerade eben NS-Paladine als

Hirngespinste abgetan hätten: Deutsche Militärfahrzeuge hißten weiße Fahnen, Infanteristen entledigten sich ihrer Ausrüstung und stolzierten ohne Schwertstreich im Gänsemarsch in amerikanische Gefangenschaft. Sogar Trecks schwenkten weiße Tücher oder Laken. Zeitgleich wurde kolportiert, daß die Russen - die Begriffe Sowjets bzw. Sowjetunion und Russen bzw. Rußland wurden seinerzeit synonym gebraucht - dieses Gebiet - wie im Sommer 1945 tatsächlich geschehen - okkupieren würden. Wie segensreich, daß uns der Kollege den Stuhl vor die Schultür gesetzt hatte: *"Gutes und Böses kommt Unerwartet dem Menschen."*

Gemäß unserer Zielsetzung, sowjetischer Herrschaft unbedingt zu entfliehen, hatten die unwiderlegbaren Gerüchte eine Fortführung der Flucht zur Folge. Es galt, weiterhin Kurs auf das westliche Territorium zu nehmen, ob englische oder amerikanische Zone war irrelevant. Über die von den Siegermächten längst beschlossene Aufteilung Deutschlands in Besatzungszonen und die künftigen Demarkationslinien kursierten in der Flüsterpropaganda widersprüchliche Spekulationen. Verläßliche Informationen sickerten nicht durch.

*"Der Not gehorchend, nicht dem eigenen Triebe"* blieben wir also nachts auf den Wagen, immer noch mit Herzklopfen nach der jüngsten Überreizung. Das heillose Wirrwarr machte die Nacht zum Tage. Zu verworren war die Vorstellung, am Vorabend eines historischen Ereignisses zu stehen. Vor dem Aufbruch am 3.5.1945 kochte ich unter blühenden Kastanienbäumen auf einer selbst hergerichteten Feuerstelle Kaffee, der zwar rauchig schmeckte, aber nach der kühlen Nacht allen gut tat.

Auf der Strecke von Roggendorf nach Ratzeburg vollzog sich der völlige Zusammenbruch des Dritten Reiches unmittelbar und hautnah. Furcht und Elend des NS-Regimes, dessen Uhr schließlich und endlich abgelaufen war, verdichteten sich vor unseren Augen. Die Straßenränder und -gräben füllten sich mit Stahlhelmen, Uniformen, Gewehren, Gasmasken, Kriegskarten, Insignien jeglicher Dienstgrade, Hoheitszeichen der SS, zerfetzten Hakenkreuzfahnen und zertretenen NS-Emblemen, kurzum Militaria jeder Art und Größe. Die Landstraße beherrschten gepanzerte

Kettenfahrzeuge der Alliierten. Bei Mustin war Schleswig-Holstein erreicht, ein Land, das einem Ondit zufolge nicht zur sowjetischen Besatzungszone gehören sollte. Nach Ziethen tauchten die Konturen von Ratzeburg auf. Bei einem unbeschreiblichen Verkehrschaos ging alles wild durcheinander: Jeeps, Soldaten verschiedener Nationalität, Polizei, Trecks, Fußgänger, Neugierige. Je näher Ratzeburg rückte, desto größer wurde die allgemeine Konfusion. Man flüsterte, daß in Kürze amerikanische Truppen ihren Einzug in die Stadt halten würden. Um die Hauptstraßen für die siegreiche Armee freizuhalten, durften keine Pferdewagen Ratzeburg durchqueren. Da Trecks, Karossen und sonstige Vehikel im Vorort links abbiegen mußten, reihten wir uns in die endlose Wagenschlange Richtung Lauenburg ein. In der Zwischenzeit war eine martialische Kulisse im Anzug. Eine waffenstarrende Armada amerikanischer Panzerkonvois rollte heran. Stundenlang donnerten in unverbrauchter Stärke die Vorausabteilungen die Straße entlang. Die Gewinner des Krieges nahmen den deutschen Offizieren und Mannschaften Rangabzeichen, Koppelschlösser, Uhren und andere Wertgegenstände als Souvenirs ab. Inmitten der zivilen und militärischen Fahrzeugkolonnen und im Gewühl einer vielköpfigen Menschenmenge, die den Weg zu Fuß zurücklegte, wälzten sich die Fuhrwerke im Schneckentempo vorwärts.

Der Gemütszustand war zwiespältig. Einerseits rasselten auf der Landstraße Panzerkampfwagen auf Panzerkampfwagen der Alliierten, die Hitlers verwerflichem Krieg den Todesstoß versetzt hatten. Verständlich, daß die Sieger die Nase hoch trugen und sich als Halbgötter fühlten. Siegestrunken schauten die stolzen und selbstbewußten Krieger, anfangs verächtlich, danach gnädig, auf die Besiegten herab: *Vae victis!* Auf der anderen Seite die geschlagenen und unterlegenen deutschen Truppen, die sich entweder in geschlossenen Kolonnen, in aufgelösten Gruppen oder als Einzelgänger hilflos und orientierungslos ihrem Schicksal ergaben. Manche beugten sich den Befehlen der Triumphatoren in würdeloser und devoter Haltung. Bei diesen konträren Bildern, Szenen und Eindrücken, Teilaspekte der deutschen Tragödie, blieben *"patriotische Beklemmungen"* (August Krawani) nicht aus. Im Widerstreit der Gefühle und rationalen Erwägungen überwog die unbestrittene Tatsache, daß mit dem 3. Mai 1945 die Schrecken und Greuel des Krieges gottlob vorbei waren: *"Die Waffen ruhn, des Krieges Stürme schweigen."* (Schiller)

Das Grübeln und Verlorensein in Gedanken über die umstürzenden Veränderungen wurde jäh unterbrochen durch einen Aufprall. Als wir vor demolierten Autos und Schlaglöchern, verursacht durch Granattrichter, ausweichen mußten, rammte ein amerikanischer Armee-Lastwagen unser Fuhrwerk. Es knarrte und splitterte. Die linke Seitenleiter brach entzwei und streifte Mutters Stirn. Zum Glück wurde sie nicht ernsthaft verletzt. Wir kamen alle, einschließlich Franziska H., mit dem bloßen Schrecken davon. Nahe der Unfallstelle lagen Bretter, die eine behelfsmäßige Stütze abgaben. Mit der zerschrammten Leiter und der verschobenen Wagenkonstruktion war keine längere Strecke zu bewältigen. Gerade noch zur rechten Zeit hoben sich in der Waldeinsamkeit die schattenhafte Umrisse eines Pfefferkuchenhäuschens ab. Das Häuschen mit dem Wahrzeichen "Weißer Hirsch" erwies sich als ein Forsthaus. Wer konnte ahnen, daß sich das Leben in der Stunde Null der deutschen Geschichte, als alles drunter und drüber ging, bis auf weiteres im "Weißen Hirsch" abspielen sollte.

Über unsere Flucht schreibt Tante Charlotte: "Das Unheil bricht über Deutschland herein und trifft vernichtend unseren Osten. Seit Wochen ziehen die Trecks aus Ostpreußen vorüber, und man hilft den armen Flüchtlingen nach besten Kräften. Nun trifft es einen selbst. Größte Eile tut not. Zwei Wagen werden mit dem notwendigsten Hausrat und mit Lebensmitteln beladen. Es kommt einem kaum zu Bewußtsein, daß man Abschied nehmen muß von Haus und Hof. So überstürzen sich die Dinge. Die Russen sind im Anmarsch. Der schwerste Schlag: Eckart, der verwundet in Kreuz im Lazarett liegt, darf man nicht mitnehmen. Gert fährt mit seinen vierzehn Jahren einen Wagen. Westwärts geht die Fahrt, unter Fliegerbeschuß, vorüber an Toten und Sterbenden, über die Oderbrücke, unter der schon die Sprengladung droht. Ein Vagabundenleben beginnt, Nachtlager in Scheunen und Schulen, immer weiter, von Dorf zu Dorf. Flüchtlingslos, aber man ist vor den Russen gerettet."

## Fünftes Kapitel

## ZEITENWENDE

### 1. Die Stunde Null im "Weißen Hirsch" (Ratzeburg)

*"Das Alte stürzt, es ändert sich die Zeit, und neues Leben blüht aus den Ruinen"*

(Schiller)

Nach dem Verbot von Treck-Bewegungen durch die amerikanischen Militärbehörden mußten wir uns auf eine längere Bleibe einstellen. Wegen Überbelegung des kleinen Forsthauses kam als Notunterkunft die Unterbringung in der dazugehörigen Scheune in Betracht. Am 3. Mai 1945 bezogen wir ein Strohlager auf der rechten Scheunenseite in der Mitte Parterre. In dieser Lagerstatt sollten wir fast fünf Monate ausharren. Eng daneben, durch ein Drahtgeflecht getrennt, schloß sich der Pferdestall an. Insgesamt traf sich und nächtigte eine bunt gemischte Menschenmenge von 52 Personen in Haus und Scheune. Das Kriegsende hatte den "Weißen Hirsch", nunmehr gewissermaßen ein Auffanglager für planlos umherziehende Zivilisten und versprengte Landser, auf den Kopf gestellt: *"Wer zählt die Völker, nennt die Namen, die gastlich hier zusammen kamen."* (Schiller)

Im Forsthaus wohnte der Förster mit seiner Familie. Der Forstmann, weiland SA-Sturmführer, dessen buschige Augenbrauen seine tiefliegenden schwarzen Augen überschatteten, war auf der Hut vor möglicher Inhaftierung. Seine Frau, Mutters Gesprächspartnerin, nahm ihre Familie wie das ganze Publikum vom "Weißen Hirsch", unter ihre Fittiche. Tochter Rosemarie, ein anmutiges Mädchen, lebhaft, interessiert, aber unausgeglichen und launenhaft, hing an Mutters Rockzipfel.

Am 4.5.1945 klopfte der steinreiche Seifenfabrikant Karl H. - angeblich besaß er drei Millionen Reichsmark - an die Tür des Forsthauses. Seine Frau Käthe, groß, blond, mit breiter Berliner Stimme, machte sich wichtig. Zu ihnen gehörten drei nach der äußeren Erscheinung und dem inneren Wesen unterschiedliche Töchter: Barbara,

Studentin der Chemie, rundlich, blaß, gemütlich, etwas kränkelnd; Gisela, schlank, hübsch, liebenswürdig und Dagmar zwölf Jahre alt, ein verzogenes und quengelndes Kind. Karl H., klein, dafür großspurig, jovial, durchgängig gut gelaunt, duckte sich vor seiner Frau, die ihn von Statur überragte. Barbara stammte aus der ersten Ehe von Karl H., Gisela aus der geschiedenen Ehe seiner zweiten Frau, und Dagmar war ihr gemeinsames Kind. Die ganze Familie wohl geputzt, laut, aufdringlich, indes nicht unsympathisch.

Mit der Familie H. schlugen ihre Zelte in der Scheune auf: Die Frau von Generalleutnant Reimann, dem ehemaligen Festungskommandanten von Berlin, über den die Frankfurter Allgemeine Zeitung im Rückblick auf die Ereignisse vor 50 Jahren am 15.4.1995 schrieb: "In Potsdam hält General Reimann mit seiner 'Armeegruppe Spree' die Stadt, obwohl die Russen bereits in einige Viertel eingedrungen sind. Reimann war als Kampfkommandant abgelöst worden. Goebbels hatte ihn als General ohne Kampfgeist denunziert. In Potsdam schlägt er sich mit seinen zwei Divisionen voller Bravour. Er organisiert den Ausbruch und sprengt die rote Umklammerung. Damit werden 20 000 deutsche Soldaten gerettet, dazu viele Flüchtlinge." Frau R. gab sich schlicht, arbeitsam und hilfsbereit. Tochter Ursula, genannt Usch, 19 Jahre alt, ernst, war die Ruhe selbst.

Die übrige Belegschaft vom "Weißen Hirsch" wird mit knappen Strichen gezeichnet: Frau Hel. mit vier Kindern; Chauffeur R. mit Familie; Frau K., 30 Jahre alt, verheiratet mit einem Zahnarzt und selbst Studentin der Zahnheilkunde, sanft und damenhaft; Förster Erich P., im "Weißen Hirsch" ein- und ausgehend, freundete sich mit Frau K. an; Bruno, ein Neffe der Försterfamilie, kam aus Rügen, vergnügt, betriebsam, charmant und witzig; Soldat Kb. spielte den Dolmetscher und verliebte sich in Gisela H. Weggefährtin Franziska H. schlief im Hause, das gesteckt voll Erdenbürger war. Frau Rosa aus Darmstadt, mit typisch hessischem Dialekt, führte das Regiment in der Küche, wegen ihrer spitzen Zunge allgemein gemieden. Frau M., mit Sohn, einst aktive Parteigenossin, akustisch durchdringend, wandelte erhobenen Hauptes daher, begleitet von Siegfried und Christel L., wie sie ebenfalls aus Thorn. Frau T., Kaufmannsfrau aus Heidekrug/Memel, hausmütterlich und verbindlich, mit ihrem 82-jährigen Vater, der bald starb. Maschinenschlosser Kp. mit seiner vierköpfigen Familie war unangenehm, dreist und angeberisch. Frau Pt. mit Tochter, Sekretärswitwe aus Königsberg (Ostpreußen), fühlte sich stets zurückgesetzt.

Dazu kehrten immerfort Soldaten, Offiziere und Zivilisten aus aller Herren Länder ein: Franzosen, Polen, Tschechen, Balten, Bessarabier, ehemalige Häftlinge aus Konzentrationslagern, Flüchtlinge, Evakuierte, Heimatlose. Es ging zu wie in einem Taubenschlag. Ausländer, die frühere Wehrmachtautos mit ihren eigenen Nationalfarben geschmückt hatten, befanden sich auf dem Weg zurück in ihre Heimat.

Unter all den Menschen, denen der "Weiße Hirsch" Obdach gewährte, stellte ich den engsten Kontakt mit Erich F. her, einem Mann von echtem Schrot und Korn. Bis zum Kriegsende hatte er als Fräser bei den pommerschen Motorenwerken in Stettin-Altdamm gearbeitet. Standort seines Planwagens war eine Koppel mit einem Ziehbrunnen, gegenüber der Scheune auf der anderen Seite der Landstraße gelegen. Hier stand Erich F., der sich tageweise der Vita contemplativa hingab, auf der Koppelweide, Baby Klaus hielt er auf dem Arm und den 2-jährigen Lothar an der Hand, der pausenlos jauchzte, falls er Spielkameraden auftrieb. An Vorbeiziehende richtete der gebürtige Altdammer, der nicht jedes Wort auf die Goldwaage legte, aber häufig den Nagel auf den Kopf traf, die stereotype Frage: "Wo kommst du her, bist Du auch aus Pommern, wo willst du hin?" Blieb jemand die Antwort schuldig, raunte er: "So ein Dussel, das will ein Pommer sein und weiß nicht einmal, woher er stammt!" Er hielt allzeit einprägsame Wendungen parat und plauderte willfährig aus seinem Leben. Morgens und abends stimmte er die alten Lieder an. Immer aufs Neue redete er sich wohl bekannte Episoden von der Seele, vom Fleischer Schulz und "was dem alles in die Dutten gegangen" wäre. Als Pferdeliebhaber organisierte er ein vollblütiges Ackerpferd, das trotz sorgfältiger Betreuung "in die Dutten ging". Der Hilfe versagte er sich nie. Wir fuhrwerkten in umliegende Ortschaften, um die geringen Essensrationen für die beiderseitigen Familien anzureichern. Erich F., sensibel und sanftmütig, hatte dicht am Wasser gebaut. Sentimentalität und Gutmütigkeit waren Fixpunkte seiner lauteren Natur. Als meine Frau Barbara und ich ihn und seine Familie 1992 in Sterley, wo er ein Eigenheim erworben hatte, aufsuchten, zeigte er immer noch das unverwechselbare Verhalten. Er war ein herzensguter Mensch, der sich voller Inbrunst nach seiner Heimat sehnte. War er mal der Verzweiflung nahe, wollte er sich am liebsten einen Strick um den Hals legen. Seine Frau, bemüht den Mittagstisch frühzeitig vorzubereiten, warb um Verständnis für die riesigen Portionen von Reibekuchen: "Ich muß für unseren Pappa was Feines machen. Er mag doch so gern Kartoffelpuffer." Mit einem Berg, als ob eine Kompanie zu versorgen war, lenkte sie die Blicke der Hausfrauen auf sich: "Was denken Sie denn, die ißt unser Pappa fast alle alleine!"

Diese aus ihrer Heimat verschlagenen Menschen, verschiedener Mentalität und unterschiedlichen sozialen Schichten angehörend, haben im "Weißen Hirsch" etwa fünf Monate ein gemeinsames Leben geführt. Für alle Haus- und Scheunenbewohner stand im Forsthaus eine einzige Küche zur Verfügung. Bei der Zubereitung des Mittagessens waren häufig zwölf Kochtöpfe gleichzeitig auf dem Herd nebeneinander aufgereiht. Keine Hausfrau wollte die mühevoll angefertigte Mahlzeit lauwarm servieren. Jede bewachte mit gezücktem Löffel ihre Kochplatte, denn trat sie zur Seite, konnte es passieren, daß ihr Kochtopf einfach beiseite geschoben wurde. Der Försterin oblag es, die Gerichte nach vorgegebener Reihenfolge anzukochen, damit niemand zu kurz kam. Regelwidrig verhielt sich hin und wieder Frau H., die so viele Vorräte besaß, daß sie drei bis vier Töpfe in Bewegung setzte, während sie die anderen wegzuschieben pflegte. Kaum hatte sie einen Augenblick die Küche verlassen, verschwanden aus Revanche ihre Töpfe von der Feuerstelle! Zu tiefgehenden Dissonanzen oder Bosheiten kam es dennoch nicht. Eine vielstimmige und leichte Unterhaltung verkürzte die Zeit der Kocherei. Die Themen wechselten. Anfangs sprach man vorzugsweise über gleiche und gegensätzliche Fluchterlebnisse. Wehmütig zogen Erinnerungen an unvergeßliche Leckerbissen durch die Küche und vergangene Genüsse wurden beschworen. Wo waren sie geblieben, all die kulinarischen Köstlichkeiten der Vergangenheit? Man munkelte über Einkaufsmöglichkeiten, um Delikatessen auf den Tisch zaubern zu können. Die Försterin schwang den Taktstock. Sie wachte und waltete wie ein guter Geist über Haus und Herd. Ihre Wärme teilte sich der Umgebung mit, meinte sie doch, die

Küche sei in Notzeiten Allgemeingut. Als die Hausfrauen dazu übergingen, sonntags einen Kuchen zu backen, hielten sie sich an den vorgeschriebenen Turnus, denn jede war auf den Backofen und die Backutensilien des Forsthauses angewiesen.

Andererseits bestand der Speiseplan, wie die Dinge nun einmal lagen, aus elementaren Eßwaren. Trotz der Knappheit allerorten ließ sich Mutter immer etwas einfallen, um ein schmackhaftes Mahl vorzusetzen. Nachdem jahrelang ein ertragreicher Obst- und Gemüsegarten Vitaminstöße verabreichen konnte, spürten wir die karge Kost nach Maßgabe der spärlichen Lebensmittelrationen. Der Birkenhof, wo Milch und Honig flossen, hatte die Familie und den Personal-Anhang in den Kriegsjahren im Hinblick auf eine vollwertige Verpflegung verwöhnt.

Arm dran war unsere Weggefährtin Franziska H. als Alleinstehende. Sie hielt Ausschau, ob Küchenreste abfielen, bis sie umsichtig eine Marktlücke aufspürte. Frau H. entpuppte sich als passionierte Kartenlegerin, eine Kunst, von der sie bisher nichts hatte verlauten lassen. In einer Zeit, in der sich die Menschen nicht als Schoßkinder des Glücks vorkamen, trat sie als umworbene Pythia vom "Weißen Hirsch" in Erscheinung. Wer war nicht fasziniert, wenn das Delphische Orakel in den Tiefen der Magie versank, um als lächelnde Sphinx das Buch des Schicksals auszuleuchten. Verträumt und entrückt trollten die Klienten davon. Die Dankesschuld wurde in Form von Naturalien abgetragen. Franziskas Rationen verbesserten sich zusehends. Sie war Gast beim Mittag- oder Abendessen mal bei dieser Familie, mal bei jener. Ob Kartoffelpuffer, Eierkuchen oder Rharbarber, ein nahrhafter Lohn war ihr sicher. Wie weit sich Frau H. von der Wahrheit hat leiten lassen, ist nicht zu beurteilen: *"Vom Wahrsagen läßt sich's wohl leben in der Welt, aber nicht vom Wahrheit sagen!"* (Georg Christoph Lichtenberg)

Manchmal durchzogen brenzlige Düfte die Küche. Den Erzählungen der Köchinnen nach ließ die Frau des Seifenfabrikanten täglich ihren Griesbrei anbrennen, Franziska die Milch, die sie umrühren sollte, Rosemarie ihre Mehlsuppe. Mütter mit Kleinkindern backten Kartoffelpuffer in Lebertran, der so penetrant roch, daß die Tränen liefen und Rosemarie seekrank wurde. Frau M. sang ein Loblied auf ihre eigenen Kochkünste, die sie über den grünen Klee pries, besonders ihre Piroggen. Wollte Mutter ein Pilzgericht zubereiten, prüfte Frau M. die Echtheit der Pilze auf Herz und Nieren. Wenn das frische Aroma von schwarzem Tee oder Bohnenkaffee der Küche die rechte Würze gab, lief manchem Gourmet das Wasser im Munde zusammen. Vater und ich - ohnehin durch andere Pflichten ausgelastet - hielten uns von der Küche fern, dagegen fühlte sich Karl H. zu den Hausfrauen hingezogen.

Im Laufe der Zeit vertieften sich Kontakte zu Freundschaften oder verflüchtigten sich zu Antipathien. Es war nicht verwunderlich, daß die innere Anspannung unter der Macht der ungeordneten Verhältnisse ein Ventil suchte und somit dicke Luft das schiedlich-friedliche Zusammenleben der Menschen wellenförmig störte. Die Familie meines Kumpels Erich F., die anfangs im Haus aß, zog sich in ihren Planwagen zurück. Die Wahrsagerin Franziska verbrachte die Tage im Arbeiterhaus oder im Gutshaus Kogel, gekränkt, daß das Försterhaus ihren Geburtstag nicht gebührend gewürdigt hatte. In Liebe entbrannten: Gisela, die Tochter des Seifenfabrikanten und Soldat Georg K. sowie die Frau des Zahnarztes und der Förster Erich P.

Für die Region um den "Weißen Hirsch" waren im Mai 1945 amerikanische Besatzungstruppen zuständig. Drei Wochen lang stand an der Weggabelung ein amerikanischer Panzer als Kontollposten. Täglich erschienen die GIs in der Küche, um sich eine Mahlzeit kochen zu lassen. Sie kamen nicht mit leeren Händen. Wen machten nicht Kaffee, Tee, Marmelade, Speck, Käse, Fleischkonserven, Kakao, Kekse und Schokolade den Mund wäßrig? Solche Leckereien hatte man sich abgewöhnt. Frau Rosa aus Darmstadt setzte sich über das Fraternisierungsverbot hinweg und betrachtete mit sehnsüchtigen Augen die Mitbringsel der Sieger. Ohne Hemmungen bettelte sie um dieses und jenes, bis sich ihre Herzenswünsche an Delikatessen erfüllten. Ihre Kalamität bestand darin, daß sie lediglich ein paar Brocken Englisch sprechen konnte. Durchsetzungsvermögen und eine Donnerstimme führten dennoch zum Ziel ihres leidenschaftlichen Verlangens.

Nach dem Abzug der Amerikaner rückten englische Truppen ein. Sie hoben die Kontrolle an der Straßenkreuzung auf. Die verbündeten Kanadier, die englisch und französisch in gleicher Weise beherrschten, traten höflich und gesittet auf. Von Franzosen und Polen, die den "Weißen Hirsch" passierten, erwarben wir zwei Herrenfahrräder und ein Damenfahrrad, außerdem drei Pferde, die aus ehemaligen Wehrmachtbeständen stammten. Der Zugewinn führte zu einer größeren Beweglichkeit.

Einmal erhielten die Einquartierten von dem englischen Standortoffizier die Order, sich zur festgelegten Stunde auf der Kommandantur in Kogel einzufinden. Die leise Hoffnung, die Besatzungsmächte würden die Tür zur Heimat einen Spaltbreit öffnen, trog. Die Weisung war vielmehr ergangen, um in der Zwischenzeit die Gebäude des Forsthauses besser nach Waffen und Munition gründlich durchsuchen zu können. Die militärische Aktion war denn auch buchstäblich ein Rohrkrepierer!

Abwechselnd radelten Vater und der Seifenfabrikant zum englischen Kommandanten nach Mölln oder Ratzeburg, um über den Zeitpunkt für die Heimfahrt eingeweiht zu werden. Die genehmigungspflichtigen Touren waren jedes Mal ein Schlag ins Wasser. Ahnte Goethe von den Völkerverschiebungen des 20. Jahrhunderts, als er in Hermann und Dorothea kund tat: *"Alle denken gewiß, in kurzen Tagen zur Heimat wiederzukehren; so pflegt sich stets der Vertriebene zu schmeicheln."* Folglich warteten alle Flüchtlinge ungeduldig auf Beginn, Verlauf und Ergebnis der Potsdamer Konferenz, von der ein Startsignal zur Rückkehr in die Heimat erhofft wurde. Die idealistischen Grundsätze der Atlantik-Charta und einige ausländische Presseorgane, die als *"falsche Propheten"* hervortraten, weckten hochfliegende Illusionen. Allmählich kamen wir dahinter, daß Moskau schon am 21.4.1945 die deutschen Ostgebiete bis zur Oder und Neiße an die polnische provisorische Regierung übergeben hatte, nicht nur für Präsident Truman "ein glatter Gewaltakt". (5.1.1946) Als die "Großen Drei" - Truman, Stalin und Churchill, nach den Unterhauswahlen Attlee - vom 17. Juli bis 2. August 1945 in Potsdam tagten, um bei der Erörterung der Besatzungspolitik über die deutsche Ostgrenze zu beraten, stellte Stalin die USA und Großbritannien vor sein Fait accompli. Die "Westverschiebung" Polens war auf die sowjetische Expansionspolitik zugeschnitten. Moskau wollte u.a. über seine völkerrechtswidrige Einverleibung von Ostpolen gemäß des Hitler-Stalin-Paktes in das rote Imperium den Schleier des Vergessens breiten. Polen sollte für seine territorialen Verluste durch die deutschen Ostprovinzen reichlich entschädigt werden. Zwar wurde die Oder-Neiße-Linie als Westgrenze Polens mit der Einschränkung der Vorläufigkeit versehen und die endgültige Festlegung der deutsch-polnischen Grenze bis zu einer Friedenskonferenz zurückgestellt. De iure war die Entscheidung über die deutschen Grenzen bis zur Friedenskonferenz offen gehalten, de facto war die Annexion der deutschen Ostgebiete von den Siegermächten gewollt und vollzogen. Hoffnungen auf eine Revision entsprangen einem Wunschdenken. Im Innersten sperrten wir uns gegen die nackte Tatsache. Noch zwölf Jahre danach, während meines Londoner Aufenthaltes, weigerte ich mich, von verlorenen oder abgetretenen Gebieten zu sprechen: "Das ist objektiv unrichtig. Die deutschen Ostgebiete stehen unter vorläufiger polnischer Verwaltung. Mehr nicht." (4.9.1957) Die Causa finita wollten wir nicht wahrhaben. Schrittweise verdichtete sich die Ahnung zur Gewißheit: Es führt kein Weg zurück. Da die Rückkehr verwehrt und das Heimatrecht genommen war, wurden wir aus Flüchtlingen zu Vertriebenen. Mithin wird die Flucht, historisch betrachtet, als ein Teil des Gesamtvorganges der Vertreibung gewertet, obgleich sie zunächst, um den Kampfhandlungen auszuweichen, eine rein kriegsbedingte und vorübergehende Erscheinung darzustellen schien.

Als sich abzeichnete, daß mit einem Wiedersehen von Heim und Herd nicht zu rechnen war, leiteten meine Eltern Schritte zum Aufbau einer neuen Existenz ein. Bei Vater ergaben sich durch sein Ausscheiden aus dem öffentlichen Dienst 1938 und mit seinem damaligen Verzicht auf den Beamtenstatus rechtliche Probleme. Wegen der Verzögerung reichte Mutter den Antrag auf Wiederbeschäftigung im Schuldienst ein. Am 13.9.1945 teilte ihr das Schulamt in Ratzeburg mit, daß "Sie auf einer von der englischen Militärregierung zugegangenen Liste stehen, die diejenigen Personen benennt, die für eine Anstellung im Schuldienst vorläufig zugelassen sind. Nachdem diese Genehmigung geschehen ist, werden wir Ihr Bewerbungsgesuch in kürzester Frist dem Herrn Regierungspräsidenten vorlegen." Das Schulamt in Ratzeburg beauftragte Mutter am 11.12.1945 mit der "Verwaltung einer planmäßigen Volksschulstelle in Sterley." Die Berufung kam Mutter nicht mehr zustatten, da wir uns vor Wintereinbruch vom "Weißen Hirsch" lossagen mußten.

Langeweile verspürten wir im "Weißen Hirsch" nicht. Die Tage waren mit der Aufgabe, den lebensnotwendigen Bedarf für Mensch und Tier zu decken, ausgefüllt. In der Regel weideten die Pferde an den Straßenrändern, weil Futtermittel kaum zu beschaffen waren. Während Hannchen auf Lotte, Tatar und August aufpaßte und Vater auf Petra und Fine, hütete ich Liese und Lilo. Einmal zog Vater allein mit den Pferden die Landstraße nach Sterley entlang, ich folgte ihm kurz darauf. Plötzlich quietschten die Bremsen eines LKW, besetzt mit fünf ehemaligen russischen Kriegsgefangenen. Drei sprangen herunter, und zwei postierten sich an jeder Seite von ihm. Einer langte in Vaters Westentasche und riß Johanns Uhr an sich. Den handstreichartigen Überfall meldeten wir dem englischen Kommandanten und informierten ihn über Einzelheiten unter Angabe des Autokennzeichens, das ich mir merken konnte. Daraufhin nahm die englische Militärpolizei die Verfolgung auf, vergebens. Die Russen waren mit Johanns Uhr über alle Berge. Da Vater seine goldene Taschenuhr zu Hause gelassen und Mutter ihre goldene Armbanduhr im Stall von Megow verloren hatte, blieb der Rückgriff auf Eckarts Wecker. Ohne Uhr wollte die Zeit beim Pferdehüten nicht vergehen. Es dauerte nicht lange, bis auch der Wecker seinen Dienst versagte. Ersatz gab es nicht.

Unter dem Eindruck der russischen Uhrenattacke machten sich meine Eltern Vorwürfe, als sie mich eines Tages einen englischen Jeep besteigen ließen. Auf Geheiß der Offiziere sollte ich sie als Lotse zum Gut Kogel begleiten, wo der Kommandant residierte. Die allererste Berührung mit Engländern öffnete mir die Augen über die Bedeutung fremdsprachlicher Kenntnisse. Die Herren hielten sich an das Gentleman's Agreement und lieferten mich wohlbehalten am "Weißen Hirsch" wieder ab.

Zirkusdirektor Brumbach, uns von Woldenberg her bekannt, nahm beim Vorbeifahren die Pferde auf der Weide unter die Lupe. Mit einem Adlerblick erspähte er das graziöse Tatarenroß, auf das er versessen war. Für seinen Dressurakt als Hauptattraktion besaß er elf Schecken, so daß Tatar das Dutzend vollenden sollte. Als Gegenleistung bot er ein Zugpferd an. Vater winkte ab. Brumbach gab nicht auf und lag Vater wiederholt in den Ohren. Letzten Endes fand sein heißes Begehren Gehör. In Mölln wurde der Pferdetausch, bei dem der Zirkusbesitzer seinen Reibach machte, abgeschlossen, Tatar gegen einen Rappen, bald Brumbach benannt. Es war ein schlechter Tausch, wie sich bald herausstellte. Mit dem rabenschwarzen Brumbach, auf Zirkusallüren trainiert, war kein Staat zu machen. Er schlug Knall und Fall mit den Hinterbeinen aus oder schickte sich an, bei Verkehrslärm ungestüm durchzugehen. Als Eintagsfliege wurde das Springpferd, das uns keinen Pfifferling nützte, bei nächster Gelegenheit in klingende Münze umgesetzt.

Mittlerweile bereitete die Versorgung der Pferde Schwierigkeiten. Das Grasen an Straßenrändern mußte aufgegeben werden. Deutsche Soldaten, die als Kriegsgefangene bei Mölln festgehalten wurden und von denen einige täglich am "Weißen Hirsch" vorbeizogen, nahmen unsere Pferde aufs Korn. Leihweise wurden ihnen drei Pferde, die gegen eine Mietzahlung mehrere Monate Spanndienste im Kriegsgefangenenlager leisteten, überlassen. Seither waren Vater und ich vom Hüten entbunden, die drei restlichen Pferde betreute Hannchen.

Nunmehr konnten wir uns einem dringenden Anliegen voll widmen, nämlich Eckart zu finden. Wochenlang gingen wir auf die Suche. Zielorte waren u.a. Lübeck, Eutin, Hamburg und Soltau. Das waren keine Eisenbahn- oder Busfahrten, sondern Radtouren. Völlig erschöpft kamen entweder Vater allein oder wir beide von diesen strapaziösen Fernfahrten zurück. Unzählige Male sind wir nach Ratzeburg geradelt, um den Suchdienst in Anspruch zu nehmen. Suchanzeigen haben wir an Bäumen und Litfaßsäulen in kleineren und größeren Orten angeheftet oder Passanten überreicht. Die Spurensuche versandete im Nichts. Ein Lebenszeichen traf im "Weißen Hirsch" nicht ein.

Die alltäglichen Verpflichtungen hielten uns davon ab, die Hände in den Schoß zu legen. Die Herausforderung als Treckfahrer hatte sich mit dem Kriegsende erledigt. Von nun an half ich als Fuhrmann auf den Ländereien und Wiesen des Forstamtes aus. Die Arbeit als Pferdelenker umfaßte das Pflügen des Kartoffelackers, Kartoffelfuhren zur Mühle nach Sterley, Eggen, Heuh mähen und Heu einfahren sowie Brennholztransporte aus den Wäldern für die Allgemeinheit im "Weißen Hirsch". Ich richtete einen regelmäßigen Fuhrwerksverkehr zur Personen- und Lastenbeförderung zu Bahnhöfen, zur Zonengrenze und zu anderen Ortschaften ein. Zudem waren Mutter und ich oftmals unterwegs, um Lebensmittel zu besorgen, in Ratzeburg, Mölln, Schmilau, Kittlitz, Sterley oder Seedorf, wo mal Fisch zu ergattern war. Als die Menschen von der Hand in den Mund lebten, blieb kein Mittel unversucht, die knurrenden Mägen zu besänftigen. Magere Ergebnisse der Einkaufstouren wurden ab und zu ausgeglichen, wenn der englische Captain Skilleton, der in Kogel stationierte Kommandant, ein Wildschwein oder einen Hirsch erlegte und die Forsthaus-Bewohner mit Wildbret beglückte!

Captain Skilleton brach für den altgedienten Förster eine Lanze, so daß er entgegen den bösen Absichten eines gewissen L. im Oktober 1945 nicht entlassen wurde. Auch dessen Vorgehen gegen die Vertriebenen und Evakuierten warf ein bezeichnendes Licht auf seine Denkweise. L. verstieg sich zu der Anmaßung einer Fristsetzung von einer Woche für die Ausweisung der Heimatlosen aus dem Forsthaus. Ein verlassener und verkommener Schafstall in einem öden Landstrich sollte den Ausgleich schaffen. Sein Affront flößte uns soviel Abscheu ein, daß ihm Paroli geboten wurde. Gegen die Niedertracht sträubten sich die Einquartierten im "Weißen Hirsch" mit Händen und Füßen. Da er beim Flüchtlingsberater in Ratzeburg ebenfalls auf Granit biß, mußte er das skrupellose Projekt ad acta legen.

Der "Weiße Hirsch", ein malerischer Winkel und ein Refugium für Mensch und Natur, war eine reizvolle Naturoase inmitten einer üppigen Landschaft. Laubwälder, Wiesen, Felder und buchtenreiche Seen schmückten die Umgebung. Trotz der Abgeschiedenheit war es ein Leichtes, Ratzeburg, Mölln, Sterley oder Salem per pedes, pedales oder mit dem Fuhrwerk zu erreichen. Das Forsthaus war eingerahmt von Bäumen, Sträuchern und wuchernden Hecken. Idyllische Lauben mit lauschigen Plätzchen, in denen die Familien ihr Mittagessen einnahmen, boten Schutz, Stille und angenehme Kühle an schwülen Hundstagen. Wir saßen in der Pfeifenblattlaube, andere in der Sommer- und Fliederlaube, wieder andere in der Küche. An der Hauswand kletterten wilder Wein und Efeu empor, so daß die Lage einer grünen

Lunge glich. In dem angrenzenden Mischwald sammelten wir Pilze, pflückten Himbeeren, Brombeeren und Pfefferminze an einem Kanal. Bisweilen schenkte uns die Förster-Familie süße Kirschen und saftige Äpfel aus ihrer Obsternte. Abends hörte ich - wie üblich - in dem winzigen Wohnzimmer Nachrichten. Vorwiegend war ich als Politikus für mich, weil die res publica in der Phase des Umbruchs, als der Primat der Lebensgestaltung bei der res privata lag, bei den anderen Mitbewohnern auf keine Resonanz stieß.

Zu den unliebsamen Erinnerungen an den "Weißen Hirsch" gehören die schlafgestörten Nächte in der verwitterten Scheune. Ratten und Mäuse, quasi wie Sand am Meer, fegten durch die morschen Baulichkeiten und verkrochen sich in dem Gerümpel, einem Eldorado für Nagetiere. Wenn sie nachts raschelten, vehement hin- und herflitzten und sich kreuz und quer im Stroh jagten, war es um die Nachtruhe geschehen. An Vaters Seite lag griffbereit ein Stock, mit dem er auf das Stroh und gegen das Drahtgitter klopfte, um durch Geklimper die abstoßenden Viecher von der Schlafkoje fernzuhalten und zu verscheuchen. Meist standen wir auf verlorenem Posten und mußten den ungleichen Kampf aufgeben. Das teuflische Treiben zog sich hin. Die Landplage der Ratten und Mäuse wurde zum Trauma. Zugleich geisterte bei klarem Himmel der Mond durch Risse und Spalten im Reetdach und das undichte Gemäuer. Bei nassem Wetter klatschten Regentropfen auf die Bettstätten, und der Wind blies, wo er wollte. Zu allem Ungemach flatterten Fledermäuse über die Köpfe hinweg. Trieben Ratten, Mäuse und Fledermäuse als Quäl- und Plagegeister ihr Unwesen, konnten wir die ganze Nacht kein Auge zutun. Wenn wir wie gerädert waren und mit dem Schlaf kämpften, kam uns der Vers in den Sinn: *"Lieber Gott, laß es nur Morgen werden, Abend wird es schon von alleine."*

Inzwischen schickte der Herbst seine Vorboten voraus. Der Monat September läutete die rauhe Jahreszeit ein. Die fallenden Temperaturen machten ein Verbleiben in der Scheune unmöglich. Feuchtigkeit setzte sich in der Kleidung fest. Die Wäsche, hin und wieder zum Auswringen naß, fühlte sich morgens klamm an. Der Übelstand verlangte Abhilfe. Infolge des bevorstehenden Winters war eine warme Behausung lebensnotwendig. Ein Bescheid vom Ratzeburger Schulamt über Mutters eventuelle

Beschäftigung stand aus. Daher radelten Vater und ich zum Flüchtlingsberater nach Ratzeburg und kamen um die Zuweisung eines Zimmers nach. Angesichts der allgemeinen Wohnungsnot in der Stunde Null gab sich niemand der Illusion an eine Wohnkultur hin. Vorgesehen war ein Domizil in Poggensee, ein Dorf etwa 12 km von Mölln entfernt.

Am 26. September 1945 war der Abschiedstag im "Weißen Hirsch" angebrochen. Nach und nach verließen Vertriebene, Flüchtlinge und Evakuierte die gastfreie Herberge. In den wildbewegten Zeiten und chaotischen Verhältnissen am Nullpunkt der deutschen Geschichte symbolisierte der "Weiße Hirsch" das Glück im Winkel. Melancholie beschlich die Försterin, die sich sonst in der Gewalt hatte, so daß Tränen über die Wangen liefen: "Ich kann die Treckwagen nicht sehen, sie sind so grenzenlos traurig!" Schritt um Schritt entschwand dem milden Blick das Anwesen, in dem wir den Beginn der gewandelten Zeiten erlebten. Jeder Heimatlose, den der "Weiße Hirsch" mit offenen Armen empfangen hatte, schuldete Dank für die Gastlichkeit. Leise riefen wir ihm ein Adieu zu: *"So leb' denn wohl, du stilles Haus. Wir ziehen betrübt aus dir hinaus."* (Ferdinand Raimund)

Im Nachhinein erhebt sich die Frage, woran es wohl gelegen haben mag, daß die große Anzahl von 52 Menschen natürliche Spielregeln und Normen des Zusammenlebens befolgte, ohne bestimmte Organisationsformen zu entwickeln. Läßt man Trivialitäten, die schon der Alltagstrott in geordneten Umständen mit sich bringt, beiseite, hat es eigentlich keine gravierenden zwischenmenschlichen Konflikte gegeben. Ich habe danach kein soziales Gebilde mit einer vergleichsweise ähnlichen Größenordnung kennengelernt, das annähernd so störungsfrei und harmonisch funktioniert hat. Tugenden und Werte, deren Stärkung bzw. Wiederbelebung heutzutage mancherorts vonnöten sind, wie Verantwortungsbewußtsein, Hilfsbereitschaft, Rücksichtnahme, Altruismus, Toleranz, Höflichkeit, Auswirkungen eines fairen mitmenschlichen Umgangs, wurden im "Weißen Hirsch" aus freien Stücken praktiziert. Sicherlich hatten die Gastgeber, die keinen Hilflosen über die Achsel ansahen, durch ihre Herzlichkeit und Aufgeschlossenheit den Boden für die Ankömmlinge, die sich zunächst fremd waren, geebnet. Damit waren günstige

Vorbedingungen geschaffen, um mit dem täglichen Einerlei zu Rande zu kommen. Tragendes Fundament für den Gemeinschaftsgeist war das unterschwellige Zusammengehörigkeitsgefühl. Ungeachtet individueller Eigenarten, verschiedener Bildungsgrade und gesellschaftlicher Abstufungen gab es über sämtliche Unterschiede hinweg einen gemeinsamen Bezugspunkt: Infolge der grundstürzenden Veränderungen waren wir samt und sonders den gewohnten Verhältnissen oder der Heimat entrissen, entwurzelt, entrechtet und geographisch ziellos, d.h. die Zukunft lag insofern im Dunkeln, als die meisten keinen handfesten Bestimmungsort kannten. Es handelte sich um eine echte Not- und Schicksalsgemeinschaft von Menschen "in the same boat." Deshalb fiel das Abschiednehmen schwer. Von all den Quartieren, die wir auf der Flucht kennengelernt haben, ging der "Weiße Hirsch" - abgesehen von der öden bis quälenden Scheunen-Existenz - mit Beispiel voran: *"Mit wieviel Schmerz verläßt man manchen Ort und darf doch nun einmal nicht bleiben!"*

## 2. Zukunftsängste in Poggensee (Mölln)

*"Die Zeit ist aus den Fugen"*

Bei der Lobeshymne auf den "Weißen Hirsch", dem menschliches Rühren keine bloßen Lippenbekenntnisse bedeuteten, soll nicht übersehen werden, daß das vertrackte Kampieren in der brüchigen Scheune Körper und Seele zusetzte. Um den Finger auf die Wunde zu legen: Das primitive Hausen in dem Strohlager bei Wind und Wetter glich eher dem gewöhnlich flüchtigen Verweilen in einer Schutzhütte als einem zumutbaren Quartier, von einer menschenwürdigen Unterbringung ganz zu schweigen. Allein die sanitären Anlagen und hygienischen Verhältnisse, das Waschen und Trocknen der Kleider, mahnten ein neues Obdach an.

Bei dem Umzug hielt ich wieder die Zügel von Lilo und August in Händen. Der zweite Wagen, der mit Holz für Küchenherd und Ofenheizung beladen war, mußte im Schlepptau mitgezogen werden, für die beiden Pferde ein schweres Joch. Nach Mölln passierten wir den Elbe-Lübeck-Kanal - gleichsam der "Cordon Sanitaire", der gerüchteweise die Demarkationsgrenze zwischen der englischen und sowjetischen Besatzungszone bilden sollte - und durchfuhren die für Holstein typische Hügellandschaft. Knicks, die mit ihren Hecken und Büschen als Einzäunung dienen, säumten die Landstraßen. Die Natur kündete vom Herbstbeginn. Welkes Laub fiel von Bäumen und Sträuchern. Poggensee nahte. *"Name ist Schall und Rauch"* heißt es im Volksmund. Freilich, der Ortsname klang nicht wie Musik in unseren Ohren. Bei der Bauersfamilie P. bezogen wir, einschließlich Hannchen, ein tristes und steriles Einzelzimmer. Die als Schutzdach auf den Planwagen angebrachten Teppiche sowie Decken und Kissen von Zuhause sollten einen Hauch von Wohnlichkeit vermitteln. Nach wenigen Tagen fuhrwerkte ich erneut zum "Weißen Hirsch", um die zusammengetragenen und aufgestapelten restlichen Brennholzvorräte abzuholen.

Anfang Oktober machten sich Vater und ich auf den Weg nach Marburg, in der Hoffnung, Eckarts Aufenthaltsort in Erfahrung zu bringen. In Schwarzenbeck stellte sich heraus, daß die Lebensmittelkarten in Poggensee in den Strom der Vergessenheit geraten waren. Beide enthielten wir uns eines Kommentars. In Hamburg gab es beim Roten Kreuz Kohlrüben, um die ich sonst einen Bogen machte. Bei einem Bärenhunger war das Sprichwort: *"Der Hunger ist der beste Koch"* (Freidank) geschmacksbildend. Mit einem Stück Brot, etwas Margarine und Wurst vom Roten Kreuz bestiegen wir den Eisenbahnzug. Von Göttingen nach Hann. Münden nahm uns ein Auto mit. Der Torso der höchsten Autobahnbrücke, vor Kriegsende gesprengt, ragte gespenstisch aus der Weser hervor. Am nächsten Tag fuhren wir mit dem Zug nach Kassel, eine Stadt, die dem Luftkrieg auch nicht trotzen konnte, und von dort nach Marburg. Tante Dore hatte wider Erwarten keine Nachricht von Eckart erhalten. Ein Besuch bei den Tanten Lottchen und Annemiechen, die mit ihren Kindern auf einem Bauernhof in Allna, einem Dorf nahe Marburg, untergebracht waren, schloß sich an. Unverrichteter Dinge trafen wir am 9.10.1945 wieder in Poggensee ein. Wir wußten keinen Rat mehr.

Mit der Eingewöhnung in das Dorf, wenngleich sauber und gepflegt, taten wir uns schwer. Poggensee bei Nusse im Kreis Lauenburg, weder mit der Bahn noch mit dem Bus zu erreichen, lag abseits des Weges oder "jwd" (janz weit draußen). Die Welt schien mit Brettern vernagelt zu sein. Eingesessene zeigten die kalte Schulter und waren bisweilen "*kühl bis ans Herz hinan.*" Krieg, Evakuierung und Vertreibung hatten Poggensee nicht tangiert. Können nur eigene unerbittliche Not und herbes Leid die Augen von Menschen öffnen? Zwischen dem Geist vom "Weißen Hirsch" und dem von Poggensee - ein und derselbe Verwaltungsbezirk - türmten sich Berge auf. Eine abgrundtiefe Kluft trennte manchen Einheimischen vom Vertriebenen, der als "*ein trüber Gast auf der dunklen Erde*" ein Schattendasein führte, denn "*... die einen sind im Dunkeln, und die andern sind im Licht. Und man siehet die im Lichte, die im Dunkeln sieht man nicht.*" (Brecht) Querköpfe warfen sich hinter vorgehaltener Hand zum Richter auf und scheuten sich nicht vor dem vermessenen Ansinnen, die "Hergelaufenen" in Acht und Bann zu tun. Die deplazierte Abstempelung - im diplomatischen Sprachgebrauch - als Persona non grata durch Landsleute traf bis ins Mark. War die Einsicht so schwierig, daß die kolossalen Lasten des von Hitler verursachten Krieges nicht einseitig aufgebürdet, sondern von allen

Deutschen gemeinschaftlich und annähernd gleichermaßen getragen werden mußten und müssen bis auf den heutigen Tag? Dickschädel, die ihre kalte Schulter nicht versteckten, stiegen wegen der gewiß als belastend empfundenen Einquartierungen auf die Barrikaden. Aus Trotzköpfen wurden Betonköpfe, falls sie bei der Meinungsbildung die Zufälligkeit der Ziehung der Demarkationslinie zwischen West und Ost außer acht ließen. Das war nicht eigener Verdienst der Menschen, die diesseits des "Eisernen Vorhanges" ansässig waren, sondern ein purer Glücksfall der Geschichte. Wenige verstanden den tieferen Sinn des Nietzsche Wortes *"wohl dem, der jetzt noch Heimat hat."* Die Mischung von Starrsinn und Unbelehrbarkeit, Arroganz und Ignoranz, eine Einstellung, der ich hin und wieder in Westdeutschland begegnete, hinterließ einen schalen Nachgeschmack.: "Die Leute haben überhaupt kein Verständnis für den Osten. Es kann einem manchmal der Hut hochgehen. Sie sehen uns als Hinterwäldler an. Das Verdikt bringt mich auf die Palme. Der Gegensatz zwischen Ost und West liegt tiefer als ich annahm." (30.11.1954)

Binnen kurzem wurden uns Liese und Petra aus dem Kriegsgefangenenlager überstellt. Indes war ein Pferdestall fürs erste nicht ausfindig zu machen. Vorübergehend diente eine Koppel ohne Graswuchs als Ersatz. Die Unterbringung der Pferde vor Wintereinbruch bereitete erhebliche Schwierigkeiten. Ein baufälliger Viehstall bot sich als Übergangslösung an.

Immer wieder kreisten die Gedanken um Eckart. Über seinen Verbleib jagte eine bange Mutmaßung die andere. Unversehens traf am 22.11.1945 ein Brief von Tante Dore mit Eckarts Gruß aus Wiek (Rügen), datiert vom 25.5.1945, ein. Das erste Lebenszeichen seit dem 24.1.1945. In den Wirren des Krieges hatte er bei der Familie seines Onkels, Pastor Theo Ballke, liebevolle Aufnahme gefunden. Vor Freude sprangen wir beinahe an die Decke, als er nach tagelangen Fußmärschen am 21.12.1945 vor der Tür stand. Ein lapidarer Satz in meinen Eintragungen sagt, was wir auf dem Herzen hatten: "Unsere Flucht ist gekrönt. Eckart ist hier, und wir sind vereint." Nach fast einem Jahr seit Beginn der dramatischen Ereignisse war Weihnachten 1945 - aus familiärer Sicht - der Kriegszustand beendet: *"Es ist nichts besser, als beisammen zu sein."*

Eckarts Wiederkehr war das einzige Hoch am Firmament in Poggensee. In den folgenden Wochen und Monaten saßen wir in der Klemme. Dunkle Wolken des Unmuts lagen auf der Stirn. Der Himmel war verhangen. Ein Tief löste das andere ab. Gemeint ist die ungesicherte Existenzgrundlage und damit verbunden die Bewältigung der Alltagsprobleme. *"Jeder Tag hat seine Plage."* Bei dem ermüdenden Gleichmaß der Kalendertage überfiel uns zeitweise Mut- und Hoffnungslosigkeit, ja sogar ein Anflug von stiller Verzweiflung, obgleich solche Anwandlungen unserer Familie wesensfremd sind. Die Schwere des Daseins war drückend. Die Misere ähnelte einer Sackgasse ohne Wendehammer. Die Gründe für die Empfindungen der Ausweglosigkeit waren vielfältig. Die Situations- und Stimmungsschilderungen, die Mutter für die Marburger Tanten verfaßt hat, sprechen für sich. Ihre Briefe aus der Zeit vom Oktober 1945 bis April 1946 bringen die allgemeinen Zustände und die Existenzangst, aus der die angespannte Gemütsverfassung resultierte, ins Bewußtsein:

18.10.1945: "Man darf nicht nachdenken, sonst erträgt man die trostlose Gegenwart nicht."

13.12.1945: "So unsagbar schwer ist das Leben geworden. Die englische Militärregierung hat mich als Lehrerin bestätigt. Die deutschen Behörden lehnen mich ab. Hans hat mit anderen Eltern zusammen um Einstellung von einem Omnibus nach Lübeck gebeten, damit Gert zur Oberschule gehen kann. Umsonst! So wird seine ganze Schulzeit zerstört. Das einsame Dorf hat auch keine Menschen mit Latein- und Mathematik-Büchern. Meine Hand schreibt noch zittrig. Die Nerven sind noch nicht ganz in Ordnung. Und Treppen kann ich auch nicht laufen. Gert ist mitunter mutlos. Er sagte heute: 'Das ganze Leben hat ja keinen Zweck'. Sachen anschaffen, das können wir gar nicht. Wissen wir doch nicht, wohin uns das Frühjahr verschlägt. Unsere Zukunft ist ganz in Dunkel gehüllt. Aber immer wieder sagen wir uns, wir wollen uns nicht unterkriegen lassen. Wir wollen durchhalten. Es muß ja noch einmal anders werden."

8.1.1946: "Glaube nicht, daß wir verzagen. Eckart und Gert müssen sich einen Platz an der Sonne erarbeiten. Es wird auch der Tag kommen, wo wir irgendwie mitschaffen können."

29.1.1946: "Ihr habt es gut, daß Ihr bei lieben Menschen wohnt. Hier ist das leider nicht so. Das sagt jeder Flüchtling aus dem Osten. Wir würden gerne unsere Zelte woanders aufschlagen, wo Eckart und Gert arbeiten können für eine neue Zukunft. Neulich war ich beim Schulrat. Hier im Kreis Lauenburg ist ein solches Überangebot an Lehrkräften, daß erst alle Holsteiner untergebracht werden müssen. Mir ist ja die Hauptsache, ich habe die Genehmigung der Militärregierung. Ich hoffe bestimmt, später in der Schule anzukommen."

18.2.1946: "Hier gibt es keine Herzlichkeit gegen Flüchtlinge. Die Aufnahme ist ein Muß, das den Eingesessenen hart ankommt, und das lassen sie alle fühlen. Hoffentlich bringt uns der Frühling einen neuen Aufschwung in unser Dasein."

10.4.1946: "Ich wollte Dir gleich antworten. Aber es war eine Zeit so tiefer Depression, daß ich keine Feder zur Hand nehmen konnte. Die Sorge um die Zukunft, um Eckart und Gert, die Sorge um die Ernährung, die Sorge um die Pferde. Das alles lastete so schwer auf Hans und mir - da kann man einfach gar nichts, aber auch gar nichts. Man ist wie gelähmt und sieht kein Licht in all dem Dunkel. Du weißt, wie wir hier mit Lebensmitteln gekürzt sind. Es ist schwer, durchzuhalten. Es ist ja die große Tragik, daß wir, die solche Gegner des Nazismus waren, das ganze Leben zerstört bekommen. Wir gehen nächste Woche fort von hier in Eure Nähe. Wohin, steht noch nicht fest. Das erste Ziel ist Göttingen. Wir wollen aufs Land, denn wir wollen unsere Jungens nicht hungern oder verhungern lassen. Eigentlich wollten wir schon diese Woche fort. Aber unser Pferd Lilo wurde krank. Man kann immer nur von einer Absicht sprechen. Es sind manches Mal dunkle Gewalten zwischen Plan und Vollendung.

So lieb, Lottchen, daß Du Hannchen unterbringen willst. Aber wir sind zusammen aus unserer geliebten Heimat fortgezogen und wollen ohne Grund sie auch nicht in die Fremde schicken. Sie würde denken, wir wollen sie loswerden. Darum habe ich ihr gar nichts gesagt.

Eckart und Gert sehen sehr blaß aus. Gert hat den ganzen Winter unendlich um die Ernährung der Pferde gesorgt und sich immer dabei gequält. Die Försterfamilie vom "Weißen Hirsch" war neulich ganz erschrocken, als sie ihn nach fünf Monaten wieder sah, wie schmal er geworden ist. Aber auch das wird wieder besser werden. Hans sieht nur vorwärts. Manches Mal ist es für Hans und mich ein Schmerz zu sehen, wie Eckart und Gert eine Jugend in Not und Kampf haben. Gert ist weit über seine Jahre ernst und der richtige kleine Kamerad von Hans. Wir bekommen augenblicklich für 18 Tage 6 Pfund Brot. Glaube aber nicht, daß wir verzagt sind. Wer weiß, wozu die Not gut ist, durch die wir gehen. Wie oft haben wir es erlebt, daß am Ende das Gute stand, das man zuvor gar nicht gesehen. Jeder Tag bringt eine neue Hoffnung, auch Stunden des Lachens. Der Vergleich mit all denen, die es viel, viel schlimmer haben, hilft uns.

Wenn alles klappt, fahren wir Anfang nächster Woche. Es ist eine weite Fahrt, aber ohne Tiefflieger und ohne Panzer. Nur die Gefahr der plündernden Polen."

Zu der Versorgungskrise, auf die Mutter anspielt, eine Anmerkung. Der Völkerbund hatte 1936 Richtlinien festgelegt, nach denen ein Mensch, der acht Stunden arbeitete, 3000 Kalorien pro Tag, und bei völliger Ruhe immer noch 1600 Kalorien zum Leben brauchte. Ein Kennzeichen der ersten Nachkriegsjahre in Deutschland war die völlig unzureichende Ernährung der Bevölkerung. Zwar waren wir an Lebensmittelkarten und Bezugscheine von der Kriegszeit her gewöhnt. Doch die Rationen änderten sich. Während in der Vorkriegszeit der durchschnittliche Kalorienverbrauch einer Person entsprechend den Vorstellungen des Völkerbundes bei über 3000 Kalorien täglich lag und selbst vor Kriegsende noch über 2000 Kalorien betrug, nahm wenige Monate später die jedem einzelnen zugestandene Menge an Nahrungsmitteln drastisch ab. Mit der quantitativen Kürzung der Rationen verschlechterte sich die Ernährungsbasis. Der qualitative Wert der an die Zivilbevölkerung verteilten Lebensmittel ging zurück. Im Jahre 1946 betrug die von den Besatzungsmächten festgelegte Kalorienmenge in der amerikanischen Zone 1330 (z.B. Marburg/L), in der sowjetischen 1083, der englischen 1050 und in der französischen 900 Kalorien, wobei die Minimalration in der Praxis unterschritten wurde. Der Kalorienwert sank unter das Existenzminimum. Für einen Normalverbraucher, d.h. ohne Schwerstarbeiterzulage hieß dies, daß er täglich mit zwei Scheiben Brot, etwas Margarine, einem Löffel Milchsuppe und zwei Kartoffeln auskommen mußte. Naturalien, durch Tausch gegen Raucherkarten auf dem Schwarzmarkt erworben, betäubten einen flauen Magen kurzlebig: *"O, es ist ein bitteres Gefühl, wenn man oft so hungrig ist ..."* (Johann Nepomuk Nestroy)

Ein Problem, das von Tag zu Tag brisanter wurde, drehte sich um meine schulische Weiterbildung. Am 15. Dezember 1944 hatte ich zum letzten Mal die Oberschule in Friedeberg besucht. Seither erfolgte keine schulische oder unterrichtliche Unterweisung. Das Jahr 1945 erbrachte für den Wissensstand ein Nullwachstum. In Bezug auf die Schulkenntnisse stand mir das Wasser bis zum Hals. Ich habe keinen Wissensstoff erlernt oder neue Fachkenntnisse erworben. Kein Buch war verfügbar. Der Zustand ohne Schulgelehrsamkeit und geistige Kost setzte sich in der ersten Jahreshälfte 1946 fort. Öffentliche Verkehrsmittel zwischen Poggensee und Lübeck, der nächsten Oberschule - etwa 35 km entfernt - existierten nicht bzw. waren nicht zugelassen. Auf den Antrag von Eltern zur Inbetriebnahme einer Busverbindung, von dem Mutter in ihrem Brief vom 13.12.1945 sprach, reagierte die Stadtverwaltung der Hansestadt Lübeck am 4.3.1946 : "Die Stadtwerke Lübeck haben neuerdings bei der zuständigen britischen Militärregierung den Antrag auf Wiedereinrichtung der Omnibuslinie Lübeck - Nusse gestellt. Es besteht somit die Hoffnung, daß der Autobetrieb auf der Linie Lübeck - Nusse schon in Kürze wieder aufgenommen werden wird." Die Hoffnung wurde zunichte und kostbare Zeit vergeudet. Wohl betätigte ich mich noch als Fuhrmann und übernahm Personenbeförderungen und Lastfuhren mit den Pferden, die bei Bauern untergebracht waren. Indes lagen die stumpfsinnigen Wochen und Monate grau in grau wie ein Alp auf der Brust. Der Lebenswille wurde auf eine harte Probe gestellt. Die widrigen Verhältnisse waren allmächtig, ein Ausweichen gab es nicht, so daß wir uns ins Unvermeidliche fügen mußten: *"Man muß lernen, sich mit dem Leben abzufinden, um es ertragen zu können und sich nicht von ihm niederschlagen zu lassen."* In Ermangelung jeglicher Zukunftsperspektiven suchten wir Trost und schöpften Mut durch Erinnerung an Haus und Hof: *"Nur vom Vergangenen zehren wir."* (Emanuel Geibel)

Die hundsmiserablen Zeiterscheinungen und das geisttötende Dahinleben in Poggensee bringt der Leitspruch dieses Abschnittes auf den Punkt. Als Hamlet vor einer ungewissen Zukunft steht, legt Shakespeare ihm die Worte in den Mund: *"The time is out of joint."* In concreto:

Erstens: Weder Vater noch Mutter konnten als Vertriebene auf eine baldige Beschäftigung im Schuldienst rechnen, weil nach Mitteilung des Regierungspräsidenten zunächst die einheimischen Schleswig-Holsteiner berücksichtigt wurden. Zweitens: Eckart und ich besaßen keine Möglichkeit zum Besuch eines Gymnasiums. Drittens: Ein weiteres Handikap betraf die Unterbringung und Versorgung der Pferde.

Diese existenziellen Gründe bewogen uns, Schleswig-Holstein zu verlassen und in ein Land umzuziehen, das nicht unter der Überbelegung von Vertriebenen und Flüchtlingen ächzte. Das war Niedersachsen, ebenso wie Schleswig-Holstein, Teil der englischen Besatzungszone.

Der Umzug verzögerte sich, da die Genehmigung der zuständigen Behörden ausblieb. Getragen von Zweckoptimismus, der Frühling würde das ewige Einerlei des Alltags beenden, mußten wir uns mit Geduld wappnen. Am 1.5.1946 traf von der Kreisbauernschaft Lauenburg folgendes Schreiben ein: "Herrn Hans Brauer, z.Zt. Poggensee, wird hiermit bescheinigt, daß er angewiesen ist, mit 5 Personen und 4 Pferden auf Grund einer Vereinbarung mit dem Landrat des Kreises Hann. Münden in den dortigen Kreis umzuziehen."

Schließlich und endlich nahte die Stunde des Aufbruchs. Am 6. Juni 1946 kehrten wir Poggensee, wo jeder neun Monate auf der Stelle trat, ohne zu zaudern den Rücken. Jetzt überquerten wir, fünfzehn Monate später als einst vorgesehen, die Elbe, die seinerzeit verfehlte Ziellinie. Der neuerliche Treck mit Pferd und Wagen - gottlob ohne Tiefflieger und Panzer - war dennoch keine Spazierfahrt. Durch Städte und Dörfer der britischen Besatzungszone liefen die Pferde und legten Hunderte von Kilometern westwärts zurück, über Lüneburg, Celle, Alfeld, Göttingen, Dransfeld. In Hannover befuhren wir die Hildesheimer Straße, mit der meine spätere Frau Barbara Kindheitserinnerungen verbindet. Derzeit hefteten wir den Blick auf Bombentrichter, abgebrannte Häuser und zerschossene Fassaden: *"Wo rohe Kräfte sinnlos walten, da kann sich kein Gebild gestalten."* (Schiller) Unterwegs - die Wagenfahrt wurde zügig ohne größere Unterbrechung durchgeführt - träumten wir "*von bessern künftigen Tagen*" (Schiller), bauten Luftschlösser und rätselten herum, ob wir letztlich die Endstation unserer Odyssee ansteuern würden. Zukunftsmusik! Nach einer vierwöchigen "Pferdebahn" erreichten wir am 4. Juli 1946 den Bestimmungsort Niederscheden bei Hann. Münden, Anker der Hoffnung.

## 3. Lichtblick am Horizont in Scheden (Hann. Münden)

*"Das Jahrhundert ist vorgerückt; jeder einzelne fängt aber doch von vorne an"*

Den *"Flügelschlag einer neuen Zeit"* (Herweg) verhieß die in die Annalen eingegangene Rede von US-Außenminister James Byrnes in Stuttgart am 6. September 1946. Seine Ansprache markierte eine Kehrtwende der amerikanischen Deutschlandpolitik und stellt den ersten Schritt zum Wiederaufstieg Westdeutschlands aus dem Trümmerfeld des Zweiten Weltkrieges dar. Winston Churchills viel beachteter Vortrag in Zürich vom 19. September 1946 mit seinem Plädoyer für die Schaffung der Vereinigten Staaten von Europa zielte in die nämliche Richtung. In dieser Phase der Nachkriegsgeschichte, in der ein Silberstreif am Horizont zu sehen war, ging es laut Familienchronik behutsam bergauf. Mehrere Anzeichen deuteten auf die Überwindung des Stillstandes hin.

Zunächst konnte meine Mutter wieder Fuß fassen. Gemäß Verfügung der englischen Militärregierung wurde sie am 8.10.1946 "endgültig zum Schuldienst zugelassen." Die Regierung in Hildesheim beauftragte sie am 19.10.1946 "unter dem Vorbehalt jederzeitigen Widerrufs vom 1.11.1946 ab bis auf weiteres mit der Vertretung eines Lehrers an der Schule in Meensen." Seit diesem Zeitpunkt unterrichtete Mutter an der Volksschule im Dorf Meensen, etwa 5 km von Niederscheden entfernt. Hiermit legte Mutter den Grundstein, daß wir sukzessive materiell auf die Beine kamen. Das war der Anfang zur Besserung. Die Pferde fanden Aufnahme und Versorgung bei Bauern, die für deren Arbeitsleistung ein Entgelt zahlten. Ein Sonnenstrahl der Hoffnung fiel auf die bisherige Schattenseite des Lebens.

Während Eckart in einem Sonderlehrgang für Kriegsteilnehmer in Hann. Münden sein Abitur nachholte und anschließend in Würzburg Jura studierte, fing für mich die Schulpflicht nach den Sommerferien 1946 wieder an. Die Oberschule in Hann. Münden, wo Werra und Fulda sich zur Weser vereinigen, erreichte ich mit dem

Personenzug, der von Göttingen über Dransfeld fuhr. Wegen des unregelmäßigen Zugverkehrs und der weiten Gehstrecken in Niederscheden zum Bahnhof und in Münden zur Schule kamen meine Mitschüler und ich mittags öfters per Anhalter zurück nach Scheden.

Indem die bisherige Rolle als Pferdelenker unter den Tisch fiel, konnte ich mich in die unterrichtlichen Anforderungen hineinknien. Das war auch unbedingt nötig, zumal die angestrebte Versetzung in die Klasse 9 kein Kinderspiel war. Die Umstellung vom Fuhrmann und Treckfahrer auf das Schülerdasein bereitete Kopfschmerzen. In den zwanzig Monaten von Dezember 1944 bis August 1946, die weder Lernstoff noch irgendein Unterrichtsprogramm enthielten, hatten sich die ohnehin dürftigen Fachkenntnisse weiter verflüchtigt, gar nicht zu reden von der Beachtung einer Schulordnung, der ich vollkommen entwöhnt war. Der Spruch: *"Aller* [Neu-]*Anfang ist schwer"*, war angesichts der tatsächlichen Umstände eher ein understatement. Ein steifer Wind blies mir ins Gesicht. Einmal galt es, Anschluß an die jugendliche Gemeinschaft zu finden. Andererseits - das war eine steinige Serpentine - mußte ich mich mit neuen Lerngegenständen herumschlagen. Der Schuh drückte an allen Ecken und Enden. Namentlich in den Hauptfächern stand ich auf schwachen Beinen. Der schonungsvolle Vermerk in dem ersten Nachkriegszeugnis vom 21.12.1946 "Gert muß sich weiterhin bemühen, seine Lücken auszufüllen", war im Grunde überflüssig, denn das verstand sich von selbst.

Die bescheidene Haushaltskasse wurde durch die Entrichtung von Schulgeld belastet, das allerdings für Vertriebene, Flüchtlinge und Evakuierte eine Ermäßigung erfuhr. Die Stadtverwaltung Münden teilte meinen Eltern am 28.8.1946 mit, daß "auf Grund eines Beschlusses der Ratsvertretung das Schulgeld der Städtischen Oberschule für Jungen für Ihr Kind Gert vom 1.7.1946 ab auf jährlich 72,- RM herabgesetzt würde." Ergänzend machte der Bescheid auf eine Einschränkung aufmerksam: "Die Schulgeldermäßigung kommt in Fortfall, sobald das steuerpflichtige Einkommen des Kindes und seiner Eltern mehr als 1. 800,- RM im Kalenderjahr oder mehr als 150,- RM monatlich beträgt."

Der Schulgeldnachlaß kam in Wegfall, als mein Vater wieder seinen Lehrerberuf ausüben konnte. Die Klärung beamtenrechtlicher Fragen und das Entnazifizierungsverfahren nahmen Zeit in Anspruch. In der "Clearance Certificate" vom 16.6.1947 testierte die englische Militärregierung, "Hans Brauer has been cleared of allegations concerning pro-Nazi activities." Der deutsche Denazifizierungsauschuß bestimmte am 6.1.1948 "im Nachgang zu seiner von der britischen Militärregierung anerkannten und bestätigten politischen Rehabilitierung (Unbedenklichkeit) und der daraufhin erfolgten Wiederzulassung als Lehrer die Einstufung in die Kategorie V." Die Klassifizierung richtete sich nach dem "Gesetz zur Befreiung von Nationalsozialismus und Militarismus" vom 5.3.1946, verfaßt im Zusammenhang mit den Nürnberger Prozessen. Nach dem "Befreiungs- und Sühne-Gesetz", das die Träger des NS-Regimes aussonderte, wurden folgende Gruppen gebildet: 1. Hauptschuldige, 2. Belastete (Aktivisten, Militaristen, Nutznießer), 3. Minderbelastete (Bewährungsgruppe), 4. Mitläufer, 5. Entlastete.

Zu der Kategorie der Entlasteten gehörte, "wer trotz seiner formellen Mitgliedschaft oder Anwartschaft oder eines anderen äußeren Umstandes sich nicht nur passiv verhalten, sondern nach dem Maß seiner Kräfte aktiv Widerstand gegen die nationalsozialistische Gewaltherrschaft geleistet und dadurch Nachteile erlitten hat." Die Definition für die Entlasteten traf auf Vater genau zu. Auf Grund der Unbedenklichkeitsbescheinigung, die seine oppositionelle Haltung in der NS-Diktatur honorierte, beauftragte ihn der Regierungspräsident in Hildesheim "unter dem Vorbehalt jederzeitigen Widerrufs vom 1.10.1947 ab bis auf weiteres mit der Verwaltung einer Schulstelle in Oberscheden, Kreis Hann. Münden." Ab jetzt übte Vater den Lehrerberuf, an dem er mit allen Fasern seines Herzens hing und den er 10 Jahre zuvor quittiert hatte, wieder aus.

Zeitgleich verbesserten sich die Wohnbedingungen. Vom 4.7. bis zum 31.10.1946 mußten wir in Niederscheden bei Frau V. mit beengten Räumlichkeiten vorliebnehmen. Am 1.11.1946 erfolgte ein Wohnungswechsel zur Familie S. in Haus Nr. 59, das auf einer kleinen Anhöhe am Rande von Niederscheden in Richtung Hann. Münden stand. Über die Veränderung und den geplanten Umzug äußerte ich mich in einem Brief an Tante Charlotte: "Wir bekommen eine eigene Küche, ein Zimmer und eine Kammer. Große Erwartungen hegen wir nicht. Menschen, die keinen Krieg und keine Heimatlosigkeit kennen gelernt haben, sind alle lieblos." (24.10.1946) Wie manch andere Unterkunft blieb auch dies Quartier eine Episode. Durch Mutters Versetzung von Meensen nach Oberscheden Mitte 1947 war ein Anspruch auf die Lehrerdienstwohnung im Schulhaus zu Oberscheden entstanden. Auf Anordnung des Niedersächsischen Staatskommissars für das Flüchtlingswesen vom 30.9.1947 wurde "die Familie Brauer umgehend in die ihr zustehende leere Dienstwohnung in Oberscheden eingewiesen." Damit waren meine Eltern - 2½ Jahre nach Kriegsende - mit der Hoffnung auf ein Leben in materiell gesicherten Verhältnissen, finanziell aus dem Gröbsten heraus. Freilich wurde Wermut in den Becher der Freude geschüttet. Mit der Aufnahme des Schuldienstes durch Vater am 1.10.1947 hatte Mutter keine andere Wahl als ihre Planstelle aufzugeben, eine Parallele zur "Doppelverdienerkampagne" der 20er und 30er Jahre, als sie gezwungenermaßen aus dem Beruf ausschied. Die Gleichberechtigung von Mann und Frau lag noch in nebelhafter Ferne.

Die neue Wohnlichkeit kam meiner mehr schlecht als recht akzeptierten Rolle als Schüler zugute. Ich mußte mich mit ganzer Kraft der Schularbeit widmen und mich mächtig ins Zeug legen, um die breiten Wissenslücken wenigstens in den Hauptfächern Deutsch, Englisch, Latein und Mathematik zu beheben. Der regelmäßige Schulbesuch machte mich zu einem normalen Schüler. Die Motivation zum Lernen entsprang noch nicht der Erkenntnis *"non scholae, sed vitae discimus."* Für die Versäumnisse der Vergangenheit war Lehrgeld zu zahlen, denn das Pensum war weit gespannt, und die meisten Lerngegenstände mußte ich von der Pike auf erlernen. Ich klemmte mich hinter den notwendigen Aufgabenbereich. Die Devise lautete: Nachholen, aufnehmen, verarbeiten, memorieren, üben, repetieren, sich präparieren und einprägen, ob Vokabeln, Zahlen oder elementare Begriffe.

Der gewünschte Lernerfolg sollte nicht allein durch die Absolvierung eines Pflichtprogramms erzielt werden. Die mäßigen fremdsprachlichen Kenntnisse und Fertigkeiten versuchte ich über angelsächsische Briefkontakte aufzubessern. Die

Anregung, einen Briefwechsel mit gleichaltrigen Ausländern ins Leben zu rufen, begrüßte insbesondere die Jugend. Bei der totalen Abschottung des "Dritten Reiches" war ein Meinungsaustausch undenkbar gewesen. Die Möglichkeit zur Kontaktaufnahme mit Jugendlichen aus anderen Ländern wurde als eine Chance begriffen, die im menschlichen Bereich aufgetürmten Barrieren zu überwinden. So gingen ein zwischenmenschliches Anliegen und ein fachbezogener Zweck Hand in Hand. Im Gegensatz zum Unterricht bot der Briefwechsel in Englisch eine natürliche Gelegenheit, die schriftliche Ausdrucksfähigkeit in der Fremdsprache zu erproben und den Wortschatz zu verwerten und zu erweitern, ohne daß Fehler in eine Benotung einflossen. Die englische Korrespondenz, die ich über mehrere Jahre pflegte, erwies sich als eine attraktive Übungsmöglichkeit. Zum einen kamen die an die Partner gerichteten Briefe zwanglosen Aufsätzen gleich, und zum anderen trugen deren Antwortschreiben als Muster dazu bei, das Stilgefühl zu schärfen und die Vokabelkenntnisse zu vertiefen und adäquat anzuwenden. Darüber hinaus förderte der Briefaustausch das mündliche Ausdrucksvermögen, weil die Partner überwiegend die Umgangssprache benutzten. Die weiblichen pen-friends stammten aus England, Amerika und Schweden. In der Regel durchliefen Briefsendungen, vor allem aus Großbritannien, noch 1947 die Zensur der englischen Militärbehörden. Denkwürdig bleibt die spontane Hilfsbereitschaft der Schreibfreunde, die sich, obwohl nicht darum gebeten, in der Zusendung von Care-Paketen äußerte, die alle Familienmitglieder freudig stimmten, denn der Brotkorb hing noch hoch. Der kleine Obst- und Gemüsegarten, in Niederscheden angelegt, konnte lediglich ein Tropfen auf dem heißen Stein sein. Darum waren in den Jahren des Darbens, in denen sich die meisten in Dorf und Stadt nach der Decke strecken mußten, Köstlichkeiten, die dem Gaumen schmeichelten, herrliche Geschenke.

Neben den ansprechenden Brieffreundschaften konnte ich die heitere Seite des Lebens von Nahem betrachten und erleben. Ich machte Bekanntschaft mit gesellschaftlichen Formen des geselligen Beisammenseins. Geselligkeit und Frohsinn kamen auf, als ich im Herbst 1947 in Oberscheden einen Tanzkursus besuchte. Die fröhlichen Veranstaltungen am Wochenende, die zu einem lockeren Umgang mit Gleichaltrigen führten, waren Höhepunkte für die Seele. Musik und Tanz erleuchteten den mehr oder weniger gleichförmigen Schulalltag, wo ich nichts zu lachen hatte.

Obgleich Scheden in dem Tunnel des sorgenvollen Lebens der Nachkriegszeit Licht verbreitete, kam es zu keiner Akklimatisierung. Kaum richtig niedergelassen, überraschte Vater ein Ernennungsschreiben des Regierungspräsidenten von Hildesheim, das uns den Atem verschlug. Die Mitteilung vom 16.12.1947 lautete: "Ich beauftrage Sie vom 1.1.1948 ab bis auf weiteres mit der Verwaltung der Rektorstelle an der Volksschule in Großrhüden, Kreis Marienburg." Das Herz ging uns auf, und wir applaudierten Vater zu seiner Beförderung, die ihn zu Recht mit Genugtuung und Stolz erfüllte. Aus der Tatsache, daß nach entbehrungsvollen Jahren Fortuna lächelte, ergaben sich weitgehende Folgerungen. Pläne, in Oberscheden eine Existenz aufzubauen und seßhaft zu werden, hatten sich hic et nunc von selbst erledigt. Ende 1947 besaßen wir noch *"keine bleibende Stätte"* (Hebräer 13,14), so daß die Zelte, eben aufgeschlagen, wieder abgebrochen wurden. Bei dem Kurzbesuch der Mündener Schule - 1½ Jahre - konnte als Bilanz der Aufarbeitung von versäumtem Unterrichtsstoff nicht viel mehr als Stückwerk herauskommen. Zweifel stiegen auf, ob der abermalige Schulwechsel einen Aufbruch zu neuen Ufern in Gang setzen könnte.

## 4. Aufbruchstimmung in Großrhüden (Seesen/Harz)

*"Per aspera ad astra"*

Auf den Monat genau, drei Jahre nach dem Beginn des Trecks, zogen uns die Pferde im Januar 1948 zu dem nunmehr feststehenden Endziel: Großrhüden bei Seesen am Harz. Nochmals rollten die Wagen, jetzt ein Stück ostwärts, eine bereits bekannte Wegstrecke, vom hügligen Kreis Hann. Münden über Dransfeld, Göttingen, Northeim und Seesen in das flache Land des Kreises Hildesheim-Marienburg, nach Großrhüden. Zum letzten Mal schlüpfte ich in die langjährige Lieblingsrolle als Pferdelenker und Fuhrmann. Nachdem wir uns in dem neuen Wohnort niedergelassen hatten, kamen die Pferde endgültig zu Bauern in Seesen. Wiederholt suchte ich die Lebensretter, deren Arbeitsleistung durch einen Mietzins abgegolten wurde, auf. Zuneigung und Anhänglichkeit zu den Pferden, die zu der gelungenen Flucht verholfen hatten, stehen in guter Erinnerung. Beim Anblick edler Pferde denke ich heute noch an die treuen Traber, die *"zu höherem Sinne und Zwecke das Kräftigste wie das Anmutigste bis zum Unmöglichen ausrichteten."* Desgleichen sind die Kindheitsbilder von dem facettenreichen Landleben im Innersten aufbewahrt. Kein Wunder daß es mich trotz der veränderten Verhältnisse von Zeit zu Zeit zu meinem geliebten Birkenhof hinzieht, obwohl der Krieg ihn unheilbar getroffen hat: *"Leider ist die Heimat zur Fremde dir geworden."* (Schiller) Im Jahre 1975 verharrten Barbara und ich mit unseren Kindern Ulrich und Christiana wortlos und aufgewühlt an Ort und Stelle meines vor 30 Jahren verlassenen Elternhauses und unseres gesamten Anwesens, wo kein Stein mehr auf dem anderen geblieben war; nur wildgewachsene Bäume, Sträucher und Gräser überzogen das ganze Grundstück wie einen grünen Hügel. Von der einstigen Pracht war bloß ein Steinhaufen übrig: *"Leergebrannt ist die Stätte, wilder Stürme rauhes Bette: In den* [eingestürzten Mauern] *wohnt das Grauen, und des Himmels Wolken schauen hoch hinein."* (Schiller) Aber die Apfelbäume im Obstgarten trugen nach so langer Zeit immer noch die köstlichen Äpfel, denen wir nicht widerstehen konnten. Nicht weniger süß mundete zu Hause in Wiesbaden das Apfelmus, das aus Fallobst des Birkenhofs zubereitet wurde. Dabei geriet ich 1975 und gerate heute beim Betreten des ehemaligen Birkenhofs in einen Zwiespalt zwischen Gefühl und Verstand. Weil das frühere Eigentumsrecht von Kindesbeinen an in Fleisch und Blut übergegangen ist, entsteht auf dem einst eigenen Grund und Boden subjektiv kein Unrechtsbewußtsein. Objektiv wiesen neben der völkerrechtlichen Regelung, die die Oder-Neiße-Linie als deutsch-polnische Grenze im Prinzip bereits 1945 festlegte, die bestellten Felder und gemähten Wiesen darauf hin, daß wieder gesät und geerntet wurde. In diesem Spannungsbogen zwischen Erbgut und veränderter Rechtslage verläuft der Pendelschlag von emotionalen Bindungskräften und der Fragwürdigkeit naturrechtswidrig geschaffener Fakten: *"Zwei Seelen wohnen, ach! in meiner Brust, die eine will sich von der andern trennen: Die eine hält ... sich an die Welt mit klammernden Organen, die andre hebt ... sich ... zu den Gefilden hoher Ahnen."*

In Großrhüden drehten wir uns nicht mehr im Kreis. Im Schulhaus, Schulstraße 123, konnten wir die Dienstwohnung des Rektors beziehen. Zunächst mußten wir die Räume mit Vaters Vorgänger teilen. Die ganze Wohnung stand zur Verfügung, als der in den Ruhestand versetzte Schulleiter auszog. Über rasche oder auch langsame Fortschritte gegenüber früher schwelgte das Herz in Seligkeit: "Wir haben lange genug auf der Stufe eines Naturvolkes gehaust." (25.6.1953) Die spartanische Einfachheit war überwunden. Im Parterre befanden sich die Klassenräume der Volksschule, in denen Vater seinen Unterricht abhielt. Zu dem Schulhaus gehörte ein großflächiger Schulgarten, der mit seinen Obst- und Gemüseplantagen dem Vitaminmangel entgegenwirkte. Dazu gesellte sich ein Mastschwein und diverses Kleinvieh, worüber Tante Hannchen ihre schützende Hand hielt. Die agrarischen Produkte führten zur teilweisen Selbstversorgung, die die noch immer bestehende Rationierung der Lebensmittel aufbesserte. Gemessen am bisherigen Raummangel bot die großzügige Zimmerflucht ungewohnte Entfaltungsmöglichkeiten für einen Schüler mit angestautem Nachholbedarf.

Der Wohnsitz entschied über den nächsten Schulort und die zukünftige Schule. Da die Entfernung zu den Gymnasien in Hildesheim oder Goslar zu weit und die Verkehrsverbindungen zu umständlich waren, kam als Schulort Seesen im Kreis Bad Gandersheim in Frage. Wo das Flüßchen Schildau das anmutige Tal verläßt, liegt am

Rande der Harzberge das liebliche, kleine Städtchen Seesen. Die offizielle Bezeichnung meiner neuen Schule lautete: Staatliche Oberschule für Jungen (ehem. Jacobsonschule). Der namentliche Zusatz weist auf den Gründer, Israel Jacobson, einem Jünger der Aufklärung und liberalen Juden, hin. Am 3. Juli 1801 hatte Israel Jacobson, Hofbankier des Herzogs Karl Wilhelm von Braunschweig, in Seesen ein Erziehungsinstitut mit humanem und sozialem Auftrag, das später nach ihm Jacobsonschule benannt wurde, aus der Taufe gehoben. Gemäß den aufklärerischen Idealen des Stifters, Humanität und religiöse Duldsamkeit zu wecken, sollte die Anstalt die Kluft zwischen Juden und Christen schließen helfen. Entsprechend dieser Intention wurden jüdische und christliche Schüler gemeinsam im Geiste Lessings unterrichtet. Sie sollten in einer Atmosphäre von Versöhnung und Toleranz aufwachsen, so, wie es die verschlungenen Hände, das Wahrzeichen der Schule, sinnbildlich zum Ausdruck bringen. Daraus entwickelte sich eine moderne und weltoffene Schule, die sich dem Erbe der Aufklärung verpflichtet fühlte.

Die Jacobsonschule, bis zum Ersten Weltkrieg eine private Stiftung, geriet in den Kriegs- und Nachkriegsjahren der Weimarer Republik in finanzielle Schwierigkeiten. Daher wurde die Anstalt vom braunschweigischen Staat übernommen und zu einer Oberrealschule in Aufbauform ausgebaut. Die erste Abiturprüfung führte die Schule 1926 durch. Die Einrichtungen für naturwissenschaftliche Fächer, die Bibliotheken und das Schülerheim oder Alumnat, in denen Schüler aus entlegenen Orten der ländlichen Umgebung Aufnahme fanden, schufen ein liberales und aufgeschlossenes Klima des Lebens und Lernens im Miteinander. Das Alumnat beherbergte Zöglinge aus europäischen und überseeischen Großstädten wie New York, Sydney oder Smyrna. Die Jacobsonschule, ursprünglich eine ausschließlich jüdische Erziehungsanstalt, wurde Simultanschule für alle Konfessionen. Noch 1932 besuchten zehn jüdische Schüler die Jacobsonschule, die von einem jüdischen Direktor geleitet wurde. Natürlich gehörten mehrere Lehrkräfte dem jüdischen Glauben an. An das traditionelle Gedankengut, das in den Jahren der NS-Diktatur "mit Stumpf und Stiel ausgerottet" werden sollte, knüpfte die Schule an, als sie am 1.12.1945 mit 319 Schülern und 11 Lehrern ihre Pforten öffnete.

Vor diesem Hintergrund setzte ich in Seesen die verzweigten Pfade der bisherigen Schulbildung fort, die 3¼ Jahre dauern sollte. Eine so lange Zeit hatte ich auf keiner anderen Schule verbracht. Ich kam in die 9. Klasse oder Obertertia, wenige Wochen vor der fälligen Versetzung in die Klasse 10. Mir war bewußt, daß ich außer den Gewöhnungsschwierigkeiten einen Dornenweg voll harter Arbeit zu gehen hatte. Die Elementarkenntnisse standen auf tönernen Füßen. Wegen der schwankenden Grundfesten nagten die fachlich fühlbare Leere und die anspruchsvolleren Anforderungen an mir wie der Horror vacui. Auszüge aus einem Brief an Tante Lotte, in dem ich mich für ihr Geldgeschenk zum Kauf von Fachbüchern bedankte, weisen auf die Stolpersteine, die vor mir lagen, hin: "In der Schule habe ich wieder ganz andere Bücher als in Münden. Der Schulwechsel so kurz vor Ostern ist überhaupt sehr schwierig. In allen Fächern wird anderes verlangt. Die Methoden der Lehrer sind grundverschieden, so daß ich meine Sorge habe. Hier wird z.B. noch mehr Mathematik gegeben, und Mathematik ist, wie Du weißt, meine schwache Seite. In Latein gibt es nur Übersetzungen vom Deutschen ins Lateinische, Übungsaufgaben, die wir weder in Münden noch in Friedeberg trainiert haben. Für Erdkunde besitze ich kein Buch, und die Erdkunde-Lehrerin geht nur nach dem Buch vor. Die Schule ist nach ganz anderen Leitsätzen aufgebaut als die Mündener. Es ist eine berühmte alte Judenschule. Nun ist Ostern auch noch so früh, daß mir wenig Zeit zum Einarbeiten bleibt." (7.3.1948)

In den folgenden Wochen und Monaten mußte ich die Axt an die Wurzel legen. Der Aufholprozeß hielt mich ganz gefangen. Die Lernbereiche, die ich in Münden in Angriff genommen hatte, wurden mit noch größerer Intensität durchgeackert. Unbearbeitete Bücher türmten sich bergehoch. Täglich arbeitete ich, bis mir der Kopf rauchte. Allmählich wurden die Scharten vergangener Jahre ausgewetzt. Nach der Versetzung in die Untersekunda vollzog sich ein kontinuierlicher Prozeß des Einlebens und der Leistungssteigerung. Allerdings blieb das Fach Mathematik auf der Strecke. Zum Ausgleich leuchteten die grünen Zweige der anderen Fächer um so kräftiger. Lernstoff und Schulbesuch erschienen nicht mehr als störende Eingriffe in eine vom Birkenhof gezimmerte Zukunft.

Das schrittweise Vorankommen hatte eine entscheidende Ursache. In mir ging eine Wandlung vor: *"Tempora mutantur, nos et mutamur in illis."* Die distanzierte Einstellung zur Schule und zu Bildungsgütern schwand: *"Falsche Stellungen zur Außenwelt. Wer hat sie nicht? Jede Lebensstufe hat die ihr eigenen."* Reminiszenzen an vergangene Tage traten in den Hintergrund. Großrhüden und Seesen spiegelten einen bedeutsamen Einschnitt in meiner Entwicklung wider. Neue Einsichten, die zur Gewißheit und zur Richtschnur des Handelns wurden, rüttelten mich auf. Der grundlegende Gedankengang lief auf folgende Überlegung hinaus: *"Du mußt dein Leben ändern."* (Rainer Maria Rilke) Die Zielscheibe war das Abitur. Das Vorhaben, bisher eher von außen an mich herangetragen, entsprang in stärkerem Maße als bisher dem eigenen Antrieb. Ich selbst setzte mir das Ziel, die schulische Ausbildung mit der allgemeinen Hochschulreife abzuschließen. Lerneifer und Bildungsdrang entfalteten sich. Die Zeiten, in denen schulische Aufgaben und Anforderungen an zweiter Stelle standen, waren vorbei. Überspitzt könnte man sagen, daß aus mir ein anderer Mensch wurde. Worauf ist die Metamorphose vom Fuhrmann zum arbeitswilligen und beflissenen Schüler zurückzuführen?

Die neue Denkweise kann - das sei mir gestattet - ein historischer Vergleich verständlich machen. Nach der Niederlage der preußischen Armee bei Jena und Auerstädt im Jahre 1806 hat der preußische König Friedrich Wilhelm III. davon gesprochen, daß Preußen durch geistige Kräfte ersetzen müsse, was es an physischen verloren habe. Dieser Bewußtseinsbildung folgten die Reformen in Preußen und damit die Erneuerung des preußischen Staates an Haupt und Gliedern. Der unvergleichliche Notstand des damaligen Preußen läßt sich - mit Verlaub und mutatis mutandis - auf unsere Familie übertragen. Meine Eltern mußten den unwiederbringlichen Verlust aller materiellen Güter, d.h. Haus und Hof, Hab und Gut, das gesamte Inventar vom Birkenhof, erleben, durchstehen und verwinden. Dagegen waren ihnen nicht ihr geistiges Rüstzeug oder ihre Zeugnisse über die beruflichen Qualifikationen zu rauben, auf denen jetzt das Fundament für den Aufbau einer neuen Existenz ruhte. Allein geistige Besitztümer erschienen wertbeständig. Zugleich sanken in der eigenen Vorstellungswelt Wert und Bedeutung der irdischen Güter - weil vergänglich - als Maßstab für ein glückliches und zufriedenes Leben: *"Nicht an die Güter hänge dein Herz, die das Leben vergänglich zieren."* (Schiller) Es stellte sich als Irrtum heraus, den *"hohen Wert des Grundbesitzes ... als das Erste, Beste anzusehen, was den Menschen werden könne."* Die sehnsuchtsvolle Blickrichtung Birkenhof als Lebensorientierung, die zur Melancholie und Passivität verleiten konnte, enthielt angesichts der bitteren Realität in puncto Oder-Neiße-Linie keine vernünftige Zukunftsperspektive: *"In meinen Jahren muß man vorwärts gehen, aufwärts bauen und nicht mehr nach dem Grundstein zurückblicken, auf welchem man sich gut fundiert zu haben glaubt."* Die Einsicht, daß zwischen dem Erwerb von Bildungsgütern und der zukünftigen Existenz eine unauflösbare Wechselbeziehung besteht, rückte zunehmend in mein Bewußtsein. Von daher erklärt sich der geistige Tätigkeitsdrang und Bienenfleiß: *"Seines Fleißes darf sich jedermann rühmen."* (Lessing) Der Rubikon war überschritten. So hatte die Lebenserfahrung, d.h. die Flucht mit der Entwurzelung und Heimatlosigkeit zum Durchbruch neuer Gedanken geführt. Die Selbsterkenntnis ließ mich zudem über meine ostdeutsche Heimat äußerlich hinauswachsen, ohne sie innerlich zu verlieren, preiszugeben oder die Brücken hinter mir abzubrechen.

Nachdem ich die Mittelstufe beendet und die Versetzung in die Obersekunda geschafft hatte, lag die Phase der Eingewöhnung hinter mir. Der schulische Gegenwind, gegen den ich bislang anzukämpfen hatte, drehte und ließ nach. Der Schulbesuch wirkte auf mich nicht mehr - cum grano salis - wie ein rotes Tuch. Als Fahrschüler bestieg ich in Großrhüden den aus Derneburg kommenden Dampfzug, der bereits Schüler und Schülerinnen (die Jacobsonschule nahm entgegen der Amtsbezeichnung auch Mädchen auf) der umliegenden Ortschaften eingesammelt hatte und nun fauchend und keuchend auf Seesen zuschnaufte. Auf der gemächlichen Bahnfahrt wurden die nicht gemachten Hausaufgaben, bei denen versierte Mitschüler(innen) fachkundige Ratschläge erteilten, erledigt. Nach Schulschluß ging es auf der Rückfahrt quietschvergnügt zu. Die gesellige Unterhaltung nahm kurz vor dem Ausstieg aus der Bimmelbahn ein abruptes Ende. In der aufgeräumten Runde empfand ich mich nicht mehr als Außenseiter. Auch im Unterricht schmolz das Eis. Die Unebenheiten im Kenntnisstand und das Gefälle auf dem holprigen Wissenspfad wichen einem soliden Fundament. Der kräftige Rückenwind verkürzte den

Wissensvorsprung von Mitschülern. An Fleiß und Eifer stand ich meinen Klassenkameraden(innen) in nichts nach. Auf diese Art tat der Leistungsanstieg ein Übriges, daß ich mich in der Klassengemeinschaft wohl fühlte. Den Aufwärtstrend und eine mir zuvor fremde Rollenverteilung im Klassenverband spiegelt ein Vers aus der Abiturzeitung, der das Stimmungsbarometer vor den Lateinstunden beleuchtet, wider: "Gert Brauer ist in den Pausen ein vielgesuchter junger Mann, der einem ohne viel Flausen den Text übersetzen kann." Die Wahl zum Klassensprecher in Klasse 11 war ein äußeres Zeichen der Akzeptanz. Das Pendant war Mutters Wahl zum Mitglied des Elternbeirates, der - welch fortschrittliche Schule! - zur Hälfte aus Frauen bestehen sollte. Bis auf den heutigen Tag sehen Barbara und ich einen Stamm früherer Mitstreiter(innen) zum Gedankenaustausch und geselligem Beisammensein auf den jährlichen Klassentreffen hier und da in Deutschland.

Die Jacobsonschule war trotz der alten Klassentrakte, der knarrenden Bänke und hölzernen Wandbekleidungen ein Ort menschlicher Begegnung. Sie wirkte nicht allein durch die übermittelten Lehrstoffe. Die meisten Lehrer(innen) traten den Schülern ohne schrille Töne und kreischende Stimmen freundlich und verständnisvoll gegenüber. Mit einigen Lehrkräften entwickelte sich eine persönliche, ja freundschaftliche Verbindung. Dazu zählen die Herren Spangenberg, Weinhausen und Kinkel, wobei mir letzterer die Achillesferse in seinem Fach Mathematik nicht ankreidete. Mit dem Latein-, Geschichts- und Religionslehrer Otto Spangenberg, einem gradlinigen und besonnenen Pädagogen, verbanden mich jahrelange Kontakte. Häufige Gespräche und ein verbreiteter Briefwechsel hielten die Verbindung aufrecht. Höhepunkt der zwischenmenschlichen Beziehungen war die Feier zu seinem 90. Geburtstag in Kettwig, an der Ulrich und ich als seine Gäste teilnahmen.

Im Unterricht unter Leitung von Karl Weinhausen, einem lebhaften und sympathischen Englisch- und Geschichtslehrer, kamen innen- und außenpolitische Themen zur Diskussion. Da es das Fach Staatsbürgerkunde, Politik, Sozial- oder Gemeinschaftskunde noch nicht gab, wurden aktuelle Streitfragen im Fach Geschichte behandelt. In die Seesener Schulzeit fielen Epoche machende nationale und internationale Beschlüsse und Konflikte: Die Währungsunion in West und Ost, die

Berlin-Blockade, die Gründung der NATO, die Beratungen des Grundgesetzes, die formale Entstehung der Bundesrepublik, die Ausrufung der DDR, der Anfang vom Kalten Krieg und von der Teilung Deutschlands, der Beginn der Kanzlerschaft Konrad Adenauers und die Entscheidung zugunsten der sozialen Marktwirtschaft statt der Zentralverwaltungswirtschaft. Im Zusammenhang mit dem Korea-Krieg ging es um strittige Punkte der Westintegration, Wiederbewaffnung oder Neutralität. Politische Differenzen setzten sich nach dem Unterricht in klasseninternen Wortgefechten fort, ohne daß es zu andauernden Unstimmigkeiten oder Zerwürfnissen kam. Jeder übte sich darin, gegenteilige Positionen ernst zu nehmen und zu respektieren. Unterbrochen wurden manchmal hitzige Dispute durch die Einnahme der begehrten Schulspeisung, einer öffentlich und von privater Seite geförderten Mahlzeit zum Preis von ca. 20 Pfennig pro Portion, einer Essenausgabe, die sich kein Schüler entgehen lassen wollte, weil sie die immer noch dürftige Nahrung qualitativ anhob.

Die in Scheden entwickelten ausländischen Kontakte mit pen-friends führte ich in Seesen fort. Dadurch entstand mein Interesse an einem deutsch-amerikanischen Schüleraustausch. Der Wunsch wurde von der Auswahlkommission nicht erhört.

Derweil war der Zeitpunkt der Reifeprüfung gekommen. Jeder Primaner mußte sich einer schriftlichen Prüfung in den Hauptfächern Deutsch, Englisch, Latein und Mathematik unterziehen. Entsprechend den damaligen Abitur-Bestimmungen wurden die Prüflinge ohne Vorankündigung in bezug auf ein Prüfungsfach mündlich examiniert. Mich traf das mündliche Examen von elf denkbaren Fächern in Englisch und Latein. Nach einem konzentrierten Kraftakt auf das Wesentliche in den zwei Jahren auf der Oberstufe konnte ich, noch 19-jährig, einen Erfolg auf geistigem Gebiet verbuchen. Neben sechzehn Con-Pennälern bestand ich am 27. Februar 1951 an der Staatlichen Oberschule für Jungen, die mittlerweile 323 Schüler und 143 Schülerinnen umfaßte, die Reifeprüfung. Nunmehr konnte das Herz im Leibe lachen, zumal meine anomale Schullaufbahn voll Dornen war. Mit dem Aufwind *"sind mir tausend Lichter aufgegangen"*, z.B. *"daß man nach und nach durch anhaltenden Fleiß vieles zustande bringt"* und *"Vor den Erfolg haben die Götter den Schweiß gesetzt."*

(Hesiod) Das Ziel, die allgemeine Hochschulreife zu erlangen, war mit dem Zeugnis der Reife erreicht: *"Kühn ist das Mühen, herrlich ist der Lohn!"*

Tante Lotte teilte die Freude über den schulischen Auftrieb in Seesen, der mir den Abschluß einer irregulären Schulzeit brachte: "Die erste Unterkunft bietet Niederscheden, von wo aus Gert nach Hann. Münden zur Schule fährt. Er hat es sehr schwer, sich nach monatelanger Pause in den Schulbetrieb zu finden; aber nach nochmaliger Umsiedlung nach Großrhüden kommt er auf das Gymnasium in Seesen. Mit Fleiß und Energie füllt er Lücken aus, gewinnt Freunde unter Lehrern und Schulkameraden, wird Klassensprecher und verläßt mit bestandenem Abitur die ihm lieb gewordene Schule. Der Weg zum Studium steht ihm offen."

## Sechstes Kapitel

## STUDIUM DER PHILOLOGIE

### 1. Philipps-Universität Marburg/L

*"...die Studien wollen nicht allein ernst und fleißig, sie wollen auch heiter und mit Geistesfreiheit behandelt werden"*

Meine Mutter am 2. Mai 1951:

*"Worte an ein erstes Semester"*

*"Du gehst jetzt in die Welt, mein lieber Sohn.*
*Des Abituriums Forderungen sind geschafft.*
*Gar manche Nacht fand Dich bei Deinen Büchern,*
*wenn wir schon längst des Schlafes Wohltat spürten.*
*Es blieb Dir keine Zeit für froher Jugend goldne Freuden,*
*denn unerbittlich riß ein hart Geschick*
*das ahnungslose Spiel der Kindheit Dir entzwei:*
*Dich formten Krieg und Hunger und heimatlose Irrfahrt,*
*Du sahst - so jung noch - Sterbende am Wege,*
*die Heimat nahm man Dir, die Du geliebt.*
*Dann aber packte Deine Arbeit Dich,*
*und mit der Kraft des Wollens, kamst Du zum Ziel.*
*Du bist Student nun, und die Veilchen blühen.*
*Zwar überschattet auch die Gegenwart*
*des Existentialismus banger Zwiespalt, doch!*
*Trotze allem defätistischem Verneinen!*

*Glaub an das Leben! An das Unwägbare,*
*an das Irrationale, das die ratio beseelt.*
*Du bist Student nun, und die Veilchen blühen.*
*Nennst sentimentalisch Du auch jene Lieder*
*romantischer Burschenherrlichkeit,*
*die Veilchen blühen, und Du bist Student.*
*Die Welt steht offen Dir, mein lieber Sohn!*
*Jetzt lacht auch Dir der Jugend goldne Sonne,*
*des jungen Lebens seliger Überschwang.*
*Bleib treu Dir selbst, und bleib dem Leben treu!*
*Den Blick ins Weite und nie eng begrenzt!*
*Du bist Student nun, und die Veilchen blühen!*
*Carpe diem! mein Sohn, und immer vorwärts."*

*"Ich war ein Jüngling noch an Jahren"*, d.h. ich zählte zwanzig Lenze, als ich im Sommersemester 1951 das Studium der Philologie an der Philipps-Universität in Marburg/L. begann. Einen Werdegang ohne Studium haben weder Eltern noch ich erwogen. Bei der Auswahl des Studienortes kam für die Erforschung der Terra incognita academica auf Grund des verwandtschaftlichen Netzes Marburg/L. in Betracht. Daß mir die Tanten unter die Arme greifen wollten, war als Votum für die überschaubare Universitätsstadt, in der 1529 das Religionsgespräch zwischen Luther und Zwingli stattfand, irrelevant. Während mich Tante Lotte in der theologischen Fakultät wissen wollte, glaubte ich eine Eignung für die Geisteswissenschaften zu erkennen. Meinen Neigungen entsprachen die Studiengebiete Geschichte, Englisch, Politikwissenschaft und Latein. Was mich zum Schulmann trieb, war kein angeborener Hang zur Pädagogik oder ein ererbtes Talent zur Didaktik. Die Wißbegierde richtete sich nicht auf den künftigen Beruf: *"Es ist sehr schwer oft zu ergründen, warum wir das angefangen."* Zugegeben, bei der Berufswahl dürfte die Familientradition Pate gestanden haben. Eltern, Großvater Becker und Tanten waren von Haus aus Pädagogen mit ganzer Seele. Gleichwohl versuchten meine Eltern nicht, mir den pädagogischen Werdegang nahezubringen. Aus dem eingeschlagenem Weg ging auch

- wenngleich wegen der Niederungen und Reibungsverluste im Schulalltag nicht der Traumberuf schlechthin - kein verfehlter Beruf hervor.

Die Schilderung meiner Studentenjahre erstreckt sich nicht auf wissenschaftliche und fachliche Bereiche, Aufgaben und Anforderungen, denen nachzukommen war. Im Vordergrund stehen Probleme der Zeit und Dozenten, die kraft ihrer Persönlichkeit und Fachkompetenz einen nachhaltigen Eindruck machten und bleibende Spuren hinterlassen haben. Alltagsszenen und Stimmungsbilder sollen ein Studentenleben in der Nachkriegsära der 50er Jahre beleuchten.

Am 5. Mai 1951 fanden unter dem Rektorat von Professor Benninghoff die majestätischen Immatrikulationsfeierlichkeiten statt. Voran schritten Rektor und Senat im Ornat, danach folgten Professoren in dekorativen Roben und die Studenten und Studentinnen in mehr oder weniger schneidigen Anzügen und festlichen Kleidern. Den Erstsemestern wurden in einem feierlichen Akt in pathetischer Sprache allumfassende Verpflichtungen, die einen akademischen Ehren- und Verhaltenskodex festschrieben, abgenommen: "Nachdem Herr Gert Brauer aus Großrhüden durch Handschlag feierlich gelobt hat, den akademischen Gesetzen und Behörden Gehorsam zu leisten, den akademischen Lehrern die schuldige Achtung zu erweisen, eines seines Standes würdigen Lebenswandel zu führen, seinen Studien mit Eifer zu obliegen, ist er als Student der Philosophischen Fakultät unter unsere akademischen Bürger aufgenommen worden."

Zur Umsetzung des anspruchsvollen Immatrikulationsgebotes, den "Studien mit Eifer zu obliegen", stürzte ich mich stante pede auf das Vorlesungsverzeichnis und belegte nicht gerade wenige Vorlesungen, Übungen und Proseminare. Die Desillusion folgte postwendend: "Ich habe mir zu viele Seminare und Übungen aufgehalst. Man muß ja seine Erfahrungen sammeln." (25.6.1951) Gleichwohl verstrich geraume Zeit, bis diese Erkenntnis um sich griff. Im Sommersemester 1952 sinnierte ich über die überreichlichen 30 Wochenstunden: "Ich weiß nicht, wie ich dazu komme. Das Wollen steht in schroffem Gegensatz zum Vollbringen. Ich muß streichen, obwohl ich gern alles mitnehmen möchte." (9.5.1952) Fraglos wirkte das breite Spektrum an fesselnden

Themen und hörenswerten Gegenständen verlockend. Anfänglich erlag ich dem inhaltsvollen Angebot und überschritt die Grenzen des aufnehmbaren Stoffes und des physisch Möglichen. Zudem entwickelte der Hochschulbetrieb seine Eigendynamik. Da die Alma Mater einer schulmäßigen Anleitung oder einer tutorenähnlichen Betreuung skeptisch gegenüberstand, verging eine Weile, bis ich mich an die Gepflogenheiten eines Universitätsstudiums gewöhnt hatte.

Die Notwendigkeit, die Wochenstundenzahl zu überdenken und zu reduzieren, ergab sich außerdem durch das festgelegte Budget. Das Belegen von einer einstündigen Vorlesung oder Übung kostete für Nicht-Hessen wöchentlich 2,50 DM. Obgleich über die rechtliche Problematik keine Zweifel bestanden, stellte ich unter Berufung auf die finanzielle Beihilfe von Tante Dore, die ihren festen Wohnsitz seit der Vorkriegszeit in Marburg hatte, einen Antrag auf Unterrichtsgeldfreiheit, auf die die Studierenden aus dem Lande Hessen Anspruch besaßen. Dagegen mußten alle Nicht-Hessen eine Gebühr entrichten, die sich aus dem Unterrichtsgeld und der Studiengebühr in Höhe von 80.- DM zusammensetzte. Die Gesamtsumme belief sich auf durchschnittlich 145,-DM, die pro Semester in die Quästur floß, immerhin ein Betrag, der mir monatlich als Salär zur Verfügung stand. Die Hoffnung, daß mir über den Umweg von Tante Dore als ansässige Hessin das Privileg der Gebührenfreiheit zuteil werden könnte, war von vornherein gering. Erwartungsgemäß wurde der Antrag am 2. Juni 1951 vom Rektor der Universität abgelehnt. Der Auffassung schloß sich der Hessische Minister für Erziehung und Volksbildung an, der meine Beschwerde am 19. Juli 1951 zurückwies: "Sie haben nicht dargetan, daß Sie Ihre Beziehungen zum Elternhaus in einer Weise gelöst haben, die die Annahme der selbständigen Wohnsitzbegründung eines Minderjährigen rechtfertigen könnte." Die rechtlich mögliche Anfechtungsklage beim Verwaltungsgericht in Kassel lohnte wegen der Aussichtslosigkeit eines Prozesses nicht.

Um Einsparungen zu erzielen, war der Rotstift an anderer Stelle anzusetzen. Am Ende eines jeden Semesters legte ich Fleißprüfungen über den Stoff zweier Vorlesungen oder Seminare ab. Erfolgreiche Resultate führten zu einer Halbierung der Studiengebühr, eine Ersparnis, die den Mietpreis für zwei Monate deckte.

Überflüssig war die Benutzung der Stadtbusse. Universität und Institute ließen sich unschwer mit dem Fahrrad erreichen, das als Allround-Vehikel auch für Besorgungen, Ausflüge und Touren gute Dienste leistete. Frühstück und Abendbrot unterlagen der eigenen Regie und Kalkulation. Mittags ging ich in die Mensa, die ein Essen für 1,- DM ausgab oder ins Vilmarhaus der evangelischen Studentengemeinde für 0,60 DM. Zudem wurden die Unkosten durch eine bescheidene Studentenbude gedrosselt. Da die Miete für ein Einzelzimmer ins Geld ging, teilte ich mir mit einem Jura-Kommilitonen - Nachkomme des Landwirtschaftstheoretikers Albrecht Thaer, der mit den preußischen Reformern die moderne Gewerbeauffassung vertrat - ein Zimmer im ersten Stock der Schloßtreppe 1 mit dem Blick zum Marktplatz. Jeder bezahlte für das Doppelzimmer, ohne Wasserleitungsanschluß und mit einer einzigen Waschschüssel ausgestattet, monatlich 20,- DM. Obwohl es sich um einen verträglichen Mitbewohner handelte, warf der Alltag mit seinem unterschiedlichen Lebens- und Arbeitsrhythmus zwischenmenschliche Probleme auf. Hinzu kam, daß im Winter das längere Verweilen am Schreibtisch in einer ausgekühlten Stube nicht nur zu Eisbeinen führte: "Das Zimmer läßt sich ziemlich schlecht heizen. Der eiserne Ofen wird zwar glühend heiß, strahlt aber keine Wärme aus. Ich weiß nicht, wo ich mich abends aufhalten soll. Der Lesesaal und die Seminare schließen um 18.00 Uhr, manchmal um 20.00 Uhr. Die Bleibe im Winter ist ein Problem. Das Heizmaterial reicht zum täglichen Feuern nicht aus. Nachts ziehe ich den Pullover an, denn ohne zusätzliche Kleidung ist es schlecht." (20.11.1951) Selbst die Hörsäle und Seminarräume waren unzureichend geheizt, worüber sich die Professoren beklagten.

Da die wohnlichen Verhältnisse unbehaglich waren, begab ich mich Anfang 1952 erneut auf Zimmersuche. Studentenheime waren rar. Für Examenskandidaten reservierte das Wohnungsamt Einzelzimmer. Nach mehrmaliger Vorsprache erhielt ich im Sommersemester in der Gärtnerei Schäffer, Ockershäuser Allee 12, ein kleines Zimmer zugeteilt, das den Studienzwecken genügte.

Die anfänglich ungemütlichen Wohnbedingungen waren ein Grund, weshalb ich außerhalb der Studien der Unternehmungslust und Betriebsamkeit freien Lauf ließ, *"denn wenn einer in seinem zwanzigsten Jahr nicht jung ist, wie soll er es in seinem vierzigsten sein."* Das hatte Mutter wohl mit ihren Versen *"Carpe diem"* im Sinn: *"Student sein, und die Veilchen blühn!"* Ergo konnte sich zu Beginn des Studiums der Hang zur Geselligkeit - bis dahin ein weitgehend unbeschriebenes Blatt - voll entfalten, *"weil ein junger Mensch ... immer Ursache hat, sich anzuschließen."* Nicht die Bücher- und Stubengelehrsamkeit war angesagt, sondern sich des goldenen Sonnenscheins zu freuen: *"Jetzt seh ich, jetzt genieß ich erst."* Die Lichtseite des Lebens durchzog wie ein roter Faden den Studienbeginn in Marburg: "... das Leben ist sehr bewegt und interessant, vor allem, wenn man mit netten Menschen zusammen ist. Neulich sagte mir jemand, ach, mit Ihnen kann man doch endlich wieder einmal lachen." (31.1.1952) Das Anfangssemester erinnert mich an das Brunnenfest im Juli 1951. Über drei sommerliche Tage und Nächte dauerten die lustigen Feierlichkeiten zur Einweihung des Brunnens auf dem Marktplatz nahe der Schloßtreppe. Weder konnte noch wollte ich mich von dem ganzen Tun und Treiben fernhalten: "Gaudeamus igitur, iuvenes dum sumus!"

Unter das freiwillige Pensum im Rahmen der Muße fiel die Teilnahme an Universitäts- und Fakultätsveranstaltungen, das Anhören von Vorträgen und der Besuch von Theateraufführungen, Konzerten und Ausstellungen. Eine andere Triebfeder des Handelns war der Wunsch nach aktiver Mitwirkung bei der studentischen Selbstverwaltung. So beteiligte ich mich an einer Veranstaltung über studentische Lebensformen in Zwingenberg an der Bergstraße vom 6. bis 10. Juni 1951. Sollten sich Studenten den noch umstrittenen Korporationen zuwenden oder sich für freiere Strukturen der Gemeinschaftsbildung einsetzen? Ich wollte mir die Freizeitgestaltung nicht reglementieren lassen und mich keinem vorgegebenen Komment unterwerfen. Da andererseits ein Leben im Elfenbeinturm oder Wolkenkuckucksheim meinem Wesen nicht entspricht, trat ich der internationalen Studentenvereinigung "International Student Service" (ISS) bei, danach "World University Service" (WUS) genannt. Die Mitgliedschaft engte meinen Freiraum nicht ein, legte mich nicht auf bestimmte Denkschablonen und einen normierten Verhaltenskodex fest. Begegnungen mit ausländischen Studenten(innen) waren anregend, belebend und erweiterten den eigenen Gesichtskreis. Auf internationalen Parties mit amerikanischen, englischen, französischen und holländischen

Kommilitonen kam es in aufgelockerter Atmosphäre zum Gedanken- und Erfahrungsaustausch und menschliche Bande wurden geknüpft: "Der Internationale Student Service, eine Vereinigung, die sich hauptsächlich der Pflege internationaler Beziehungen widmet, sagt mir am meisten zu. Man ist vollkommen frei und ungebunden, es wird kein Zwang ausgeübt. Mit Verbindungen, die mich eingeladen haben, kann ich mich nicht anfreunden. Parties mit ausländischen Studenten(innen) sind schöner und stimmungsvoller als reine Herrenabende. Um Kontakte zu knüpfen, kommen auch die politischen Parteien wie CDU, SPD und FDP in Frage. Obgleich politische Ereignisse auf keine tauben Ohren stoßen, möchte ich mich nicht schon jetzt festlegen." (7.12.1951)

Die Absicht, vorerst keine Mitgliedschaft in einer politischen Partei anzustreben, hinderte mich nicht an der Teilnahme von Versammlungen der demokratischen Parteien. Hielt ein prominenter Kommunal-, Landes- oder Bundespolitiker Vorträge oder Wahlreden, war ich ein aufmerksamer Zuhörer oder Mit-Diskutant. Einige Politiker, deren Wirken mittlerweile in die Geschichtsbücher eingegangen ist, deuten die Bandbreite der politischen Positionen an: Adolf Arndt (Kronjurist der SPD), Bundestagspräsident Hermann Ehlers (CDU), Bundesverkehrsminister Seebohm (CDU), Erich Mende (damals FDP), Gustav Heinemann (später SPD und Bundespräsident). Höhepunkt einer Serie von politischen Kundgebungen war eine Rede von Bundeskanzler Dr. Konrad Adenauer in Wetzlar am 29.4.1952: "... für mich war es das erste Mal, den Kanzler aus etwa 20m Entfernung zu sehen und zu hören. Man hatte umfangreiche Sicherungsmaßnahmen getroffen. Auf dem Weg vom Bahnhof zum Domplatz standen an fast jeder Ecke zwei Beamte vom Bundesgrenzschutz. Ich hatte einen ganz guten Stehplatz. Adenauer sprach auf einem erhöhten Podium, geschützt von einem Glasrahmen. Er spricht sehr ruhig, nüchtern und gelassen, ohne besondere rethorischen Stilmittel, wie sie Dr. Kurt Schumacher mit seinen sprachlichen Steigerungen anwendet. Manchmal wurde er von kommunistischen Sprechchören, die er mit dem Hinweis auf das 'Paradies' in den sozialistischen Staaten Osteuropas abwehrte, unterbrochen. Er lächelte kaum. Sein Gesicht war ernst und zeigte tiefe Falten. Zum Abschluß wurde die dritte Strophe des Deutschlandliedes gesungen. Eine im ganzen würdige und eindrucksvolle

Veranstaltung." (2.5.1952)

Die freiheitsfeindliche Entwicklung in der DDR - damals in der Regel sowjetische Besatzungszone (SBZ) genannt - auf die der Bundeskanzler anspielte, verlor ich nicht aus den Augen: "Die ostzonalen Verhältnisse mit der täglichen Unsicherheit sind doch unerträglich. Wir im Westen müssen immer wieder dankbar sein, wenn es auch nicht ex sententia geht." (10.1.1952) Desgleichen fielen die ostdeutsche Heimat und die Flucht nicht der Vergessenheit anheim: "Neulich sah ich wieder einen Film über den 'Unvergessenen deutschen Osten'. Es ist ein Jammer, daß so wenige Leute hingehen, meistens nur alte Flüchtlinge, die Jugend fehlt, und das ist bedauerlich." (30.11.1951) Am Jahrestag des Fluchtbeginns findet sich in meinem Brief vom 26.1.1952 folgende Randnotiz: "Remember, tomorrow, seven years ago, we had to leave our beloved home. Time has passed quickly and many things have changed. I only want to remind you of these historic days for us." Und am 27.1.1954: "Heute vor neun Jahren begann die Schicksalswende." Oder darauffolgend am 2.2.1954: "Heute vor neun Jahren haben wir die Oder überquert und auch heute heult der Sturm." Die Äußerungen werfen ein Licht auf die Befindlichkeit Mitte der 50er Jahre. Selbst acht Jahre nach 1945 waren Trennungswände zwischen Ost und West spürbar und die Integration stand in den Sternen: "Wahre Bindungen und Wurzeln haben wir seit dem Verlust der Heimat nirgends finden und schlagen können." (8.2.1953)

Schwerpunkt der Aktivitäten außerhalb des Studierens blieb die Mitarbeit im World University Service. Am 9. Mai 1952 wurde ich in den Vorstand gewählt. Der Posten als stellvertretender Vorsitzender war mit den Studien in Einklang zu bringen, nicht jedoch die von Mitgliedern gewünschte Wahl zum ersten Vorsitzenden, zumal ich überdies dem "Bund demokratischer Studentenvereinigungen", einem überparteilichen Studentenverein, beigetreten war. Die Übernahme des Amtes im Vorstand, das neben organisatorischen Aufgaben wie Termin- und Programmgestaltung auch Beratungen zur Satzung und Geschäftsführung einschloß, trug zur Vertiefung der Menschenkenntnis bei: "Im Club muß man sich durchsetzen und seinem Wort Geltung und Gewicht verleihen. Die Mitarbeit in der studentischen Selbstverwaltung gibt einen Einblick in Händel und Gemauschel hinter den Kulissen. Man muß standhaft und energisch auftreten, sonst wird die Stimme nicht beachtet. Man lernt, nein sagen zu müssen." (23.5.1952) Mitglieder drängten mich zur Kandidatur für den Vorstand im Bund demokratischer Studentenvereinigungen: "Man sucht geeignete, zuverlässige Nachfolger, so daß keine extreme Richtung zum Zuge kommt, eine Gefahr, die bei den ganz jungen Leuten nicht von der Hand zu weisen ist." Doch die Vorstandspflichten beim WUS füllten mich aus. Die Vorbereitung und Durchführung von Zusammenkünften war zeitraubend. Am Ende der Amtszeit stand ich wieder mit beiden Beinen auf der Erde: "Jetzt verstehe ich den Stoßseufzer von Präsident Truman, als er aus der Schule plauderte: 'Es gibt zwei schöne Tage im Leben, einmal, wenn man ein Amt antritt und dann, wenn man es wieder abgibt'." (18.7.1952) Zudem vermittelten die Amtspflichten eine Vorstellung von der Bedeutung der Formalien und bestimmter Regularien für das Funktionieren einer Organisation. Die eigenen Erfahrungen bestätigten die Ergebnisse der Untersuchungen des Soziologen Robert Michels über das "eherne Gesetz der Oligarchie" in seinem Werk "Zur Soziologie des Parteiwesens in der modernen Demokratie". (1911)

Erwähnenswert ist eine Episode, die sich bei der Betreuung holländischer Gaststudenten zugetragen hat. Nach einer Diskussionsrunde verbrachten wir den Abend in einer typischen Studentenkneipe. Das heitere Zusammensein hatte für mich als zuständigen Ansprechpartner ein unliebsames Nachspiel. Das Amtsgericht in Marburg beschloß am 5.7.1952 eine Übertretungs-Strafanzeige, die mir zwei Monate später, am 10.9.1952, in Großrhüden ins Haus flatterte: "Der Beschuldigte hat am Freitag, d. 27.6.1952, gegen 0.45 Uhr in der Bahnhofstraße durch überlautes Singen ungebührlicherweise ruhestörenden Lärm erregt. Die Bewohner der Nachbarhäuser wurden dadurch erheblich in ihrer Nachtruhe gestört." Offenbar waren die Richter, die die Strenge des Gesetzes anwenden wollten, ihren eigenen Studentenzeiten weit entrückt: *"Die Studenten sind ein närrisches Volk, dem man nicht feind sein kann."* Unter Hinweis auf meine delikate Rolle als Gastgeber, dem es nicht zustand, der feuchtfröhlichen Stimmung der holländischen Kommilitonen Einhalt zu gebieten, der aber gleichzeitig die Mitverantwortung für den Ablauf des Abends übernahm, wurde dem Einspruch gegen diese richterliche Strafverfügung, die eine "Geldstrafe von 10,- DM, ersatzweise eine Haftstrafe von 2 Tagen" vorsah, stattgegeben. Das Gericht stellte die Verfolgung der Angelegenheit, ohne daß mir eine Begründung zuging, ein, vielleicht, weil es stillschweigend zur Einsicht gelangte: *"Wenn ihr das Leben gar zu ernsthaft nehmt, was ist denn dran?"*

Meine seit den Kindheitstagen ausgeprägten Interessen für Politik im engeren und weiteren Sinne, für den politischen Prozeß im parlamentarischen System, für nationale Vorgänge und internationale Beziehungen, riefen den Wunsch wach, die theoretischen Fundamente demokratischer Ordnungen und totalitärer Herrschaftsstrukturen rational zu erfassen und zu begreifen. Mir lag daran, dem mitunter unreflektierten und abschüssigen Niveau von Stammtischpolitikern und Politikastern argumentativ zu begegnen, die in der Tagespolitik wie übrigens auch in der Pädagogik ihre emotional abgeleiteten Ansichten zum alleinigen und einzigen Maßstab für Urteile über komplizierte Sachverhalte erheben. So wandte ich mich der Politikwissenschaft zu, einer Fachrichtung, bei der die enge Verzahnung zur Geschichte evident ist. Infolgedessen belegte ich seit dem zweiten Semester Vorlesungen und Seminare in Politik, zunächst in Marburg bei dem bekannten Politologen Wolfgang Abendroth, mit dem mich allerdings keine ideologische Gemeinsamkeit verband und dessen marxistische Ausrichtung seiner Lehre ihre Wirkung verfehlte.

Unter der Leitung von Wolfgang Abendroth - im Dritten Reich des Hochverrats bezichtigt und jahrelang im Zuchthaus und Strafbatallion - unternahm das politische Seminar im Februar 1952 eine Exkursion nach Frankfurt/M, Wiesbaden und Limburg. In Frankfurt/M lernten wir die Redaktionen der Frankfurter Allgemeinen Zeitung und der Frankfurter Rundschau kennen. In Wiesbaden stand ein Landtagsbesuch, eine Diskussion mit Abgeordneten und ein Gespräch mit dem moderaten Kultusminister Ludwig Metzger auf dem Programm. In Limburg erläuterten bischöfliche Würdenträger die Organisation der katholischen Kirche. Insgesamt erschien mir die Exkursion, die einen Einblick in das Pressewesen, den Handlungsspielraum von Legislative und Exekutive im föderalen System der Bundesrepublik und in den Aufbau eines einflußreichen Verbandes vermitteln sollte, instruktiv und lohnend.

Eine ähnlich informative Studienreise führte mich nach Paris, wo ich auf den schon damals angesehenen Gelehrten am Pariser Institut für politische Wissenschaften, Professor Alfred Grosser, ein Herr von Stil und Anstand, stieß. Der Politologe und Publizist, dessen Buch "Mein Deutschland" (1993) die Kontinuität seines Denkens bezeugt, hat seit Kriegsende die französischen Landsleute zur Verständigung und Versöhnung mit Deutschland aufgerufen. Die Studienfahrt, von der evangelischen Studentengemeinde in Marburg initiiert, dauerte vom 3. bis 9. Juni 1952. In dem Reisebericht vom 10. Juni 1952 steht u.a.: "In der Nähe von Pigalle blieben wir zwei Nächte. Drei Betten standen übereinander und 60 Studenten schliefen in einem Raum. Die hygienischen Verhältnisse waren dürftig. Die Deutschen sind bei den Gefolgsleuten der kommunistischen Partei ebenso unbeliebt wie die Amerikaner. In der Metro durchbohrten sie uns, wenn wir als Deutsche erkannt wurden, mit kaltem Blick und um eine Auskunft befragt, hüllten sie sich in Schweigen. Erfuhren Passanten meine Nationalität, war die Resonanz im allgemeinen nicht so freundlich wie in England. Aber ich war zu allen verbindlich, denn die Franzosen haben in dem Krieg auch gelitten. Man muß Rücksicht nehmen und Geduld aufbringen. Die deutsch-französische Verständigung benötigt Ausdauer und ist eines der schwierigsten Probleme der Gegenwart. Beeindruckend war die Begegnung mit dem jugendlichen Professor Alfred Grosser, der keiner innen- oder außenpolitischen Frage auswich. Seine Sachkenntnisse machten die Teilnehmer sprachlos. Der französische Germanist war selbst mit Einzelheiten der deutschen Innenpolitik bis ins Detail vertraut. Er warb für den deutsch-französischen Ausgleich, ein vortrefflicher Mensch. Alles zusammen hat mich die Reise nach Paris, die mir sehr gefallen hat, 70,- DM (Fahrkosten 25,- DM, Unterbringung 15,- DM) gekostet."

Unterdessen machte ich meinen Eltern den Vorschlag, einen englischen Germanistik-Studenten aus Cambridge im Rahmen eines Austauschprogrammes für sechs Wochen bei uns zu Hause aufzunehmen. Eine entsprechende Gegeneinladung war vorgesehen. Da meine Eltern keine Einwände erhoben, weilte in der Zeit vom 15.3.-1.5.1952 Richard H., ein höflicher und aufgeweckter Student aus Plymouth, bei uns als Gast in Großrhüden. Im Gegenzug verbrachte ich einen Teil der

Sommerferien 1953 in seinem Elternhaus in der Stadt, von der 1620 die Pilgerväter mit der "Mayflower" die Überfahrt in die Neue Welt antraten und New Plymouth gründeten.

In der Zwischenzeit ließ ich mir den weiteren Studienablauf durch den Kopf gehen. Um einen Studienaufenthalt in den USA hatte ich mich 1951 erneut vergeblich bemüht. Die Zahl der Bewerber war wiederum so groß, daß ich nicht zum Zuge kam. Dagegen bereitete ein Universitätswechsel im Inland keine grundsätzlichen Schwierigkeiten. Das Für und Wider eines Orts- und Stellungswechsels mußte bedacht werden. Da waren einerseits die beharrenden Momente. Der übersichtlichen und liebenswerten Universitätsstadt Marburg war nicht leichten Herzens Adieu zu sagen. Für den Freundes- und Bekanntenkreis würde im großen und ganzen die Lebensregel zutreffen: *"Aus den Augen, aus dem Sinn."* Über der eben bezogenen Studentenbude stand das Motto: "My home is my castle". Die Universität war zum festen Standbein geworden: "Der Assistent des historischen Seminars möchte mir die Leitung der Historikergemeinschaft übertragen, wenn ich hier bliebe. Mit Marburg bin ich schon richtig verwachsen." (4.7.1952) In Briefen klingt wiederholt meine Sympathie für die mir nahestehenden Menschen, die Alma Mater und die Stadt an, "denn Marburg war zu schön." Last but not least hatten meine lieben Tanten mir das Einleben und Eingewöhnen erleichtert. Sie gaben mir Starthilfe, machten dankbare Zuwendungen, luden mich sonntags zum Mittag, zu Kaffee und Kuchen ein und brachten reparaturbedürftige Kleidung wieder in Schuß. Anderwärts würde keine fürsorgliche Verwandtschaft im Bedarfsfall Schützenhilfe leisten. Sich der Forderung des Tages zu stellen, war in Marburg leichter zu handhaben als sich allein im Strom der Welt zu behaupten. Sprachen nicht all diese Faktoren als Pluspunkte für ein Verbleiben? Oder sollte ich trotzdem den Sprung wagen?

Die vorherrschenden Überlegungen sind auf einen Nenner zu bringen: Ich wollte mich nicht mehr in ausgefahrenen Gleisen bewegen, sondern mir den Wind um die Nase wehen lassen! Mich reizte die Herausforderung, eine andere Universität mit neuen Dozenten, die unter Umständen andere Lehrmeinungen vertraten, zu erleben. Der Studienweg sollte sich zu keiner geistigen Einbahnstraße mit Scheuklappen auswachsen. Mir ging es darum, die Schaubühne des Lebens und einen möglichst großen Teil der geistigen Verkehrsströme zu erkunden - Haupt-, Neben- und Seitenstraßen, die neuartige Ausblicke eröffneten. Würde ein Orts- und Stellungswechsel nicht auch den Lernprozeß von "trial and error" beeinflussen? *"Nicht immer tun dieselben Sachen dieselben Wirkungen; die Veränderungen der Lagen und Umstände verwandeln einen Gegenstand oft ganz und gar."* Es drängt sich die poetische Komposition des amerikanischen Literaten Robert Frost auf, der in seinem Gedicht *"The Road Not Taken"* für eine solche Entscheidungssituation - allerdings vor einem düsteren Hintergrund - stimmige Verse geschmiedet hat:

> *"Two roads diverged in a yellow wood,*
> *And sorry I could not travel both*
> *And be one traveller, long I stood*
> *And looked down one as far as I could*
> *To where it bent in the undergrowth;*
> *Then took the other, as just as fair,*
> *And having perhaps the better claim,*
> *Because it was grassy and wanted wear...*
> *I took the one less travelled by,*
> *And that has made all the difference."*

Nach reiflicher Abwägung der Vor- und Nachteile eines Ortswechsels waren die Ampeln auf grün geschaltet. Zu den Universitäten, denen meine Bewerbung zuging, gehörten Hamburg, Bonn, Mainz, Heidelberg, vorzugsweise München. Zogen mich das kulturelle Zentrum Süddeutschlands, die Nähe zu den Alpen oder die Universität, an der einst die im Widerstand tätigen Geschwister Scholl studierten, in die bayerische Landeshauptstadt?

## 2. Ludwig-Maximilians-Universität München

*"München leuchtete"*

Unter diesem Leitmotiv, der Einleitung einer frühen Novelle von Thomas Mann, lasse ich das Wintersemester 1952/53 in München Revue passieren. Am 10.11.1952 erfolgte die Immatrikulation an der Ludwig-Maximilians-Universität. Im Vergleich zu der verhältnismäßig kleinen Marburger Universität herrschte an der Münchener Hochschule mit einer hohen Studentenzahl Massenbetrieb. Warteschlangen vor jedem Amt, bei jeder Anmeldung, und nicht selten war das stundenlange Anstehen vergeblich. Damit einher ging eine gewisse Anonymität. Das Gedränge in den Hörsälen und das Gewimmel in einem Labyrinth von Gängen und Fluren konnten die Neuankömmlinge verunsichern. Die stattliche Schar honoriger Ordinarien und Dozenten mit einer Legion von Hilfskräften in den heiligen Hallen der Alma Mater hob sich deutlich von den teilweise umhergeisternden Studenten ab. Anfänglich kam ich mir mutterseelenallein vor. Allseits böhmische Dörfer! Nach einem Orientierungslauf von etwa zwei Wochen spürte ich festeren Boden unter den Füßen: "Langsam lebe ich mich in München ein und fühle mich schon recht wohl. Man muß mit den neuen Gewohnheiten und Sitten vertraut werden." (15.11.1952)

Die Umstellung bezog sich auf die Lehrinhalte, Lehrmethoden und den Lehrbetrieb, der sogleich auf Hochtouren lief. Gerade einmal fiel eine Vorlesung für den Einführungsgottesdienst aus. Leerlauf schien ein Fremdwort zu sein. In den historischen Seminaren hagelte es von hintergründigen und geistesgeschichtlichen Referaten. Berühmtheiten und Fachgrößen, die ich bisher aus der Literatur kannte, zierten den Nimbus der Universität. Tief eingeprägt hat sich mir die Begegnung mit einem Nestor der Geschichtswissenschaft, Franz Schnabel, dessen "Deutsche Geschichte im 19. Jahrhundert" zu den Standardwerken der Zunft zählt. Lächelnd riet mir der gütige Professor von der Teilnahme an seinem Seminar ab. Ich sei ein Anfänger und müßte zuerst die süddeutsche Großstadt und den Starnberger See kennenlernen! Die anglistische Fakultät glänzte mit dem jugendlichen und wortgewandten Shakespeare-Forscher, Wolfgang Clemen, der die Blicke insbesondere der Studentinnen auf sich lenkte. Wer ihm - im Examen einer der strengsten Prüfer - zuhörte, litt nicht unter Ermüdungserscheinungen. Bei seinen Vorlesungen und Seminaren - jede Stunde war ein literarischer und sprachlicher Hochgenuß - spitzten die Anglisten die Ohren.

Offensichtlich sollten die Studenten, indem die Zügel straff angezogen wurden, erfahren, was die Glocke geschlagen hat. Ich ahnte etwas von der Kärrnerarbeit in der Endphase des Studiums. Gleichwohl waren die Münchener Impressionen durchweg positiv: "Der Wechsel der Universität gab neuen Schwung. Der Horizont erweitert sich um ein beträchtliches Stück. Andere Denkweisen lassen manche Probleme in einem veränderten Licht erscheinen." (6.11.1952) Noch war es ein Präludium, weg vom Beginn, als das Studium heiter und mit Leichtigkeit betrieben werden konnte. Indes waren die Vorboten für die nachfolgenden Semester, in denen es galt, ernst und fleißig zu studieren, unübersehbar. Die frische Brise, die die Fachsimpelei anstieß und dem Studium Schubkraft verlieh, trieb die Aneignung notwendiger Wissensgebiete voran. Mithin war das Intermezzo in München ein Gewinn: "Eigentlich ist hier die methodische Schulung weit besser als in Marburg, dazu Schaffenslust weit und breit. Ich habe in der kurzen Zeit in Englisch mindestens ebensoviel profitiert wie in den drei Marburger Semestern. Man arbeitet ziemlich hart, und es wird viel verlangt." (27.11.1952) Zu den turmhohen Anforderungen paßte die überdurchschnittliche Durchfallquote in Englisch. 60% der Examenskandidaten scheiterten. Sogar den Optimisten schwammen die Felle weg.

Unter dem Eindruck dieses Fiaskos geriet die Freizeitgestaltung zugunsten des Lernens ins Hintertreffen. Eine Mitarbeit oder Mitgliedschaft in einer Vereinigung war kein Thema. Vereinsmeierei oder ein Engagement lohnte sich ohnehin nicht, weil München wegen der großen Entfernung zum elterlichen Wohnsitz nur als Übergangssemester eingeplant war. Trotzdem wurde aus mir kein Stubenhocker, denn ich war kein Kind von Traurigkeit. Die sinnenfrohe Kunst in der Weltstadt mit Herz sollte mir nicht entgehen. Eine breit gefächerte Auswahl von Bühnenstücken mit unterschiedlichem Genre, ob klassische oder moderne Werke, füllte die Theaterprogramme. Die virtuosen Darbietungen in den Musentempeln mit namhaften Künstlern waren Augenweide und Ohrenschmaus. Soweit Muße und Finanzen reichten, ergözte ich mich an zugefrorenen Seen und an der verschneiten Bergwelt der Umgebung. Im Februar 1953 rauschten die närrischen Tage des Münchener Faschings und amüsante Fakultätsfeste nicht an mir vorbei. Den Kontrast bildete das unpassende Untermietzimmer, das ein böser Reinfall war.

Obwohl das Ausgleichsamt der Stadt München mir als Heimatvertriebenen eine Berufsförderungshilfe von monatlich 30,-DM zum Lebensunterhalt zubilligte, sollten die Ausgaben durch ein Doppelzimmer gedrosselt werden. Von der Marburger Schloßtreppe 1 kam ich in der Münchener Echinger Landstraße 7d vom Regen in die Traufe, eigentlich in des Teufels Küche. Im Gegensatz zu den freundlichen Wirtsleuten stellte sich der Mitbewohner als Rabauke und Windhund heraus. Seine Unehrlichkeit und Rücksichtslosigkeit, sein lockerer Lebenswandel mit nächtlichem Besuch waren nicht nur ärgerlich und lästig, sondern stifteten Unfrieden. Die Wohnungsinhaber konnten ihn nicht loswerden. Der Mini-Raum, durch den Wohnbereich der Familie zugänglich, in dem Tag und Nacht ein Wachhund auf der Lauer lag, war ein düsteres Hinterstübchen. In Ermangelung eines Platzes für einen eigenen Tisch und Stuhl war Schreibtischarbeit lediglich bei Abwesenheit des unausstehlichen Mitmieters möglich. Das zwangsweise Zusammensein mit dem "gefährlichen und unverschämten Flegel" (16.2.1953) gab mir einen Denkzettel. Seither waren Doppelzimmer für mich tabu.

Andererseits konnte die Rüpelhaftigkeit des unsozialen Burschen, der sich überdies an meinem Eigentum vergriff, die Bilanz der Studien in der bayerischen Metropole nicht trüben: "München hat mir einen unschätzbaren Dienst erwiesen, mit vielen praktischen Hinweisen und Anleitungen. Das hat mir Marburg nicht geboten. Ein Wechsel der Universität ist in jedem Fall nützlich und produktiv. Neue Gedanken, ganz andere Aspekte treten auf, und all das trägt zur Offenheit gegenüber Problemen der Wissenschaft und des Lebens bei." (5.2.1953)

## 3. Johann Wolfgang Goethe-Universität

**Frankfurt a.M.**

*"In medias res"*

Warum folgte auf Isar-Athen die Goethestadt? Die Mainmetropole hatte bereits in der Seesener Schulzeit meine Aufmerksamkeit geweckt. Im Juli 1948 übergaben die alliierten Militärgouverneure den Ministerpräsidenten der westlichen Besatzungszonen die "Frankfurter Dokumente", in denen sie ihre Vorstellungen über die zukünftige Deutschlandpolitik niederlegten. Anno dazumal war Frankfurt als vorläufige Hauptstadt für das Provisorium Bundesrepublik Deutschland im Gespräch. Ferner schickte sich Frankfurt durch die Öffnung der Pforten für die Buchmesse an, führende Bücherstadt des deutschen Buchwesens zu werden. In der mittelalterlichen und neueren Geschichte stieß ich wiederholt auf die Geburtsstadt des Leseklassikers unter den deutschen Dichtern. Jahrhundertelang wurde die Krönung deutscher Kaiser statt zu Aachen in der Regel am Wahlort zu Frankfurt vorgenommen. Frankfurt gehörte zu den reichsunmittelbaren Städten, die nach dem Reichsdeputationshauptschluß von 1803, der die Auflösung des Deutschen Reiches des Mittelalters beschleunigte, nicht mediatisiert wurden, sondern autonom blieben. Die ehemalige freie Reichsstadt war in der Zeit des Deutschen Bundes von 1815 bis 1866 Sitz des Bundestages, ein ständiger Gesandtenkongreß von 39 souveränen Bundesstaaten unter österreichischem Vorsitz. 1848/49 wurde Frankfurt Tagungsort des Deutschen Vorparlamentes und der deutschen Nationalversammlung, die mit der Reichsverfassung von 1849 zum ersten Mal in der deutschen Geschichte Grundrechte verkündete. Nicht zufällig bezeichnete der amerikanische Präsident John F. Kennedy bei seinem Besuch in Frankfurt am 25.6.1963 die Paulskirche als "Die Wiege der deutschen Demokratie".

Von all den erlauchten Geistern, die die Vorzüge Frankfurts verherrlicht oder auch verklärt haben, ob Ulrich von Hutten, Freiherr vom und zum Stein, Johann Wolfgang von Goethe, Arthur Schopenhauer, Victor Hugo, Jacob Burckhardt, Ricarda Huch, um nur einige zu nennen, erscheint die Lobrede von Alfons Pacquet (1939) am zeitgemäßesten: "Seit fünf Jahrhunderten ist Frankfurt unter den Städten Deutschlands an Umfang immer die siebente gewesen, zugleich aber auch in diesem Rang die beständigste im Unbestand und Wechsel der andern. Ist sie die heimliche Hauptstadt Deutschlands, seine Mitte im philosophischen Sinne, goldene Ader Mediocritas im politischen Glück und Unglück? Diese Stadt war, was sie als Verkehrsstadt heute noch ist, schon vor einem Jahrtausend; sie ist, in sichtbaren und unsichtbaren Dingen, unter den motivierten Städten Europas eine der motiviertesten. Es gibt ein anderes Frankfurt im Osten Deutschlands, es gibt in den Vereinigten Staaten sechs Städte, die den Namen Frankfurt angenommen haben, keine ist so lebendig, so Gleichgewicht, Gestalt und Weltbeziehung wie die mütterliche Stadt an dem glänzenden Weg zwischen den beiden Hauptströmen." Konnte ein Student der Historik den Ruf Frankfurts überhören? Würde ich den Glanz und die Aura der traditionsreichen und geschichtsträchtigen Stadt am Main, die acht Jahre nach Kriegsende noch sichtbar an den tiefen Wunden litt, die ihr Luftangriffe geschlagen hatten, zu spüren bekommen?

Unter dem Rektorat von Professor Max Horkheimer bin ich am 11. Mai 1953 "als Studierender der Philosophischen Fakultät an der Johann Wolfgang Goethe-Universität aufgenommen und feierlich verpflichtet worden." Vor der Immatrikulation war die Frage der Unterkunft gelöst. Nach der mir vom Studentenwerk genannten Anschrift stellte ich mich der Hauseigentümerin, der verwitweten Luise D. in Frankfurt-Sachsenhausen, Wallstraße 22, vor. Als idealer Untermieter schwebte Frau D. ein Student der Altphilologie vor. Nach ihrer Mutmaßung zählten zu dieser Fakultät nur solide und seriöse Studiosi. Als sie von meiner Fachrichtung erfuhr, machte sie große Augen, musterte mich, und nach kurzem Zögern war der Student der Neuphilologie akzeptiert.

Mit dem Einzelzimmer für monatlich 45,- DM, Teil des Wohnbereichs von Frau D., ging ein Wunschtraum in Erfüllung. Beiwerk des Raumes, der Behaglichkeit ausströmte, war die für einen Studenten komfortable Ausstattung: Eine Couch, ein Kleider- und Bücherschrank, ein antiker Schreibtisch, eine Stehlampe und zwei

Stühle. In der Folgezeit ließ es sich Frau D. angelegen sein, die Wohnlichkeit, ob durch formschöne Decken, Läufer oder einen Fenstervorhang, der die Zugluft unterbinden sollte, zu verbessern. Über einen Haken war hinwegzusehen. Wie oft in Häusern aus der wilhelminischen Ära, fehlte ein Bad. Als Ersatz fand sich eine Waschgelegenheit in der Küche. Der Blick aus dem Fenster fiel auf einen vom Bombenhagel aufgeworfenen Trümmerhaufen, auf ein Häusermeer mit Wäscheleinen, Gassen mit vereinzelten Bäumen, die von einer Kirchturmsspitze überragt wurden. Zum Familieneigentum gehörte ein Lichtspieltheater, das mit seinem rechteckigen Bau die Hinteransicht einschränkte.

Frau D., deren einzige Tochter am Ende des Krieges aus Mangel an notwendigen Medikamenten ihr junges Leben lassen mußte, kümmerte sich uneigennützig um ihre Angehörigen. Dazu zählten Schwester P. und deren Sohn mit Frau und Kind. Ein fester Zusammenhalt prägte die verwandtschaftlichen Verhältnisse. Mich als weiteres Familienmitglied zu betrachten, harmonierte mit dem Menschenbild meiner Wirtin. Ich sollte nicht ohne Anschluß sein und im Abseits stehen. Daher war ich häufig Gast bei Familienfeiern. Mit heller Begeisterung führten mich die alteingesessenen und vom Lokalpatriotismus durchdrungenen Sachsenhäuser in die stimmungsfrohen Äppelwoi-Lokale ein. Frau D., im Freundeskreis Lulu genannt, bedachte mich mit Zuwendungen zum Geburtstag oder nach der Rückkehr von einer Heimfahrt. Verschiedentlich platzte die "Vizemutti", wie sie sich bezeichnete, in mein Zimmer, um mir ein Glas Wein zur Ablenkung von der grauen Theorie zu kredenzen. An frostigen Wintertagen reichte sie ein Glas Tee mit Rum herein, um Erkältungskrankheiten prophylaktisch zu behandeln. Ihre Passion, Mitmenschen ohne Aufhebens eine Freude zu bereiten, hielt sie davon fern, sich in ihren Kummer über den früh verstorbenen Mann und die verlorene Tochter einzugraben. Durch ihre gleichbleibende, liebenswürdige und humorvolle Art flogen Lulu D., einer urwüchsigen und waschechten Frankfurterin und Sachsenhäuserin, alle Herzen zu. Die gutgemeinten Plauderstündchen bei einem Dämmerschoppen zur Zerstreuung kamen mir hingegen vor der Abgabe termingebundener Arbeiten und in der Prüfungsphase in die Quere. Anstalten, der Familie die Einsicht zu vermitteln, daß für einen fortgeschrittenen Studenten das Wort "business before pleasure" gilt, verliefen zumeist im Sande. Dessenungeachtet bot mir die Wallstraße in den Jahren, als das Studium peu à peu zur Neige ging, ein trauliches Heim.

Kaum hatte ich mich in Frankfurt eingerichtet, erschütterte ein politisches Erdbeben Deutschland und die Welt. Am 17. Juni 1953 kam es in Ostberlin und in der Ostzone, die unter der sowjetischen Knute seufzte, zu einem gewaltsamen Aufbegehren gegen den "Arbeiter- und Bauernstaat": "Der Aufstand ist wohl das wichtigste Geschehen seit langem. Das Extrablatt meldete, daß ein Westberliner im Ostteil der Stadt standrechtlich erschossen wurde. Die Unruhen rütteln den Westen wach und machen klar, daß es Menschen mit einem ungebrochenen Freiheitswillen gibt. Es ist ein historisches Ereignis, daß in einem totalitären Staat, ohne durch kriegerische Begebenheiten veranlaßt, ein Aufstand gewagt wird. Das wird nicht ohne Folgen bleiben. Der Westen müßte aktiv werden und die Chance richtig nutzen. Allerdings darf man auch nicht mit dem Feuer spielen. Im Fernsehfunk sah ich gestern, wie die Fahne vom Brandenburger Tor gezerrt wurde und sowjetische Panzer gegen die Bevölkerung anrückten. Bilder von Berlin, ähnlich wie im Mai 1945. Was müssen die Menschen dort aushalten und über sich ergehen lassen." (18.6.1953) Die blutigen Unruhen hielten die Weltöffentlichkeit tagelang in Atem: "Die Berliner und die Ostzone kann man bewundern. Daran dachte ich nicht, daß ein Volksaufstand ausbrechen kann, unter den erschwerten Umständen in der Geschichte wohl einmalig." (23.6.1953)

Parallel zu den besorgniserregenden Vorgängen jenseits des Eisernen Vorhanges nahm die Welt an einer frohen Begebenheit Anteil, der glanzvollen Krönung von Elisabeth II. am 2. Juni 1953 in London. Der Prunk und Pomp bei der Krönungszeremonie - Höhepunkt monarchischer Prachtentfaltung - zog nicht nur englische Royalisten an: "Der Fernsehfunk übermittelte wichtige Ausschnitte der Krönung. Trotz meiner republikanischen Einstellung hat mich das ganze Geschehen beeindruckt. Professor Spira, Lehrstuhlinhaber für Anglistik, widmete seine Vorlesung der Bedeutung der Monarchie für die englische Verfassungsgeschichte. Passanten in den Straßen verfolgten gespannt den feierlichen Aufzug. Vor den Rundfunkgeschäften standen Trauben von Menschen, die das seltene Geschehnis nicht versäumen wollten." (4.6.1953) Als noble Geste empfanden wir Anglisten die Botschaft der jungen, soeben gekrönten Monarchin: "Königin Elisabeth hat bestimmt, daß der Erlös aus der Weinversteigerung, den Professor Spira im Namen der Mitglieder des Seminars dem englischen Generalkonsul anläßlich der Krönung überreichte, Flüchtlingskindern in Hessen zugute kommen soll." (18.6.1953)

Als "kontaktfreudiges Wesen", wie mich zu Olims Zeiten der Spezialist für Grammatik und Phonetik, Professor Mutschmann, vor versammeltem Auditorium in Marburg wegen meines kräftigen Händedruckes titulierte, suchte ich gleichgesinnte Menschen, mit denen man "lachende Stunden verbringen kann." (4.6.1954) Die Brücke zur Geselligkeit bildeten die mir aus den Marburger Tagen bekannten Organisationen: Der Internationale Studentenklub und die Gemeinschaft demokratischer Studenten (GDS). Der GDS entsprach der beinahe gleichnamigen Marburger Vereinigung: "Das ist eine überparteiliche Gemeinschaft, die parteipolitische Gegensätze ausgleichen und überwinden will." (2.7.1953) Eingedenk der Weisheit von Präsident Truman über das Janusgesicht von Wahlämtern stand ich wiederum vor einer Kandidatur bei Vorstandswahlen: "... solche Posten bringen einen charakterlich weiter und sind persönlichkeitsbildend." (25.6.1953) Die tätige Mitwirkung stieß bei manchen Aktionen auf leise Vorbehalte: "Gestern und vorgestern habe ich je zwei Stunden mit der Büchse in der Hand für Menschen in der sowjetischen Besatzungszone Spenden gesammelt. Da war ein Auge bei der Prozedur zuzudrücken, denn das 'Betteln' liegt mir nicht. Die Idee ging vom GDS aus, so daß man sich nicht ausschließen konnte." (11.12.1953)

Im Juni 1953 unternahm die GDS eine zweitägige Exkursion zur Dienststelle Blank nach Bonn. Den Sozialpolitiker und Gewerkschafter Blank hatte Bundeskanzler Adenauer zu seinem Beauftragten für die Vorbereitungen zur Errichtung einer westdeutschen Armee berufen. Ein Referent erläuterte vor dem Hintergrund der deutschen Geschichte die Problematik der Wiederbewaffnung, den geplanten Aufbau und die Gliederung der künftigen Streitkräfte, von Nutzen für ungediente Weiße Jahrgänge, d.h. für einen Personenkreis, der auf Grund des jeweiligen Alters nicht der Wehrpflicht, weder bei der Wehrmacht, noch bei der Bundeswehr unterlag.

Ein anderer Anziehungspunkt waren Podiumsdiskussionen, bei denen politische Tagesfragen nicht dilettantisch, sondern sachkundig auf abstrakter Ebene behandelt wurden. Neben wortgewandten Rhetorikern kreuzten Fachleute von Rang und Namen die Klingen. Vorträge und Streitgespräche gaben Anregungen und Denkanstöße: Wortgefechte über Wahlsysteme zwischen Leibholz, Jellinek und Dolf Sternberger, Auseinandersetzungen mit den sozialpolitischen Thesen von Franz Böhm, einem führenden Wirtschaftstheoretiker, die Marathonreden von Wolfgang Leonhard, der der leninistischen Sowjetideologie abgeschworen hatte, die populärwissenschaftlichen Ausführungen von Paul Schmidt, dem früheren Chefdolmetscher Hitlers, der über seine Tage im Führerhauptquartier berichtete: "Interessant, aber nicht umwerfend, diesen Mann zu sehen und zu hören." (31.5.1954)

Mit den Erfahrungen von Marburg und München ließ sich der Zeitraum der Eingewöhnungsphase abkürzen: "Den Entschluß, nach Frankfurt zu wechseln, war kein Fehler. Ich habe mich akklimatisiert, bin in meinem Element, und mein Bekanntenkreis nimmt allmählich engere Formen an. In der Gemeinschaft von Leuten mit gleicher Wellenlänge fühle ich mich immer wohl." (16.6.1953)

Private Zusammenkünfte bei Professoren stellten eine Seltenheit dar. Eine Ausnahme machte der Ordinarius für mittelalterliche Geschichte Professor Dr. Paul Kirn. Der ältere Herr, der an einer Kriegsverletzung litt und gehbehindert war, lud von Zeit zu Zeit Studierende aus seinem Seminar in seine Wohnung nahe der Universität ein: "Zwei Kommilitonen, eine Kommilitonin und ich waren seine Gäste. Als Junggeselle ist er in der Haushaltsführung etwas unbeholfen. Daher bereiteten die Studentin und ich belegte Brote zum Abendessen vor. Anschließend führten wir bei einer Flasche Wein eine angeregte Unterhaltung. Professor Kirn zeigte uns das Haus, das wie eine Bibliothek aussieht. Dabei erzählte er aus seinem Leben, vor allem aus seiner Soldatenzeit während des Krieges. Wir blieben von 19.00 Uhr bis 23.30 Uhr." (6.12.1953) In seinen Seminaren, die sich vornehmlich der Quellenkunde widmeten, wurden mittelalterliche Urkunden mühselig aus dem Lateinischen übersetzt und interpretiert. Paul Kirn, ein sorgfältiger Materialsammler und genauer Kenner der

Details von Randgebieten, legte nicht so viel Gewicht auf eine übersichtliche Linienführung.

Der gesellige Anschluß darf nicht darüber hinwegtäuschen, daß die Freizeit-Aktivitäten vermehrt zurückstehen mußten. Der lebensfrohe Abschnitt des studentischen Daseins machte der gründlichen Studierphase Platz: "Jetzt gilt es, die Zeit praktisch und zweckmäßig einzuteilen. Tagsüber ist mein Platz in der Uni. Das verstärkte Arbeitsprogramm hat seinen Grund in den neuen Professoren, die man kennenlernen muß. Wegen des anwachsenden Pensums üben Nebenämter, auch bei der GDS, keinen Reiz mehr auf mich aus." (7.11.1953) Im Hinblick auf den heranreifenden Abschluß des Studiums war es an der Zeit, das Terrain in Geschichte, Englisch und Politikwissenschaft - Latein war wegen der Stoffülle seit München in der Versenkung verschwunden - zu orten. Mit welchen Dozenten bestand eine Geistesverwandtschaft, und welche Fachgebiete eigneten sich als schriftliche Prüfungsgegenstände? Die sachlichen und personellen Sondierungen zogen sich in die Länge, denn gut Ding will Weile haben.

Mit der Aufnahme in die Hauptseminare bot sich die Gelegenheit, mit den Professoren warm zu werden. Die Teilnehmerzahl belief sich auf durchschnittlich siebzig Studenten(innen). Bei der Vergabe von Referaten wurden maximal zwanzig Studierende berücksichtigt. Einige Kommilitonen, die bei der Verteilung der Themen leer ausgingen, gerieten in Versuchung, das Große Los gezogen zu haben. Nicht jeder schaffte es, die Einsicht *"wer sich selbst überwindet, der gewinnt"*, zu verinnerlichen: "... sich zu drücken hat gar keinen Zweck, da schadet man sich nur selbst. Es liegt im eigenen Interesse, vorwärts zu kommen. Wer hat nicht schriftliche Ausarbeitungen in den Sand gesetzt? Man muß Rückschläge hinnehmen. Nicht jedes Unternehmen ist von Erfolg gekrönt. Doch eine Krise sollte zu einer Aufwärtsentwicklung hinführen". Langfristig förderte die kritische Auseinandersetzung mit eigenen und fremden Elaboraten die wissenschaftliche Betrachtungsweise: "Die Referate lehren, wie in manchen Bereichen der Kenntnisstand in der Luft hängt und wie vorsichtig man bei historischen Urteilen sein muß." (21.5.1954)

Überlaufen waren die Vorlesungen und Seminare bei Carlo Schmid, neben Konrad Adenauer, Theodor Heuß und Kurt Schumacher, einer der anerkanntesten und populärsten Politiker der Nachkriegszeit. Der politisch denkende Jurist Schmid, einer der Väter des Grundgesetzes, der dem konstruktiven Mißtrauensvotum gegen den Bundeskanzler nach Art. 67 GG zum Durchbruch verhalf, war Inhaber des Lehrstuhls Politikwissenschaft an der Frankfurter Universität. Der hochgebildete Humanist und Kenner der Antike wurde zu einem geistigen Magneten für Studenten(innen) aller Fakultäten. Er schöpfte aus dem Schatz eines reichen Wissens, das kraft seiner Sprachmächtigkeit in geschliffenen und mitreißenden Formulierungen zur Wirkung kam: "Carlo sprach gestern über die Reichs- und Kaiseridee im Mittelalter. Seine Darlegungen fesseln und sind instruktiv. Er zeigt die großen Linien auf und besitzt die Gabe, abstrakte Vorgänge anschaulich zu präsentieren." (16.1.1955) In gut besetzten Hörsälen beeindruckte der nicht von der Realität abgehobene Intellektuelle die Zuhörerschaft, die ihm mucksmäuschenstill lauschte, nicht nur mit tiefschürfenden Analysen ideengeschichtlicher Zusammenhänge und einer systematischen Wissenschaftstheorie, sondern auch mit Zitaten aus André Malraux "Antimemoiren" oder Dantes "Göttlicher Komödie". Mit dem Plädoyer für eine Eliteförderung im Bildungswesen schaffte er sich bei seinen stärker dem Gleichheitsprinzip zugewandten Genossen keine Sympathie. Sozialdemokratischen Parteifreunden, die sich von dem klassischen Bildungsgut lösten, stand er fern. Charakteristisch für sein traditionelles Bildungsverständnis war die Reaktion auf ein seinem Urteil nach mißratenes Referat eines Kommilitonen. Auf den Hinweis - im Anschluß an eine Seminarübung -, daß es sich bei dem Pechvogel um ein Mitglied seiner Partei handelte, gab der Professor für Staats- und Völkerrecht und schlagfertige Vizepräsident des Bundestages lakonisch zurück: "Umso schlimmer!" Die eloquent und temperamentvoll gehaltenen Vorlesungen, die lehrreichen Seminare und leicht ironischen Kommentare über Zusammenkünfte mit in- und ausländischen Größen der Zeit - Carlo Schmid begleitete als Repräsentant der sozialdemokratischen Opposition Bundeskanzler Adenauer im September 1955 zu den Verhandlungen nach Moskau über die Freilassung der letzten (?) 10 000 deutschen Kriegsgefangenen aus sowjetischen Lagern - sowie seine aktuellen Informationen nach einer Woche (partei)politischer Verpflichtungen in Bonn gehören zu den unvergeßlichen und nachhaltigen

Impressionen meiner Studienjahre.

Zu den bleibenden Erinnerungen an Veranstaltungen durch das politische Institut zählt die Begegnung mit George F. Kennan, dem ehemaligen Planungschef des State Department. George Kennan, dessen Memoiren eine wichtige Quelle zur Geschichte der Diplomatie des 20. Jahrhunderts darstellen, ist einer der profiliertesten Persönlichkeiten der amerikanischen Diplomatie. Zur Zeit der Weimarer Republik war er im diplomatischen Dienst in Berlin tätig, in Prag beim Einmarsch deutscher Truppen 1939, später erneut in Berlin, London und bei Kriegsende in Moskau. An der Ausarbeitung des Marshall-Planes war er maßgeblich beteiligt. Carlo Schmid teilte die Sorge Kennans um die Zukunft der geistigen Fundamente gemeinsamer Kulturgüter. Die Übereinstimmung in Grundüberzeugungen bewog Schmid, den früheren amerikanischen Botschafter, der 1946 in einem "langen Telegramm" aus Moskau das State Department in Washington eindringlich vor der Hegemonialpolitik Stalins gewarnt hatte und seither als Spiritus Rector der westlichen Eindämmungsstrategie gegenüber sowjetischen Expansionsbestrebungen galt, in das Institut für Politische Wissenschaft einzuladen. Im Rahmen einer öffentlichen Vortragsreihe referierte Kennan vom 14.7.-23.7.1954 über die Geschichte der amerikanisch-sowjetischen Beziehungen. Im Institut hielt er ein privates Seminar ab. Die Gesprächsteilnehmer diskutierten mit Kennan, der die Bilanz eines an Erfahrung reichen Diplomaten- und Gelehrtenlebens zog, über Regeln und Methoden außenpolitischer Verhandlungen. Wir erörterten konkrete Fallbeispiele und Lehrstücke aus Anleitungsbüchern der Diplomatie. Ein Augurenlächeln machte sich bei dem Grandseigneur, dem versierten Praktiker und Theoretiker der Diplomatie, breit, als er meine, durch einen lapsus linguae mißverständliche Antwort auf seine Frage nach den Pflichten eines Diplomaten vernahm: Die Aufgabe eines Diplomaten bestehe u.a. darin, die verdeckten - statt gesteckten - Ziele der Politiker zu verwirklichen. Brachte ihm dieser nicht ganz abwegige Schnitzer in Erinnerung, daß manch ein Routinier das Spiel mit verdeckten Karten für das Wesen aller Diplomatie hält?

In den 50er Jahren schwebten wir trotz einer leichten Entspannung im

Ost-West-Konflikt wegen der kommunistischen Weltherrschaftsansprüche bei jeder internationalen Krise in der Gefahr eines atomaren Infernos. Ein Wetterleuchten am politischen Horizont zog häufig Reflexionen über die Zukunft und Gemütslage nach sich: "Die weitere Entwicklung ist, wo man auch hinschaut, alles andere als vielversprechend. Die weltpolitische Gratwanderung verläuft solchermaßen seit Jahren. Ich habe das undeutliche Gefühl, daß sich die Unsicherheit und allgemeine Angst ständig, wenngleich unmerklich, steigert. Wie dem auch sein mag, wir müssen uns behaupten, obwohl man sich ruhigere und sichere Zeiten wünschen würde. Der permanente Weltfriede ist ein Trugschluß und eine Illusion. Der Mensch lebte zu keiner Zeit ganz ohne Furcht, Gefahr und Bedrohung. Das menschliche Dasein ist von Grund auf dunkel und problematisch. Das wird uns modernen Zeitgenossen teils bewußt, teils verdrängen wir dieses Gefühl. Alles bleibt unergründlich tief und ist nicht durchschaubar. Wir plagen uns alle ab, sind rastlos tätig und wissen nicht, warum, wozu und wohin." (20.6.1954)

Durch meine Berührungspunkte zur Politik in Praxis und Theorie lag es nahe, die vorgeschriebene allgemeine Prüfung im Staatsexamen nicht in Philosophie oder Pädagogik, sondern in Politikwissenschaft abzulegen. Aus formalrechtlichen Bestimmungen stürzte der Plan wie ein Kartenhaus ein: "Bekanntlich ist der Lehrstuhl Politik der wirtschaftswissenschaftlichen Fakultät angegliedert, obgleich das Fach Politik für Lehrer, die staatsbürgerkundlichen Unterricht erteilen, gedacht ist. Nun ergibt sich das Kuriosum, daß Carlo Schmid in der philosophischen Fakultät nicht als Prüfer auftreten darf. Es ist eigentlich überflüssig zu bemerken, welche widersprüchlichen Verordnungen verfaßt werden. Wenn ohnehin nur Philosophie oder Pädagogik als allgemeine Prüfungsfächer zugelassen sind, hat es wenig Sinn, Politik - außer als Hobby - weiter zu betreiben." (31.1.1954) Tatsächlich wurden die Prüfungsbestimmungen in meiner Studienzeit nicht geändert. Erst am 12. Januar 1972 konnte ich bei dem Nachfolger von Carlo Schmid, dem Politologen Iring Fetscher, das Staatsexamen in Politikwissenschaft an der Frankfurter Universität ablegen.

Überhaupt blieb der Studiengang selbst einem reiferen Studiosus, der sich die Hörner abgestoßen hatte, schwer durchschaubar. Examensrelevante Zwischenprüfungen, die den Studenten von Anbeginn des Studiums begleiten, um ihn über seinen Kenntnisstand zu informieren, waren nicht vorgesehen: "Es krankt bei uns an den Prüfungsbestimmungen. Niemand weiß so recht, was eigentlich verlangt wird. Man hat keinerlei Kontrolle über den eigenen Wissensstand. Wir bringen ein Semester nach dem anderen hinter uns und sind uns im Unklaren darüber, welche Maßstäbe die Prüfer anlegen, wenn sie uns auf den Zahn fühlen. Man steht wie in einem finsteren Wald. Es fehlt der wegweisende Kompaß. Jeder sucht einen Pfad ins Freie, aber keiner zeigt die Marschroute zur Lichtung." (10.7.1955) Zu dieser Einschätzung paßten die katastrophalen Prüfungsergebnisse vom Sommer 1956 wie die Faust aufs Auge: Von siebzig Kandidaten fielen vierzig durch das Examen. Katerstimmung griff um sich.

Im Sommer 1955 befand ich mich im 9. Fachsemester. Nach meiner Planung stand im darauffolgenden Wintersemester die Meldung zur Staatsprüfung an. Seit längerem war die Sucherei nach geeigneten Prüfungsschwerpunkten im Gange. Als ich mich mit den Einzelheiten der Prüfungsordnung vertraut machte, wurde der Ordinarius für Anglistik, Professor Spira, emeritiert. Ihm folgte Professor Dr. Helmut Viebrock, ein scharfsinniger Philologe und Gentleman par excellence. Viebrock, der bei dem Altmeister der Disziplin, Max Deutschbein, in Marburg studiert hatte, reflektierte über die Grenzen von Kunst, Literatur und Musik: "Viebrock ist ein eleganter, junger Geist, wie aus dem Ei geschält. Er geht straff und systematisch vor, und man profitiert bei ihm mehr als bei seinem Vorgänger mit einem flacheren Profil. Seine Vorlesungen über die englische Romantik sind klar gegliedert. Dazu spricht er ein akzentfreies Englisch, wie ein 'native speaker'. In Englisch wird jetzt viel mehr geboten als vorher, dementsprechend sind die Anforderungen gestiegen. Schade, daß Viebrock nicht früher gekommen ist. Hätte ich ihn einige Semester hören können, wäre es gut gewesen. Nun wird die Zeit knapp." (15.5.1955) Die Tatsache, daß mir der neue Ordinarius und seine Forschungsschwerpunkte - einer der letzten großen Vertreter des Faches Anglistik in Deutschland - fremd waren, bedeutete für eine Hausarbeit zum Staatsexamen eine Gleichung mit mehreren Unbekannten.

Innerhalb der Historik galt meine Vorliebe der neueren Geschichte, vertreten durch den zuständigen Ordinarius Professor Dr. Otto Vossler, dessen Vorlesungen, Seminare und Übungen ich seit dem Wechsel nach Frankfurt besuchte: "Vossler ist ganz anders als mancher seiner Kollegen. Er ist ein Mann von Welt und macht anfangs gar nicht den Eindruck eines Historikers. Seine Vorlesungen gefallen mir, er bringt die Fakten präzise und zugleich plastisch, hin und wieder sogar recht derb und eigenwillig, z.B. charakterisierte er heute Ludwig XIV. als einen 'reinrassigen Bürohengst'." (19.11.1953) Seinen eigenen Stil entfaltete er auch in den Übungen: "Vosslers Seminar war wieder ganz philosophisch. Er folgt einer klaren Konzeption und formuliert die Problemstellungen deutlich. Er gibt Impulse und beleuchtet die verschiedenen Seiten einer Frage immer von neuem, bis der Sachverhalt unmißverständlich ist." (17.2.1954)

Am 31.1.1954 wurde ich bei Otto Vossler, Sohn des bekannten Romanisten Karl Vossler, wegen der Hausarbeit für das Staatsexamen vorstellig. So konziliant er sich im Umgang mit Studenten gab, so reserviert verhielt er sich bei der Absprache und Festlegung von Prüfungsgegenständen. Die Unterredung wie auch eine Reihe weiterer Gespräche erbrachten keine greifbaren Resultate und raubten mir meine Illusionen: "Professor Vossler äußerte sich eher sibyllinisch als eindeutig. Ich kenne Sie gar nicht, wo kommen Sie her, was haben Sie bisher gemacht, wie sehen Ihre Vorkenntnisse aus etc. Seine Fragen erweckten den Anschein, als ob er mich abwimmeln wollte. Bei der Rücksprache herrschte bisweilen betretenes Schweigen. Jeden Augenblick war mit dem Abbruch des zähflüssigen Dialoges zu rechnen. Da kam mir der erlösende Einfall. Der Vorschlag, eine Probearbeit anzufertigen, fand sein Plazet, wobei er hinzufügte, daß die geplante Testarbeit in Inhalt und Form vorzüglich ausfallen müßte. Das wäre die Voraussetzung für weitere Überlegungen."

Nach dem Credo von Professor Vossler sollte ein Student für die Themenstellung der schriftlichen Hausarbeit nicht auf Anregungen des Dozenten warten, sondern von sich aus die Initiative ergreifen und einen brauchbaren und konkreten Vorschlag unterbreiten. Sicherlich eine sinnvolle Methode, wenn auch eine heikle Angelegenheit selbst für höhere Semester. Die Thematik sollte verständlicherweise ausgewalzte und weitgehend abgeklopfte Bereiche, die einem Anfänger wissenschaftlicher Arbeiten ohnehin keine Chance für neue Erkenntnisse ließen, aussparen. Da das Wandeln auf ausgetretenen Pfaden allen Regeln der Vernunft widersprach, ähnelte das Entdecken von einem praktikablen, problem- und ergebnisorientierten Untersuchungsgegenstand in dem weiten Feld der Geschichtswissenschaft dem Aufspüren einer Stecknadel in einem Heuhaufen. Die Erkundigungen erstreckten sich über ein Jahr, ob bei älteren Semestern, den historischen Assistenten oder bei Bibliotheken. Wohlmeinende Empfehlungen verliefen im Sande. Noch im Februar 1955 trieb mich Ratlosigkeit um. Trotz wiederholter Vorsprachen bei Otto Vossler, der sich u.a. mit den Eigenheiten der amerikanischen Demokratie, den nationalen und freiheitlichen Bewegungen der Französischen und Deutschen Revolution aus geistesgeschichtlicher Sicht befaßt hat, kam ich nicht vom Fleck. Die Pechsträhne schien nicht abreißen zu wollen. Vermeintlich vernünftige Vorschläge wurden als unrealistisch verworfen. Eine Echternacher Springprozession! Fleißprüfungen bei dem Examinator in spe verfolgten außer der pekuniären Komponente die Nebenabsicht, einen Fuß in die Tür zu bekommen, damit der Funke überspringt. In dem beharrlichen Vorgehen bestärkte mich die Erkenntnis, daß keine fachliche und personelle Alternative bestand. Otto Vossler zauderte lange, bevor er grünes Licht gab. Sein Fingerzeig auf die Territorialgeschichte brachte den Stein ins Rollen, so daß sich das Blatt wandte. Durch den Hinweis, in einem Nebensatz beiläufig erwähnt, gingen mir die Augen auf. Sein Wink war bahnbrechend, um den gordischen Knoten zu durchhauen.

Zurück in Sarstedt bei Hannover - Wohnsitz meiner Eltern seit Vaters Versetzung an die dortige Realschule 1954 - vertiefte ich mich während der Osterferien in die hannoversche Landesgeschichte. Das einschlägige Material lieferten die Landesbibliothek und das Niedersächsische Staatsarchiv in Hannover. Beratungen mit den hilfsbereiten Archivräten halfen auf die Sprünge, so daß sich ein Thema herauskristallisierte, das mich von Anfang an motivierte und stimulierte: "Die hannoversche Politik während des Spanischen Erbfolgekrieges - unter besonderer Berücksichtigung der Beziehungen zu England". Das war Treff Trumpf! Endlich im richtigen Fahrwasser! Als sich Professor Vossler mit der Aufgabenstellung einverstanden erklärte, machte ich drei Kreuze: *"Ich habe ... mit Müh und Fleiß gefunden, was ich suchte ..."*

Da das Prüfungsamt die allgemeine Prüfung in dem bevorzugten Fach Politikwissenschaft nicht gestattete, fiel die Wahl auf Philosophie, eine Disziplin, die Frankfurt mit den Kapazitäten Max Horkheimer und Theodor W. Adorno zum Brennpunkt der philosophischen Fachwelt machte. Im November 1955 meldete ich mich zur Staatsprüfung. Mit den Prüfungsthemata im Gepäck reiste ich am 22.11.1955 nach Sarstedt, um beide Arbeiten in Angriff zu nehmen und innerhalb des vorgegebenen Zeitraumes von sechs Monaten fertigzustellen.

In der Prüfungsphase, auf ein Jahr angelegt, warf mich eine Erkrankung der Wirbelsäule, die in den Ostertagen 1955 über Nacht auftrat, in meinen Examensvorbereitungen zurück. Ob die Ursache auf das stundenlange Sitzen am Schreibtisch, auf den mäßigen sportlichen Ausgleich oder als Spätfolge des Aufladens von Kartoffelsäcken in England im Jahre 1951 zurückzuführen ist, sei dahin gestellt. Aktivitätsbedürfnis und physisches Leistungsvermögen erlitten einen Rückschlag. Die ärztliche Therapie richtete sich nach der konservativen Methode. Von einem operativen Eingriff riet man mir ab. Der Bandscheibenschaden setzte mich in der Zeit, in der die sitzende Beschäftigung den Tagesablauf prägte, einer Zerreißprobe aus. Ärztlicher Rat untersagte schwere Lasten, ob Büchertaschen oder Koffer, eine Empfehlung, die leichter zu geben als zu befolgen war: "Der Rücken ist weiterhin wechselhaft. Liegen und Bewegung erscheinen nützlich. Unbequeme Sitzgelegenheiten ohne Rückenlehne wirken sich schlagartig aus. Ich sitze auf dem Schreibtischstuhl mit einer Decke als Polster für die lädierte Wirbelsäule, während die Beine etwas erhöht abgestellt sind." (6.5.1955) Aktendeckel oder ein Tablett auf dem Schoß dienten als Schreibunterlage, weil eine normale Sitzhaltung am Schreibtisch zu messerscharfen Schmerzen führte. Seitdem räume ich in der Freizeit der sportlichen Betätigung, vor allem dem Schwimmen, Priorität ein: "Ohne Schwimmen kann ich nicht mehr auskommen. Ich will versuchen, die Verfallserscheinungen der Wirbelsäule mit allen Mitteln abzuwenden." (19.7.1955) Wohl oder übel hatten die Briefe nach Hause oftmals den miserablen Gesundheitszustand zum Inhalt: "Die Erkrankung der Wirbelsäule macht mir zu schaffen. Die Tatsache bedrückt mich. Trotz allem muß ich den Kopf oben behalten. Die schwere Krise muß durchgestanden werden. Es ist in mancher Hinsicht eine eigentümliche Feuerprobe." (20.11.1955) Das körperliche Unbehagen belastete die Entstehung und Ausführung der beiden Hausarbeiten zum Staatsexamen. Als ich in die schriftliche und mündliche Prüfung stieg, verhielt es sich nicht anders.

Fristgerecht lieferte ich die Hausarbeiten am 23.4.1956 im Sekretariat der Universität ab. Jetzt sah ich den Klausuren und dem mündlichen Examen entgegen. In der heißen Zeitspanne der Prüfungstermine lief in den Ost-West-Beziehungen eine neue Eiszeit an. Im Herbst 1956 entwickelte sich eine explosive Lage. Es gärte in Polen und sowjetische Truppen rückten am 4.11.1956 in Budapest ein, um den Volksaufstand der Ungarn gegen die kommunistische Diktatur niederzuschlagen. Der Kalte Krieg trieb einem Höhepunkt zu, als parallel zu der Erhebung in Ungarn nach der ägyptischen Verstaatlichung des Suez-Kanals ein zusätzlicher bewaffneter Konflikt ausbrach. Israel ging im Oktober 1956 zum Angriff gegen Ägypten über. Frankreich und Großbritannien unterstützten die Militäraktion, worauf die Sowjetunion mit dem Einsatz nuklearer Waffen drohte: "Eben habe ich den Aufruf von Radio Budapest an die Welt gehört. Es ist grausam, was sich ereignet. Es scheint sich jetzt alles entladen zu wollen. Ich glaube, der Westen hat manches gegenüber Ungarn versäumt. Trübe Aussichten für die Menschheit. Aus Angst vor der Zukunft hamstern die Leute Lebensmittel." (8.11.1956)

Als sich durch die Ereignisse in Osteuropa und im Nahen Osten eine Eskalation der beiden Konfliktherde abzeichnete und der Weltfriede aufs höchste gefährdet war, ging die schriftliche Prüfung ihren Gang: "Bei den Klausuren saß ich auf dem ärztlich verordneten Spezialstuhl, den mir die Assistentin vom Prüfungsamt auf meinen Platz stellte. Den anderen Stühlen fehlten geeignete Rückenlehnen. Wegen der permanenten Rückenbeschwerden hätte ich die 4-stündige Arbeitszeit auf dem üblichen Gestühl wahrscheinlich nicht durchstehen können." (10.11.1956) Auf die schriftlichen Arbeiten folgten vom 22.-29.11.1956 die pro Fach einstündigen mündlichen Prüfungen. Eine Woche dauerte die Hängepartie der Ungewißheit über den Ausgang. Nach Bekanntgabe der Ergebnisse durch den Vorsitzenden des Wissenschaftlichen Prüfungsamtes für das Lehramt an Höheren Schulen, dem strengen und unnahbaren Professor Dr. Heinrich Weinstock, kündigten drei Worte des Telegramms vom 6.12.1956 das Ende des Studiums an: "Es ist geschafft."

Nach dem wissenschaftlichen Präsent am Nikolaustag schlossen sich eine Verschnaufpause, Abmeldeformalitäten und ein Dankeschön bei Professoren an. Das Kultusministerium in Wiesbaden informierte mich über die Referendarausbildung. Abschlußfestivitäten im Freundeskreis unter dem Motto "Gaudeamus igitur" läuteten den ersehnten und etwas wehmütigen Abschied vom ungebundenen Studentenleben ein. Am 21.12.1956 fuhr ich in beschwingter Stimmung heim nach Sarstedt.

## Siebentes Kapitel

## ENGLAND-FAHRTEN

*"Das eigentliche Studium der Menschheit ist der Mensch"*

Die geflügelte Wendung von Alexander Pope *"The proper study of mankind is man"* lenkt den Blick zurück auf den Beginn der Universitätsausbildung. Bereits als Schüler schwebte mir ein zeitweiliger Aufenthalt in den USA vor. Nachdem ich mich in Marburg im Hinblick auf ein Stipendium für ein Studienjahr in Amerika falschen Hoffnungen hingegeben hatte und sich der Traum vom Land der unbegrenzten Möglichkeiten in Luft auflöste, ging ich auf die Suche nach einem Ersatzprojekt. Ich kam auf die Idee, im Sommer 1951 als Werkstudent in England zu arbeiten. Auf dem Umweg über zwei englische Kolleginnen, die Tante Charlotte an ihrer Schule in Kirchhain (bei Marburg) kennenlernte, stellte ich Kontakt mit der Familie M. in Waresley (Bedfordshire) her, die für ihre Vicarage Farm in den Monaten August und September eine Aushilfskraft zum Einbringen der Heu- und Getreideernte benötigte. Nach anfänglichem Zögern nahm ich das Angebot an. Bei freier Unterkunft und Verpflegung sollte der wöchentliche Lohn £ 5 betragen. Im Besitz der privaten Zusicherung und des gegenseitigen Einverständnisses schien unvorstellbar, daß irgendjemand das Konzept verderben könnte. Hingegen machte mir das Arbeitsministerium der Labour-Regierung unter Premierminister Clement Attlee einen Strich durch die Rechnung. Unter Hinweis auf eine ausstehende Regelung mit der Bundesrepublik Deutschland über Beschäftigungsverhältnisse auf privater Basis verweigerte das Ministerium mit Schreiben vom 31.7.1951 eine Arbeitserlaubnis "with a particular Farmer." Mit dem negativen Bescheid wollte ich mich nicht abfinden. Ich wandte mich an den Vorsitzenden der konservativen Partei im House of Commons, Winston Churchill, mit dem Ersuchen, sein Gewicht in die Waagschale zu werfen. Wie vermutet, waren dem Oppositionsführer, der nicht an den Schalthebeln der

Macht saß, die Hände gebunden. Sein Unterhausbüro gestand die politische Einflußlosigkeit des ehemaligen starken Kriegspremiers in einer für englische Konventionen typisch höflichen und verbindlichen Form ein: "I very much regret it is not possible for Mr. Churchill to help you in any way since at present there is no exchange scheme for young German agricultural workers. I am sorry that I cannot send you a more helpful reply." (17.8.1951)

Mittlerweile verrannen die Semesterferien, aber ich wollte die Segel nicht streichen. Ein Funken Hoffnung war auf einen Absatz in dem nämlichen Schreiben des Ministry of Labour and National Service zu setzen. Darin wurde auf den Allied Circle verwiesen, der für ein Volunteer Agricultural Camp zuständig war: "Under this arrangement the foreigner will be expected to work as and where he is sent." Buchstäblich in letzter Minute vor Herbstanfang traf eine Zustimmung vom Allied Circle ein. Damit konnte ich als Zwanzigjähriger die Bahn- und Schiffsfahrt zur britischen Insel antreten, ein Trostpflaster, gemessen an den zu hochgesteckten Visionen von einem Studienaufenthalt in den USA.

In gespannter Erwartung brach ich sechs Jahre nach Kriegsende mit Sack und Pack am 28.9.1951 zur Reise nach England auf. Für die Erntehelfer richtete die Bahn in Aachen einen Sammeltransport mit drei Sonderwagen ein. Vertieft in Gedanken und Gespräche mit Gefährten gleicher Zielrichtung verging die Fahrzeit nach Ostende wie im Flug: "Die Überfahrt über den Kanal bei Sonnenschein war herrlich. Die Fähre brauchte knapp 4 Stunden. Der englische Boden grüßte mit den Klippen von Dover. Um 16.30 Uhr trafen wir in Victoria Station London ein, wo der Allied Circle einen freundlichen Empfang bereitete. Die Organisation klappte wie am Schnürchen. Drei Autobusse brachten die landwirtschaftlichen Gehilfen zur Schlafstelle Deep Shelter, einem früheren Luftschutzbunker, 60 m unter der Erde. Zwei Soldaten der Royal Air Force luden einen Kommilitonen und mich zu einem Stadtbummel durch London am Abend ein. Ein Rundgang in der Ausstellung "Festival of Britain" war ein absolutes Muß. Im Lichtermeer der City of London erstrahlte das Parlament mit Big Ben und der Buckingham Palace, der mit riesigen Lettern fortlaufend über den Gesundheitszustand des schwerkranken Königs Georg VI. informierte: 'The King has had another comfortable night and is making steady progress.' Die beiden Soldaten spendierten uns ein Abendessen in der Nähe von No. 10 Downing Street, von der wir so oft gehört und gelesen haben. Das war ein Tag mit vielen Eindrücken, die verarbeitet werden müssen." (29.9.1951)

Der genaue Bestimmungsort, dessen Geheimnis in London gelüftet wurde, lag bei Droitwich nahe Birmingham. Das Camp, 3 km von dem kleinen Dorf Hampton entfernt, fungierte vormals als Lager für Kriegsgefangene. In den Holzbaracken fanden sechzig weibliche und männliche Arbeitskräfte Unterkunft. Während die Lagerleitung - aus welchen Motiven auch immer - Polen, Tschechen und Jugoslawen auf Distanz hielt und in abgetrennten Baracken einquartierte, war für Engländer, Franzosen und Deutsche ein gemeinsamer Trakt vorgesehen. Die Angehörigen der mittel- und osteuropäischen Staaten waren - möglicherweise aus Berührungsangst - wenig kommunikationsfreudig. Ebenso blieb es auf den Feldern und im Speiseraum beim Blickkontakt. Zu einem Brückenschlag kam es nicht. Jede Baracke beherbergte zwölf Personen. Die Betten standen in Längsrichtung nebeneinander und jeder Lagerinsasse besaß für seine Habe einen eigenen, verschließbaren Schrank. Als im Oktober die Temperaturen unter Null sanken, wurde zwar eingeheizt, doch die Öfen schafften es nicht, den Großraum mollig aufzuwärmen. Sechs Wolldecken - eine davon diente als Laken - verhinderten weder Bibbern noch Erkältungen.

Wohnliche Möbelstücke verliehen den Behelfsheimen eine behagliche Note, dabei dominierte eine zweckmäßige Einrichtung: *"Die Engländer sind groß als praktische Menschen ... es ist gut, daß sie alles praktisch machen"* und *"das Brauchbare vom Unbrauchbaren"* unterscheiden können. Waschräume mit fließend kaltem und warmem Wasser, ein Trocken- und Bügelzimmer sowie ein Speise- und Aufenthaltsraum mit Sesseln und Sofa waren Teil des Inventars. Nach einem schlauchenden Tagewerk boten sich Alternativen an: Wer nicht nach dem Bettzipfel schielte, der zerstreute sich mit Tischtennis und Billard oder enteilte in das Musikzimmer, um bei Spiel und Tanz in den siebenten Himmel voller Geigen zu schweben und zu träumen ...

Der Tagesablauf in den vier Wochen meines Ernteeinsatzes wurde zur Routinesache: Um 6.30 Uhr läutete der Wecker zum Aufstehen, 7.00 Uhr Frühstück, 7.30 Uhr Abfahrt zu den Feldern, 10.00 Uhr eine halbe Stunde Pause, 13.00 Uhr eine Stunde Mittag, und um 17.00 Uhr war Feierabend. Nach der Rückkehr begaben sich die kreuz- und lendenlahmen Landarbeiter in die Waschräume und versammelten sich um 18.30 Uhr im Speiseraum zum Abendessen. Die Selbstbedienung schloß Küchendienste mit ein: Geschirr holen, wegbringen, abwaschen und abtrocknen.

Die Beförderung auf den offenen Lastkraftwagen zu den rund 20 km entfernt liegenden Kartoffel- und Rübenfeldern dauerte ungefähr 45 Minuten. Bei dem Anblick der ausgedehnten Ackerflächen ging mir der eigene Grund und Boden vom Birkenhof durch den Kopf. Ich gab mir einen innerlichen Ruck, um nicht in Trübsinn zu verfallen. Wenngleich die Treckerfahrt auf den holprigen Wegen allesamt durchschüttelte, zitterte bei dem grauen Novemberhimmel, als Rauhreif die Wiesen bedeckte und Nebelschwaden auf den Feldern entlangzogen, jedermann wie Espenlaub. Wer mit den Zähnen klapperte oder über kalte Füße stöhnte, lief sich am Arbeitsplatz warm. Außerdem bot sich genügend Gelegenheit, die Abkühlung durch ungebremste Schaffenslust zu überwinden und die steifen Gliedmaßen anzuwärmen.

Bei der Einteilung der Hilfskräfte auf die verschiedenen Farmen hatte ich schlechte Karten. Auf dem Kartoffelacker des Staatsgutes, dem ich zugeordnet war, tummelten sich hundert flinke Hände. Die Traktoren mit den Rodern - moderne Kartoffelroder, die buddeln und zugleich die Früchte aufnehmen, existierten nicht - schaufelten die Kartoffeln aus den Furchen. Fixe "potato-pickers" sammelten gebückt oder auf den Knien die im Umkreis verstreuten Kartoffeln in Körbe. Der Inhalt wurde in zentnerschwere Säcke entleert. Anschließend schlängelten sich Traktoren mit ihren Hängern durch die engen Reihen. Drei Engländer und ich bildeten ein Beladeteam. Jeder für sich sollte einen vollen Sack anpacken und solo auf den Kipper hochstemmen. Was den hünenhaften Mannsleuten, die ihre bärenstarken Muskeln mit kindlichem Vergnügen spielen ließen, federleicht vorkam, bedeutete für mich einen physischen Kraftakt, besser: eine Tortur oder Schinderei. Meine Anregung, sich zu zweit eines Sackes anzunehmen, um unnötigen Kräfteverschleiß zu vermeiden, quittierten die athletischen Kärrner mit einem höhnisch-spöttischen Gelächter. Als ich daraufhin meinen Anteil an aufzuladenden Säcken demonstrativ zurückließ, sprang der Traktorist erregt von der Zugmaschine, legte selbst Hand an und zeigte, "was eine Harke" ist. Mich verwies er stirnrunzelnd auf den Fahrersitz. Daß er mir mit dem Platzwechsel einen doppelten Dienst leistete, blieb ihm verborgen. Neben der Ablösung von einem knochenharten Job wurde das Wunschdenken des ehemaligen Fuhrmannes vom Birkenhof in England beinah zur Realität: Einmal auf eigener Scholle einen Trecker fahren. Obschon diese Möglichkeit nicht gegeben war, nämlich die Rosinen der Beschäftigung eigenständig auszulesen, konnte ich mich jedoch nach drei Tagen von der Herkulesarbeit loseisen, denn das Aufladen der bleischweren Kartoffelsäcke griff an die Substanz. Das Lob, das die englischen Inspektoren den Deutschen als "grand workers" zollten, verleitete mich nicht zu dem falschen Ehrgeiz, Raubbau mit meinem Körper zu treiben. Infolgedessen wurde die Korona der "potato-pickers" um einen Sammler verstärkt. Daneben betätigte ich mich auf dem Rübenacker beim Herausziehen von Zucker- oder Futterrüben und beim Abdrehen der Fruchtblätter.

Die schweißtreibende Feldarbeit stand in einem krassen Mißverhältnis zu dem leiblichen Wohlbefinden, um das sich eine Großküche kümmerte. Keiner der Helfer dachte im Traum an ein fürstliches Diner, allerdings an nahrhafte und kräftigende Mahlzeiten. Aus dem Blickwinkel der landwirtschaftlichen Schwerarbeiter bestand die Speisenfolge aus Snacks und minimalen Gabelbissen. Zum Frühstück offerierten die Köche außer Tee weiße Bohnen mit Tomatensauce, eine winzige Portion Porridge und zwei Scheiben Weißbrot. Mittags reichte man Lunchpakete. Abends wurden eine halbe Tomate, ein Gürkchen, rote Rüben, ein paar Salatblätter und zwei Scheiben Weißbrot serviert. Mit einigen Varianten wiederholte sich das Menü im Turnus. Nicht allein die Kontinentaleuropäer lamentierten über Küchenmeister Schmalhans: "Die Engländer sind mit der Nahrung gar nicht zufrieden." (9.10.1951) Das Gebot der Fairneß gebietet, die unterschiedliche wirtschaftliche Entwicklung der beiden Länder nicht zu ignorieren. Während in Westdeutschland durch den rasanten Aufschwung (Wirtschaftswunder) Lebensmittelkarten beinahe in Vergessenheit gerieten, mußte die Inselbevölkerung 1951 noch die Kriegsfolgen hinnehmen. Die Grundnahrungsmittel wie Butter, Fett, Fleisch, Milch und Eier unterlagen der Rationierung. Das örtliche Wirtschaftsamt (Food Office) händigte Sonderkarten zum Bezug von Süßigkeiten aus. Freilich, das Wissen um die staatlich knapp zugemessenen Rationen bewirkte kein Sättigungsgefühl: "Das Essen läßt zu wünschen übrig. Ich glaube, richtig satt werde ich erst wieder zu Hause." (15.10.1951) Eine Besserung der Ernährungslage zeichnete sich nicht ab: "Wie gut, daß die letzte Arbeitswoche angebrochen ist. Trotzdem habe ich noch keine Sekunde die Fahrt nach England bedauert, wenn man sich auch z.T. durchhungern muß." (22.10.1951)

Nach der Fünf-Tagewoche von Montag bis Freitag folgte das arbeitsfreie Wochenende, das der Erholung und Regeneration dienen sollte. Die Erntehelfer sahen Ausspannung und Ruhepause am "weekend" in einem anderen Licht. Die Mehrzahl wollte ihren Gesichtskreis erweitern und sich nicht auf Erinnerungsphotos von Kartoffel- und Rübenfeldern beschränken. Zumindest ein oberflächlicher Eindruck von Land und Leuten durfte nicht fehlen. Deshalb unternahmen viele Arbeitskameraden und ich zu zweit oder viert Touren, die, landauf, landab, in ländliche Gegenden und zum pulsierenden Leben in Großstädten führten. Bei zweitägigen Ausflügen sorgten Jugendherbergen für eine preiswerte Übernachtung. Bei kürzeren Strecken genügten örtliche Verkehrsmittel, die längeren wurden per Anhalter zurückgelegt. Der Wochenendtrip nach Blackpool zeigte die Betriebsamkeit in einem nordenglischen Seebad: "Morgens um 8.00 Uhr starteten wir in Hampton und kamen um 11.00 Uhr in Blackpool an. Es war wunderschön. Der zauberhafte Blick am Abend ist gar nicht zu beschreiben. In bengalischer Beleuchtung erstrahlte der Meeresstrand. Um 23.00 Uhr fuhr der Überlandbus. Der Fahrer mußte sich durch tiefsten Nebel vortasten, ein Wunder, daß er seinen Bus wieder heil nach Hampton chauffierte. Um 5.00 Uhr morgens trafen wir im Camp ein. Nach 1½ Stunden Schlaf klingelte der Wecker, und die Pflicht rief." (9.10.1951) In Shakespeare's Geburtsort Stratford upon Avon stand ein Theaterbesuch auf dem Programm, in Oxford etliche Colleges und eine Vorlesung. Dem rigorosen Reglement, das dem Freiheitsdrang der englischen Studenten Schranken zog, konnte ich keinen Geschmack abgewinnen. Die Lebensweise der deutschen Studiker erschien mir zwangloser, lockerer und natürlicher zu sein, obwohl die rigiden zeremoniellen

Formen in England dem akademischen Benimm-Kodex der Marburger Uni ähnelten. Bristol war am weitesten entfernt. Nach einem Rundgang durch die Stadt mit der imponierenden Suspension Bridge fand sich ein Nachtlager in dem Church Army Hostel, durchdrungen von einer Atmosphäre puritanischer Strenge. Die Mansarde, schmal wie ein Handtuch, enthielt außer einer hölzernen Bettstelle und einem schmucklosen Nachtschränkchen kein Mobiliar, im Studentenjargon ein Karzer.

Die Unternehmungen auf eigene Faust, vorbei an freundlichen Häusern, in Gärten und Grün gebettet, waren ambivalent. Einerseits näherte sich der "hitchhiker" sehenswerten Denkmälern zum Anfassen, die er sich sonst nur aus der Ferne hätte betrachten können. Andererseits befand man sich nicht immer in der Rolle eines Glückspilzes. Hin und wieder stoppten suspekte Autofahrer, die es besser zu meiden galt. Die persönliche Sicherheit stand auf dem Spiel, wenn lediglich ein Platz zum Mitfahren vorhanden war. In der Regel blieb die Fahrgemeinschaft zusammen. Als einmal das Team durch Zufall getrennt wurde und der "lift-service" eine mysteriöse Route einschlug, saß ich wie auf einem Pulverfaß. Durch ein Täuschungsmanöver gelang es mir, den dubiosen Autofahrer abzuschütteln. Unkalkulierbare Überraschungen gab es zudem bei der geschätzten Fahrtdauer zum Bestimmungsort. Die Strecke Droitwich - Liverpool, eine Entfernung, die der Linie Frankfurt/M - Kassel vergleichbar ist, nahm fast den ganzen Tag in Anspruch: "Um 8.00 Uhr brachen wir im Camp auf und waren gegen 17.00 Uhr in Liverpool. Auf der Strecke von etwa 200 km gaben sechs verschiedene Autos einen 'lift'. Die Rückfahrt war günstiger. Ein mit Sand beladener LKW brachte uns bis Birmingham." (22.10.1951)

Das Steckenpferd, mich in Menschenkunde und Charakerstudien zu üben, fand ein weites Betätigungsfeld beim Trampen und im Erntelager. Als Anhalter testete ich die Reaktion von Briten auf meine Nationalität. Zunächst wahrte ich das Incognito und erwähnte mein Vaterland nicht auf Anhieb. Bei Zufallsbekanntschaften verlief das Begrüßungsritual zumeist nach folgendem Muster: Wenn sich die Vermutung, einen Dänen, Norweger oder Holländer vor sich zu haben, nicht bestätigte, sondern meine Nationalität evident wurde, entfuhr dem einen oder anderen Zeitgenossen die vielsagende Floskel: "Never mind!" Dahinter verbarg sich wohl unter Anspielung auf den vor kurzem beendeten Krieg das ehrenwerte Motiv, nicht an einer alten Wunde zu rühren. Gleichwohl kam meist eine positive Resonanz ans Licht. In einem Pub in Bristol saß ein englisches Ehepaar am Tisch: "Der Mann fragte mich nach meinem Heimatstaat. Seine Spontaneität verblüffte. Er erhob sich, drückte mir die Hand und bestellte ein Glas Bier, um auf mein Wohl anzustoßen." (15.10.1951) Oder: In Birmingham erklärten mir zwei Studenten in extenso den Weg nach Droitwich. Beide hielten mich zuerst für einen Skandinavier und waren dann sichtlich angetan, einem Deutschen zu begegnen. Korrekt und diszipliniert benahmen sich die Bobbies, die selbst bei umständlichen Fragen nicht aus der Rolle fielen: "Man kann Vertrauen zu ihnen haben, keine Angst entsteht, sie sind wirklich Helfer in der Not." (15.10.1951)

Die "voluntary agricultural workers" setzten sich nicht ausschließlich aus der akademischen Jugend zusammen. Die Belegung meiner Baracke repräsentierte einen Querschnitt durch alle sozialen Schichten der Gesellschaft im Alter zwischen zwanzig und fünfzig Jahren. Im Gegensatz zum "Weißen Hirsch" knisterte es im Camp. Am Anfang, in einer fremden Umgebung, artikulierte sich stärker das Harmoniebedürfnis und Gemeinschaftsgefühl. Je näher sich die bunt gemischte Gruppe kam, desto mehr trat die Einmaligkeit und Andersartigkeit jedes Individuums hervor. Männlein und Weiblein, die zunächst untereinander wie Pech und Schwefel zusammenhielten, waren bald ihren dicksten Freunden nicht mehr grün. Einige, die Hals über Kopf Streit vom Zaun brachen, gruben sogar das Kriegsbeil aus: "In meiner Baracke ist immer viel los. Jetzt haben sich ein Süd- und ein Norddeutscher verkracht. Der Lübecker hat den ganzen Schrankinhalt seines bisher engsten Kumpanen auf das Bett geworfen. Gut, daß es hier keine Kantine mit Alkoholausschank gibt. Droitwich mit seinen Pubs liegt zu weit ab." (15.10.1951) Schließlich eskalierte die Zwietracht, und beim Hahnenkampf standen die Streithähne Gewehr bei Fuß: "Hoffentlich geht die letzte Woche ohne Schlägerei ab." (23.10.1951)

Lag es an den Lebensumständen, daß der "Homo sapiens" als Krone der Schöpfung sich nicht von seiner besten, verträglichen Seite zeigte? Grundverschiedene Wesen beäugten und bedrängten sich tagaus, tagein. Zudem steckte der Lagerkoller an. Wenngleich die Abgrenzung von Persönlichkeitstypen aufgrund der sich überschneidenden Dispositionen problematisch ist, so erregten nach Temperament und Gemütsart Aufsehen und machten von sich reden: Michael Kohlhaas, Bruder Leichtfuß, das fidele Haus, der Hitzkopf, Wirrkopf und Raufbold. Nach einem Monat Landarbeit und Lagerexistenz suchte mancher Querulant das Weite, um rechtzeitig zum Wintersemester in seiner Alma Mater wieder ein rationales Dasein sine ira et studio zu fristen: *"... alles, was uns begegnet, läßt Spuren zurück, alles trägt unmerklich zu unserer Bildung bei."*

Die Quintessenz des Arbeitsbesuches in England lautete: Die Tätigkeit als Erntehelfer gab meinem Leben neue Impulse. *"Die Wanderjahre sind nun angetreten"*, d.h. die Berührung mit Albion stellte die Ouvertüre für eine Serie von Informations-, Studien- und Urlaubsreisen nach England dar, die auf den Reifungsprozeß einwirkten. Ich knüpfte an Vaters Hinwendung zum angelsächsischen Kulturgut an. Mit seiner Studienreise nach London im Jahre 1927 wollte er provinzielles Denken überwinden. Die grenzüberschreitende Öffnung des Geistes setzten meine Kinder Ulrich und Christiana mit ihren längeren Studienaufenthalten in England fort. Ist die Prognose, daß unsere 1997 in New York geborene Enkelin Charlotte Lauren, unsere 1999 in Saigon geborene Enkelin Liên Yasmine und unser 2000 in Düsseldorf geborener Enkel Julius Alexander, Ur-Ur-Enkel von Großvater Julius Eduard Brauer vom Birkenhof, die Kontinuität dieser Brauerschen Familientradition wahren werden, zu kühn und gewagt?

Nach der Knochenarbeit im Ernteeinsatz 1951 folgte zwei Jahre darauf eine politische Bildungsreise in die Themsestadt. Das Foreign Office hatte "for the visit of German students from Frankfurt University" in London vom 25.7.-8.8.1953 ein abwechslungsreiches Programm entworfen. Die Teilnehmer waren mehrheitlich Mitglieder der Gemeinschaft demokratischer Studenten. Unterkunft beschaffte die Grange Farm, Chigwell, in Essex. Das war ein Erholungsheim für jung und alt, eingeweiht von Königin Elisabeth und Winston Churchill. Die unauffälligen und farblosen Baracken mit Stockwerkbetten waren ein unübliches Quartier für Rekonvaleszenten. Einladungen bei den drei klassischen Parteien, den Konservativen, Labour und Liberalen gehörten ebenso zu der Tagung wie Vorträge und

Diskussionsrunden im Rathaus über kommunale Probleme, im Foreign Office über Prinzipien britischer Außenpolitik, bei der BBC und der Times über die Bedeutung des Rundfunks und der Presse für die Meinungsbildung in einer freien Gesellschaft. Eine Gerichtssitzung vermittelte einen Einblick in die englische Rechtsordnung. Höhepunkt war die Besichtigung der Houses of Parliament. Auf der Zuschauertribüne des Oberhauses lauschte ein andächtiges Publikum den abgewogenen und unpolemischen Debattenbeiträgen der ehrwürdigen Lords. Die Anglisten schmunzelten über die prägnanten und treffenden Formulierungen der "elder Statesmen". Bei den Veranstaltungen und Begegnungen gefiel der wohltuende Umgangston: "Man kommt uns überall freundlich entgegen." (27.7.1953)

Neben dem offiziellen Programm blieb hinreichend Freizeit zur individuellen Gestaltung des Aufenthalts in der Stadt, die ehedem Zentrum des britischen Empires war. Die Exkursion ließ sich mit der überfälligen Fahrt nach Plymouth verbinden, wo mir die Familie des Cambridger Germanistikstudenten vier Wochen Gastfreundschaft erwies.

Gegenüber der Visite in London im Jahre 1951 war das Fremdsein gewichen: "So langsam erwacht mein Orientierungssinn in London. Mir ist vieles in England schon bekannt und vertraut." (27.7.1953) Gleichwohl steckte die Kontaktnahme mit der Hauptstadt Großbritanniens in den Kinderschuhen. Konnte ein Futurologe in jenen Tagen voraussehen, daß ich mich in London bereits 1951/53 auf einer wissenschaftlichen Fährte befand?

## Achtes Kapitel

## DOKTORAND

### 1. Archivstudien in Sarstedt, Hannover und London

*"Doch liegt ... in Staub von Akten und Papieren gar wunderbare Zauberkraft"*

Nach der Beendigung des Studiums zeichneten sich die Konturen einer Wegscheide ab. Die besinnlichen Tage nach dem Staatsexamen zum Jahreswechsel 1956/57 brachten es mit sich, eine Zwischenbilanz vorzunehmen und gleichzeitig Pläne für die Zukunft zu entwerfen. War es sinnvoll, die pädagogische Ausbildung in Hannover zu beginnen oder in Frankfurt zu absolvieren und damit die Weichen für eine Niederlassung in Hessen zu stellen? Diese Vorentscheidung hing mit einer anderen Überlegung zusammen. Die Beschäftigung mit den hannoversch-englischen Beziehungen während des Spanischen Erbfolgekrieges erwies sich als ein "Sesam, öffne dich" für weitere geschichtliche Studien. Im Zuge der Erforschung historischer Quellen für die Hausarbeit im Niedersächsischen Staatsarchiv Hannover fielen mir Schriftstücke unterschiedlicher Art und Gattung in die Hände. Sie reichten von urkundlichen Aufzeichnungen, Korrespondenzen, fürstlichen und diplomatischen Akten bis zu militärischen Abmachungen zwischen dem Kurfürstentum Hannover und dem Königreich Großbritannien. Die verborgenen historischen Dokumente berührten ein Randgebiet der Staatsexamensarbeit: Die Rolle und Stellung der kurfürstlichen Truppen in der Bundesgenossenarmee der Großen Allianz unter der Führung des englischen Herzogs von Marlborough. Die Gelegenheitsfunde bei der Durchforstung des Archivgutes hatten eine phantasievolle Inspiration zur Folge. Ein kühner Gedanke blitzte in mir auf. Würden Ausmaß, Dichte und Charakter des vorhandenen Quellenmaterials den Ansprüchen einer Dissertation genügen? Die Gedankenkette befaßte sich mit möglichen Konsequenzen. Waren Kraftaufwand, Zeitdauer und finanzielle Einbußen, bedingt durch Verzögerungen beim beruflichen Werdegang, vertretbar, zumal der Doktortitel existenziell nicht erforderlich war und auch sonst, vom schmückenden Beiwerk abgesehen, keine materiellen Anreize bot?

Zu Beginn des Jahres 1957 pendelte ich einige Monate zwischen Sarstedt und dem Staatsarchiv Hannover hin und her, um erneut die Beschaffenheit des Quellenmaterials nach Umfang und Wert, Form und Inhalt im Hinblick auf eine Doktorarbeit zu erkunden. Ich bekam eine Vorahnung von dem Durchhaltevermögen, das abverlangt werden würde. Eine wissenschaftliche Auseinandersetzung mit der in Rede stehenden Materie schien auf der Basis der meist unveröffentlichten Manuskripte denkbar. Für das Forschungsprojekt war eine Heranziehung und Auswertung der englischen Dokumente unumgänglich. Eine abschließende Bewertung über die Realisierbarkeit des Vorhabens war erst nach der Überprüfung der schriftlichen Überlieferung in den Londoner Archiven möglich. Die Reichhaltigkeit des hannoverschen Archivgutes motivierte mich, die Quellenarbeit weiterzuführen und zu vertiefen. Die Sammlung und Sichtung des entdeckten Materials machten Mut, die historische Spurensuche entschlossen und zielstrebig voranzutreiben: *"Im Zweifel aber ist kein Verharren, sondern er treibt den Geist zu näherer Untersuchung und Prüfung, woraus denn, wenn diese auf eine vollkommene Weise geschieht, die Gewißheit hervorgeht, welches das Ziel ist, worin der Mensch seine völlige Beruhigung findet."* Mithin besteht zwischen der Hausarbeit und der Entstehungsursache der Dissertation ein Kausalzusammenhang, *"denn nichts was wirkt, ist ohne Einfluß, und manches Folgende läßt sich ohne das Vorhergehende nicht begreifen."*

Für meinen Vorsatz war der ständige Kontakt zur Universität unbedingt notwendig. Schon deshalb hatte Frankfurt als Ausbildungsstätte Priorität, unabhängig davon, daß von der Stadt und der Rhein-Main-Region eine magische Anziehungskraft ausging. Zu Buche schlugen andere Bedenken. War die Arbeit an einer Dissertation mit dem Vorbereitungsdienst als Referendar überhaupt in Einklang zu bringen? "Es ist nun einmal das Los der Erdenbürger, von Zweifel und Unruhe dauernd geplagt zu sein." (16.1.1955) Auf beide Ziele parallel mit vollen Segeln loszusteuern hieß, einen inneren Zielkonflikt zu riskieren mit der Folge, eines schönen Tages zwischen die Mühlsteine zu geraten. Angesichts der Tatsache, daß eine Dissertation ein riskantes

Unterfangen mit ungewissem Ausgang ist, war bei der Abwägung der beiden Intentionen das zweite Staatsexamen von vorrangiger Bedeutung, denn das Leben ohne sichere Existenzgrundlage steht auf wackligen Füßen. Demzufolge nahm ich am 2. Mai 1957 die Referendarausbildung an der Anna-Schmidt-Schule in Frankfurt auf. Kontraproduktiv wäre es gewesen, das wissenschaftliche Experiment auf die lange Bank zu schieben und dann möglicherweise aus den Augen zu verlieren.

Ohne Zweifel hing die Realisierung der Promotionspläne von der Stellungnahme meines Doktorvaters in spe ab: "Herr Gert Brauer ist mir durch seine treffliche Staatsexamensarbeit bestens bekannt. Seine Hausarbeit über 'Die hannoversche Politik während des Spanischen Erbfolgekrieges - unter besonderer Berücksichtigung der Beziehungen zu England' - hat mir so gut gefallen, daß ich den Verfasser ermutigt habe, in der eingeschlagenen Richtung weiterzuarbeiten und eine Doktor-Dissertation zu schreiben. Ich darf dazu bemerken, daß ich zwar sehr oft von der Promotion abrate, nur ganz ausnahmsweise zu ihr ermuntere. Die erwähnte Hausarbeit ist ungewöhnlich gründlich und sauber, reif und ergebnisreich und völlig selbständig verfaßt, so daß ich sie als einen schönen Beweis für die Fähigkeit zu wissenschaftlicher Forschung betrachte. Sie scheint mir dafür zu bürgen, daß auch die Dissertation gute Früchte bringt. Besprechungen mit dem bescheidenen, seiner Sache sicheren Verfasser haben meinen Eindruck von einem sehr ernsten und tüchtigen Historiker bestätigt. Ich bin überzeugt, daß bei der Dissertation, die er nunmehr vorhat, etwas Ordentliches herauskommt. Ein Aufenthalt in den Londoner Archiven ist zur Durchführung seiner Absicht nötig. Deshalb bin ich gern und und ohne jedes Bedenken bereit, sein Gesuch um Beihilfe wärmstens zu befürworten." (5.3.1957)

Die Beurteilung erlaubte kein Zurück. Das Empfehlungsschreiben nahm mich in die Pflicht und spornte mich zusätzlich an. Die unerwartete Förderung durch Professor Vossler bestärkte meine Überlegung, mit Beginn der Sommerferien 1957 die Referendarausbildung zu unterbrechen, um mich ein Jahr lang ausschließlich dem Quellenstudium in Hannover und London zu widmen. Im übrigen kam der Entschluß meiner mentalen Verfassung entgegen, weil die Umstellung vom universitären Freiraum auf ein hierarchisches Dienstverhältnis und den heiligen Bürokratius ein offensichtliches Mißbehagen wie der Sprung ins eiskalte Wasser auslöste. Deswegen ging ich beflügelt und in gehobener Stimmung dem fernliegenden Obrigkeitsdenken mit der immanenten Tendenz, den Amtsschimmel zu reiten und die Untergebenen am Gängelband zu führen, ein Übergangsjahr lang aus dem Wege.

Zur Durchsicht der archivalischen Quellenüberlieferung im Britischen Museum und Public Record Office in London waren drei Studienfahrten erforderlich: 31.7.-21.12.1957, 16.5.-20.7.1958, 30.4.-24.6.1960.

Die Finanzierung der Auslandsaufenthalte erfolgte durch Nachhilfeunterricht, ein Darlehen des Deutschen Studentenwerkes Bonn, vornehmlich über meine Eltern, denen ich eine permanente Unterstützung während der gesamten Studienzeit verdanke. Gewiß keine Mittel, um auf großem Fuß zu leben. Bei der Schilderung der Erlebnisse und Eindrücke in der Themsestadt werden die drei Aufenthalte als Einheit betrachtet. Nicht die Chronologie der Begebenheiten, sondern thematische Zusammenhänge bestimmen den Gedankengang. Vier Aspekte verdienen Erwähnung: Wohn- und Arbeitsbedingungen, Alltagserfahrungen sowie Beobachtungen zu englischen Denk- und Verhaltensweisen. Die unterschiedlichen Bereiche und Anmerkungen sind nicht als Gliederungsschema zu verstehen, zumal sich die Gebiete wegen vielfach übergreifender Bezüge kreuzen.

Die übliche Route für Reisende nach England verlief über Aachen, Brüssel und Ostende. Im Laufe der Jahre wurde die Schiffspassage von Ostende nach Dover zur Routine. Gewöhnlich zeigte sich der Ärmelkanal als ruhige bis bewegte See. Im Mai 1958 herrschte jedoch bei heftigem Sturm eine ziemlich grobe See, die hohe Wellen warf: "Zuerst strich das Fährschiff durch die Wellen des Wasserweges. In einiger Entfernung von der Küste frischte der Wind auf, das 'Meer' wurde unruhiger und der Wellengang stärker. Als der Sturm das Wasser aufpeitschte, schlugen die Wellen höher und höher: 'Es bricht sich die Welle mit Macht.' (Schiller) Auf dem zweiten Deck wurden die Passagiere völlig durchnäßt, als plötzlich Wellen über die Reling spülten. Zunächst überwog ausgelassene Lustigkeit. Rasch verdrängte Galgenhumor die mit Witz und Laune geführten losen Reden. Ohnmachtsanfälle breiteten sich aus.

Die Seekrankheit überwältigte auch kernige Gemüter. Die meisten verspürten die Übelkeit. Durch die schlafgestörte nächtliche Bahnfahrt war die Konstitution geschwächt. Man konnte das heulende Elend kriegen. Bei der aufgewühlten See wollten die Schiffsgäste nicht nach rechts und links blicken, denn Alt und Jung erlagen dem ansteckenden Bazillus. Es kam zu sonderbaren Vorkommnissen. Manche fielen kopfüber zu Boden, andere waren verletzt und schrien um Hilfe. Das Personal schien für solche Zwischenfälle überhaupt nicht vorbereitet zu sein. Die Toiletten waren ständig besetzt. Ich blieb auf dem Liegestuhl sitzen, doch das Schiff wurde von den schweren Wellen derartig geschüttelt, daß von einer Minute zur anderen alle Passagiere mit ihren Klappstühlen nach hinten umkippten. Die Szene entbehrte nicht der Komik. Aus Spaß wurde Ernst. Jeder hielt sich an einem dicken Seil fest, um nicht von den schäumenden Wellen weggerissen zu werden. Starke Wellen der wogenden See gingen wiederholt über Bord. Das ist ungewöhnlich. Siebenmal habe ich den Kanal überquert, aber diese abenteuerliche Passage auf einer tobenden See war ohnegleichen." (18.5.1958)

Bei dem Besucherandrang in London in der sommerlichen Urlaubszeit konnte der Wohnungsnachweis mit der Nachfrage nicht Schritt halten. Ein Privatzimmer war nicht erhältlich. Der terminologisch vielversprechende International Language Club in East Croydon stellte ein dürftiges Notquartier dar: "In meinem Raum fehlt jede Möglichkeit zum Schreiben. Nach 1948 habe ich in so einem primitiven Zimmer nicht mehr gehaust. Es ist mit dem Kabäuschen vergleichbar, das uns im April 1945 auf dem Gutshof in Zierzow zugewiesen war. Der Vorteil liegt darin, daß fließend kaltes und warmes Wasser vorhanden ist. Seit 14 Tagen hat keine Reinigung mehr stattgefunden. Der Schrank ist halb zerbrochen, das Fenster klappert, die Wände sind kahl, Schmutz und Staub überall, oben und unten. Tagelang brannte kein Licht. Der Raum ist so eng und winzig, daß man sich kaum umdrehen kann. Eine moderne Gefängniszelle bietet mehr Komfort." (18.8.1957)

Am 22.8.1957 zog ich zu dem Ehepaar Chadwick nach Brixton Hill in Süd-London. Die Unterkunft, deren Mietpreis ohne Nebenkosten wie Strom, Wasser und Heizung gemäß dem Londoner Mietspiegel wöchentlich £ 2 betrug, ähnelte dem Wohnraum in

Frankfurt: "Ich schreibe in meinem Zimmer, in dem ich mich pudelwohl fühle. Im Vergleich zu Croydon ein Unterschied wie Tag und Nacht. Chadwicks Reihenhaus 12, Helix Gardens, liegt in einer stillen Nebenstraße, ein Viertel, in dem der Mittelstand Eigentum erworben hat. Zur Bushaltestelle sind es zwei Minuten. Aus der Ferne schallt der Autolärm von einer belebten Durchgangsstraße in den Ohren. Ein Vorgarten, der aus Rasen und einigen Baumstrunken besteht, führt zum Hauseingang. Die Außenansicht des Hauses könnte Schönheitsreparaturen vertragen, doch innen ist alles sauber und gepflegt. Die Chadwicks haben ihr Heim im letzten Jahr erstanden und mit eigenen Händen einer Innenrenovierung unterzogen. Im Parterre wohnen Jack und Mary Chadwick, ein nimmermüdes Ehepaar. Über einen Flur gelangt man auf einer Teppichtreppe, die die Schritte der Bewohner dämpft, in den ersten Stock, in dem sich ein Badezimmer befindet. Ein bequemes Bett, Stuhl, Sessel, Kleiderschrank, Tisch, Küchenschrank mit dem nötigen Eßgeschirr, fließendes Wasser und ein Boiler. Dazu ein elektrischer Kochherd, Spiegel, zwei Lampen, Kaminvorrichtung, Heizsonne und ein Fenster mit hübschen Gardinen. Die geschmackvolle Einrichtung weiß zu schätzen, wer eine Zeit in einer armseligen Bruchbude zugebracht hat. Die Aussicht aus dem Fenster ist weniger reizvoll. Hinterhofmilieu. Gegenüber bellen hin und wieder zwei Hofhunde. Ihre ausladende Hütte erinnert an ländliche Zustände. Auf meiner Ebene wohnen drei Dauermieter, anscheinend friedvolle Gesellen, die ein zurückgezogenes Leben führen. Auch untereinander pflegen sie keinen Kontakt. Welche Menschen sich hinter den Zimmernachbarn verbergen, bleibt offen. Die Landlady meint, 'individuals' lieben 'independence'. Die Atmosphäre im Haus basiert auf einer geschäftsmäßigen Grundlage. Damit kein Bewohner vor verschlossener Haustür steht, haben Chadwicks eine Tafel mit den Zimmernummern ihrer Mieter angebracht. Je nach An- oder Abwesenheit wird das Holztäfelchen auf 'In' oder 'Out' geschoben. Bei Lulu D. war der Umgang persönlicher. Hier nimmt niemand am Familienleben teil. Ein sachliches Rechtsverhältnis zwischen Vermieter und Mieter bestimmt das Zusammenleben. Das ist normal, wenn das Vermieten von Räumlichkeiten eine Nebenerwerbsquelle darstellt und nicht wie bei Lulu, die wegen der Wohnraumbewirtschaftung auf ein Zimmer verzichten mußte. Die Hauseigentümer sind freundlich, rücksichtsvoll und hilfsbereit, keineswegs aufdringlich. Sie wollen nicht stören und achten die

Privatsphäre ganz nach englischer Manier." (1.6.1958)

Die anfangs auffällige Zurückhaltung der Chadwicks mag darin begründet gewesen sein, daß ich der erste Deutsche war, den sie kennenlernten. In den Unterhaltungen sprachen beide wiederholt über Hitler, die NS-Herrschaft und die Kriegszeit. In Zwischentönen kamen latente Ressentiments, die bei näherem Hinsehen nicht wenige ihrer Landsleute teilten, zum Vorschein. Gegenüber meinen England-Erfahrungen von 1951/53 hatte sich das Deutschlandbild verdunkelt: "In englischen Augen erscheinen die Deutschen entsprechend den nationalen Stereotypen einerseits als 'clever', 'honest', hardworking', vital', 'dynamic', andererseits als 'incalculable', ein Makel, der die Tugenden überschattet. Die wirtschaftliche Prosperität Westdeutschlands und der überraschende Aufstieg nach der vernichtenden Niederlage wecken Unbehagen. Das Rollenspiel zwischen Siegern und Besiegten scheint nicht mehr zu stimmen. Deswegen mischt sich in die Äußerungen des Staunens über das 'Wirtschaftswunderland' Sorge um die Zukunft der Bundesrepublik. Man traut uns nicht über den Weg, das wird nicht offen gesagt, doch ist die Skepsis unterschwellig zu spüren. Das Mißtrauen überdeckt gegenwärtig Konrad Adenauer, der hohes Ansehen genießt. Ohne diesen Bundeskanzler müßte die Welt wegen der Neigung der Deutschen zur Unberechenbarkeit wieder auf teutonische Abenteuer gefaßt sein." (3.11.1957) Überdies waren für die moralistischen Chadwicks ein Großteil der Deutschen Atheisten. Mein Bemühen, einige Vorurteile abzubauen, war nicht gänzlich umsonst. Immerhin gestand Frau Chadwick ein, daß ich ihr die Augen über das heutige Deutschland geöffnet hätte, denn sie sähe nun manches anders.

Im Laufe der Zeit nahm das Verhältnis einen freundschaftlichen Charakter an. 12, Helix Gardens in London-Brixton bekam emotional einen ähnlichen Stellenwert wie die Wallsraße 22 in Frankfurt-Sachsenhausen. Nachdem der Landlady meine unrühmlichen Kochkünste zu Ohren gekommem waren, stellte sie mir, um der Eintönigkeit der Speisenfolge zu begegnen, öfter ein Ei, Erbsensuppe, Thunfisch, Obst oder Kuchen auf den Tisch. Mary Chadwick, bei der ich als einer ihrer "first-class-boys" einen Stein im Brett hatte, gefiel meine Abreise Mitte Dezember 1957 gar nicht. Wäre ich exemplarisch für die Deutschen, würde es das Land verdienen, 'to get back on her feet', ein Kompliment, das mich betreten und zugleich nachdenklich stimmte. Bei den nachfolgenden Aufenthalten in London 1958 und 1960 wohnte ich wiederum bei Chadwicks. Es war selbstverständlich, daß meine Familie bei unserer Ferienreise nach England im Sommer 1978 einen Abstecher nach Brixton unternahm und daß Ulrich während seines Studiums am King's College in London seine Aufwartung bei Jack und Mary Chadwick machte.

Die verbreitete Unkenntnis in Großbritannien über Vorgänge und Entwicklungen außerhalb der Insel lag an der teilweise spärlichen Berichterstattung der Medien: "Die hiesige Regenbogenpresse mit ihrer suggestiven Ausstrahlung auf die Massengesellschaft nimmt von den Ereignissen auf dem Kontinent kaum Notiz. Gelegentliche Nachrichten über Deutschland bestehen meist aus Negativ-Schlagzeilen mit überzogenen Sensationsmeldungen. Der sachliche Informationsgehalt ist unergiebig. Die Inselbewohner haben keinen unmittelbaren Kontakt zu den Festländern. Darum sind ihnen die Kontinentaleuropäer nicht nur geographisch, eben 'overseas', weit entfernt." (19.11.1957) Zu einem Wandel des Weltbildes meiner Wirtsleute trug nicht zuletzt die Erdumkreisung des Sputnik Anfang Oktober 1957 bei, die auf der Insel wie eine Bombe einschlug und den Briten in die Glieder fuhr. Bekanntlich war die Sowjetunion mit einem künstlichen Erdsatelliten im Orbit den USA zuvorgekommen. Während Chadwicks noch im Sommer 1957 die Insel für unangreifbar hielten, über den Ost-West-Konflikt hinwegsahen und mir aus Sicherheitserwägungen sogar nahelegten, mich in Großbritannien niederzulassen, schwenkten sie nach dem Sputnik-Schock um: "We are an island no longer. We are in the same boat." (1.12.1957)

Den Alltag prägte ein studentischer Lebensstil: "Über Speise und Trank entscheidet die Macht der Gewohnheit. Morgens gibt es Tee und belegte Brote. Mittags bietet sich ein Lyons Restaurant in der Nähe des Britischen Museums an, das Abendessen besteht wieder aus Tee und belegten Broten. Da das Weißbrot, das man bald überdrüssig ist, nicht sättigt, kaufe ich in einem Tante-Emma-Lädchen dunkles Brot und Wurst aus deutschen Landen. Mrs. Chadwick riet mir zu eigenen, selbst zubereiteten Mahlzeiten. Das ist mir alles zu umständlich und langwierig. Meine

Kochkünste sind ja über Kaffee- und Teekochen nie hinausgegangen." (3.9.1957) Eine Abwechsung in den Speiseplan brachten neben den Aufmerksamkeiten von Frau Chadwick Einladungen, mal eine private zum Lunch, mal zur Cocktailparty in der deutschen Botschaft oder zum Dinner beim CVJM. Ein gedeckter Tisch mit Delikatessen glich einem lukullischen Nonplusultra. Dagegen lockten die sichtbaren Zeichen der Lebensmittelchemie in den Läden nicht zum Verzehr der ausgelegten Waren. Der Anblick der naturwidrigen Konservierungsmittel regte nicht gerade den Appetit an: "Hier hat man nichts gegen die chemischen Zusätze. Die Apfelsinen sind gespritzt. Das Gemüse ist derartig gefärbt, daß es schon rein äußerlich abstößt. Warum nichts gegen die gesundheitsschädlichen Stoffe unternommen wird, ist mir unbegreiflich." (1.6.1958)

Meine Arbeitsstätten waren das Britische Museum sowie das Public Record Office nahe der Fleet Street, in der einflußreiche Zeitungsverlage ihren Sitz haben. Die Busroute verlief durch das Zentrum der City, entlang einer Strecke, die mir die Stippvisiten in London von 1951/53 in Erinnerung brachten. Nach der Themse die Westminster Abbey, das Parlament mit dem Regierungsviertel und 10 Downing Street, Trafalgar Square, Charing Cross, Leicester Square bis zur Haltestelle Tottenham Court Road. Von dort beträgt der Gehweg zum Museum etwa 5 Minuten. Der Fußweg von Helix Gardens zur Bushaltestelle überbot die tägliche Pflichtübung: "Nach dem Verlassen des Hauses in früher Morgenstunde und der Rückkehr am Abend spricht mir die englische Version meines an einer Kirche eingravierten Konfirmationsspruches aus der Seele: 'God is our refuge and strength, a very present help in trouble.' Die Worte wecken ein warmes Gefühl der Geborgenheit und des Schutzes, nicht wahr?" (15.9.1957)

Im Mai 1958 legte ein wochenlanger Busstreik den öffentlichen Verkehr lahm. Nun mußte ich zum Bahnhof Brixton laufen, den Zug bis Victoria Station benutzen und anschließend die U-Bahn bis Tottenham Court Road: "Es gibt einen verbreiteten 'lift-service' an den Bushaltestellen. Die Leute bilden eine Schlange und warten auf 'free lifts at your own risk'. Die Zahl der PKWs ist durch den Streik enorm angestiegen. Unendliche Kolonnen von Autos tasten sich in dem Stop- und

Go-Verkehr von Stoßstange zu Stoßstange vor." Ab und zu versuchte ich mein Glück als "Anhalter", doch in der Regel legte ich wie die Mehrzahl der "footsore Londoners" die Wege zu Fuß zurück: "Was auffällt, ist das geringe Murren der Menschen über diesen unerfreulichen Zustand. Man nimmt ihn hin und findet sich ohne Mäkelei mit der mißlichen Lage ab. Einen offenen Ausbruch des Unwillens über die Unbequemlichkeiten als Folge des Ausstandes ist nicht zu bemerken. *'Das ist des Landes nicht der Brauch'*. Trotzdem wurde das Streikende als Erlösung empfunden. "Allen Passanten steht die Freude darüber ins Gesicht geschrieben." (21.6.1958)

Die komfortable Einrichtung der wissenschaftlichen Büchereien in London suchte ihresgleichen: "Eine derartige Ausstattung mit einer so umfassenden Materialsammlung trifft man in unseren Breiten selten. Der Staat müßte bei uns mehr Gelder für kulturelle Belange aufwenden. Die geistige Arbeit wird nicht gebührend geschätzt. Das dürfte nicht sein. Schließlich ist unser Lebensstandard, ganz abgesehen von all den anderen Werten und Gütern, ein Produkt der Tätigkeit des Geistes. Dieser Aspekt wird vielfach übersehen." (15.9.1957)

Die bibliothekarischen Bedingungen im Britischen Museum, in dem meine Arbeitszeit entsprechend den Öffnungszeiten um 9.30 Uhr begann und um 16.30 endete, waren ebenso mustergültig wie in der Universitätsbibliothek. Die vorbildliche Ausstattung sprang ins Auge: "Bibliothek und Lesesaal des Britischen Museums sind außergewöhnlich eingerichtet. Während bei uns Bibliotheken und Archive oft ein Schattendasein führen, ist das hier anders. Bildungseinrichtungen spielen keine Nebenrolle, sondern die Aufwendungen für deren Unterhaltung können sich sehen lassen." (9.6.1960) Die Räumlichkeiten machten einen sauberen und gepflegten Eindruck. Jeder Platz verfügte über eine eigene Tischlampe. Eigens aufgestellte Ständer, auf denen Bücher abgelegt werden konnten, dienten mit speziellen Beleuchtungskörpern zum besseren Erfassen kleinerer Druckerzeugnisse. Zu meinen Arbeitsräumen zählten der Main Reading Room, ein riesiger Kuppelsaal, die North Library und der State Paper Room mit den regierungsamtlichen Veröffentlichungen.

Grundlage der Studien waren diplomatische Schriften, private Notizen der

Fachminister, Protokolle von Debatten des Unter- und Oberhauses sowie offizielle und geheime Korrespondenzen der Staatssekretäre, d.h. der Außen- und Kriegsminister. Wichtige Materialien lagen im Public Record Office, das unserem Staatsarchiv entspricht. Vor der Benutzung mußte die deutsche Botschaft eine Bescheinigung ausstellen, die dem Foreign Office zuging, das den persönlichen Ausweis direkt dem Public Record Office übermittelte. Als Schreibmaterial waren ausschließlich Bleistifte, keineswegs Füllfederhalter oder Kugelschreiber, zugelassen. Im Gegensatz zu den ungebundenen und weitgehend losen Aktenbeständen des Niedersächsischen Staatsarchivs in Hannover lagen die Londoner Archivalien gebunden in Buchform vor: "Der Zustand der Manuskripte ist tadellos, mit den hannoverschen Folien gar nicht zu vergleichen. London, die jahrhundertelange Hauptstadt, hat als Zentrum des staatlichen und kulturellen Lebens in England bessere Möglichkeiten gehabt, historische Quellen zu sammeln und aufzubewahren. In den deutschen Landen waren die Voraussetzungen dafür wegen der Territorialgeschichte ungünstiger." (7.12.1957) Die Auswertung der englischen Dokumente gab neben der notwendigen Materialerschließung Anregungen für die thematische Absteckung der Arbeit. Indessen mußten sämtliche Quellen, selbst umfangreiche Aktenkonvolute, die im Entferntesten mit der Problematik zu tun hatten - wie im Staatsarchiv Hannover - wortgetreu abgeschrieben werden, weil zu der Zeit noch keine Kopiermöglichkeiten bestanden, eine mühselige und zeitraubende Angelegenheit.

Mitunter ruhten die Augen auf irrelevanten, jedoch lesenswerten Marginalien, die einen Einblick in kulturhistorische Zusammenhänge gewährten. Ein Bericht des englischen Botschafters in Preußen gab Aufschluß über die Lebensweise von Gottfried Wilhelm Leibniz, dem universalen Denker der Barockzeit. Der Philosoph, Naturwissenschaftler, Jurist, Historiker, Theologe und Diplomat verwaltete als Geheimer Rat und Bibliothekar im Dienst des Kurfürsten von Hannover seit 1676 das hannoversche Bibliothekswesen. Nach einem Besuch bei Leibniz in Hannover, einem Sachkenner kurfürstlicher Politik, schilderte der englische Gesandte die armseligen Lebensumstände von "the old dirty Philosopher". Leibniz wohne in einem kleinen Häuschen, wo man nichts als Bücher sähe, Tausende von Exemplaren. Der hochangesehene Gelehrte würde auf Büchern schlafen, eingehüllt in eine zerfetzte Decke. Dazu trüge das Genie, das sich wie kein Zweiter in der Literatur auskenne, immer dasselbe schmutzige Hemd!

Eine solche Ablenkung von der zentralen Fragestellung zählte als schöpferische Pause. Durch die Konzentration auf Schriftzüge, Inhalt und Aussagewert der fremdsprachlichen Handschriften trat dann und wann ein toter Punkt auf: "Die Arbeit in den Archiven ist ermüdend. Wenn die forschenden Blicke durch Aktenberge, um Schlüsselpassagen nicht zu übersehen, von vorn bis hinten gewandert sind, fällt es schwer, die Augen offen zu halten." (8.5.1960) Brachte ein Arbeitstag nach der Sichtung von Aktenstapeln keine befriedigenden Fortschritte, stellten sich Ermüdungserscheinungen und grundsätzliche Bedenken über den Sinn des aus freiem Willen gewählten Höhenfluges ein. Ein materieller Nutzen war nicht erkennbar, der ideelle Wert das A und das O. Welcher Impetus war einem Durchhänger bei einer schleichenden Krise entgegenzusetzen? "Eine Dissertation hat es in sich und verlangt eine Menge Zeit, Arbeitsaufwand, Ausdauer und nicht zuletzt Verzicht und Opfer. Ein Tiefpunkt ist nur zu überwinden, wenn hinter dem Anliegen die feste Absicht und die unentbehrliche Willenskraft steht, sein Ziel zu erreichen. Bei der Umsetzung der theoretischen Einsicht in die Praxis beginnen die Schwierigkeiten. Hier muß eine Kraftquelle hinzukommen, um die Hürden zu nehmen. Mir scheint, das Wichtigste dabei ist, daß der Untersuchungsgegenstand den Bearbeiter so begeistern, ja in Atem halten muß, daß dieser mit Haut und Haaren in den Bannkreis der anstehenden Probleme gerät. Wenn mich die Geister, die ich gerufen habe oder die mich gerufen haben, nicht mehr loslassen, dann sind die ersten Hindernisse beseitigt. Das Wissen von der Rolle des Doktortitels als gesellschaftliches Statussymbol ist die eine Seite. Ein solches, rein äußerliches Bestreben reicht nicht aus, um Talsohlen zu durchschreiten. Die Arbeit schlechthin, die Sachfragen und deren Bewältigung müssen fesselnder sein als der Wunschtraum nach dem Erwerb der Doktorwürde. Allein aus dem Verlangen, einem Problem auf den Grund gehen zu wollen, lassen sich Kräfte zum Durchhalten schöpfen. Wie gut, daß die Nachforschungen als Selbstzweck Energien freisetzen. Es ist ein erhebendes Gefühl, eigene Gedanken, die auf keine direkte Lesefrucht zurückgehen, fassen zu können. Lediglich Meinungen aufzugreifen, ist langweilig und lähmt den Verstand. Die mich bewegenden geschichtlichen Fragen füllen mein Denken aus. Diese Antriebskräfte können Flauten und Ebben, die nicht ausbleiben, überbrücken helfen." (20.10.1957) Goethe formuliert den Erkenntnisprozeß treffsicher: *"Um einen Gegenstand ganz zu besitzen, zu beherrschen, muß man ihn um seiner selbst willen studieren."*

Während der mehrmalige Aufenthalt in London eine reichhaltige archivalische Ausbeute zu Tage förderte, lagen die zwischenmenschlichen Beziehungen im Argen. Mr. Chadwick war zuweilen wochenlang nicht zu sehen, Mrs. Chadwick bekam ich meist nur donnerstags bei der Zahlung der Miete zu Gesicht. Außer den üblichen Standardfloskeln beim Kauf des Daily Telegraph im Zeitungsladen wie "nice morning, isn't it" und meiner stereotypen Erwiderung "very nice, indeed", sowie den einsilbigen Dialogen beim Shopping und Bestellen der Akten in den Archiven, blieben Konversation und Kommunikation Mangelware. Zwar war das kommunikative Defizit in den Sommermonaten weniger spürbar. Frei- und Hallenbäder mitsamt den prächtigen Grünanlagen in der Weltstadt sorgten nach getaner Pflicht für neue Kraftreserven: "Vor mir dehnt sich der Regent's Park aus. Spaziergänger, Fußballspieler, Kinderwagen, sich in der Sonne aalende Paare und Hundehalter säumen die riesige Rasenfläche. Es ist ein angenehmer Brauch, daß man die Grünflächen betreten darf. Dem Rasen macht das nicht allzu viel aus. Vor allem haben die Großstädter in dieser Metropole die Möglichkeit, sich vom Lärm und Getöse zurückzuziehen und ein Stück Natur zu genießen, in der die Luft einigermaßen sauber ist." (8.9.1957)

Nach intensiven Aktenstudien wirkte die frische Luft wie Balsam. Sie löschte den feinen Staub, der sich in und auf den Akten angesammelt hatte und den der Körper beim Durchforsten des Quellendschungels schluckte. Die naturverbundenen Erholungsphasen hörten auf, als herbstliche Winde die dürren Blätter aufwirbelten, die Jahreszeit ein Verbleiben in den Parks ausschloß und der ominöse Herbstnebel London in eine Waschküche tauchte. In jenen Wochen wurde England seinem auf dem Kontinent nachgesagten Ruf gerecht, *"das meerumflossene, von Nebel und Wolken umzogene"* Land zu sein: "Der berüchtigte Novembernebel hat seinen

Höhepunkt erreicht. Gestern war ganz London so in wallenden Nebel gehüllt, daß gegen 17.00 Uhr bereits die Eingänge zum Britischen Museum und selbst der Lesesaal von Nebelschwaden durchzogen waren. Die Sichtweite betrug ein paar Meter. Passanten schützten sich mit Schals, Mantelkragen oder Taschentüchern vor der dichten Dunstglocke. Der Londoner Smog ist keine Zeitungsente." (6.12.1957)

Mit dem Herbstanfang verstärkte sich die durch die Archivstudien bedingte Konsequenz zum Alleinsein. Eigene Bemühungen, mit englischen Vereinen oder Universitätsklubs ins Gespräch zu kommen, um der Kontaktlosigkeit zu begegnen, scheiterten: "Es ist schwierig, mit Engländern Kontakt aufzunehmen. Das schaffen nur wenige. An der hergebrachten Meinung über die reservierten Inselbewohner ist sicher etwas dran. Man denke an meine 'namenlosen' Mitbewohner in Helix Gardens, die Kontakte meiden. Bildungsmäßig gehobenen Schichten näherzutreten gleicht der Quadratur des Kreises. Das soziale Leben spielt sich in vornehmen Klubs und exklusiven Zirkeln ab. Bei dem Versuch, die Barrieren zu überwinden, ist man mit seinem Latein schnell am Ende. Die gesellschaftlichen Konventionen sind streng. Wünschenswert wäre ein gelegentliches Zusammensein mit Gleichgesinnten." (23.10.1957) Um eine minimale Kommunikation herzustellen, "damit die Sprechwerkzeuge nicht ganz verkümmern", nahm ich Fühlung mit der deutschen Botschaft auf, die mir diesbezügliche Vereinigungen nannte. Dazu gehörten die Anglo-German Association im deutschen Kulturinstitut und die German Young Men's Christian Association.

Im Deutschen Christlichen Verein Junger Männer, der weiblichen Interessenten ebenfalls offen stand und dem ein Anglo-German Circle mit einer Conversation Group angeschlossen war, verbrachte ich seit Herbst 1957 die Mußestunden der Londoner Studienzeit. Außer Gottesdienstbesuchen, Andachten, Ausflügen in die Umgebung Londons, Filmabenden, Billard- und Tischtennisspielen referierte alle vier Wochen ein Mitglied des CVJM über die politische Lage in Gesamtdeutschland. Die Monatsübersicht sollte Landsleute über Ereignisse und Entwicklungen in der Heimat auf dem Laufenden halten. Die Leitung des Vereins bat mich, einen solchen Informations- und Diskussionsabend vorzubereiten und durchzuführen. Meinem

Lagebericht am 16.10.1957 lagen mehrere Themen zugrunde: Die Ergebnisse und Kommentierung der Bundestagswahl vom 15.9.1957, ihre Auswirkungen auf das Parteienspektrum und die Bundesländer, die bedrohlichen Vorgänge in Syrien durch den wachsenden Einfluß pro-sowjetischer Kräfte im Nahen Osten, die Situation des Westens nach dem sowjetischen Raumflug, Probleme der Ostpolitik und der Wiedervereinigung. Die gleichgültige Haltung eines Landsmannes zur deutschen Frage reizte geradezu zum Widerspruch: "Einer der Anwesenden war ohne Bedenken bereit, Mitteldeutschland abzuschreiben, von den deutschen Ostgebieten gar nicht zu reden. Die Deutschen müßten auf die Wiederherstellung der deutschen Einheit verzichten! Inakzeptable Äußerungen! Die Einstellung paßt zu manchem satten, selbstzufriedenen und egozentrisch denkenden und handelnden Bundesrepublikaner. Diese Anschauung erinnert an das unpolitische Dasein, dem sich die Deutschen beim Niedergang des Heiligen Römischen Reiches Deutscher Nation Anfang des 19. Jahrhunderts hingaben." (23.10.1957)

Die flüchtigen Skizzen alltäglicher Ereignisse in London warfen die Frage auf, ob die angeführten Verhaltensformen der Inselbewohner Einzelfälle sind oder ob sich generelle Rückschlüsse auf typische Eigenarten englischer Mentalität ziehen ließen. Man denke an die Gelassenheit und den Gleichmut von Passanten und Autofahrern in stressigen Situationen: "Worüber ich alltags wie feiertags in Staunen gerate, ist die für kontinentale Maßstäbe unfaßbare Selbstdisziplin der Bürger(innen). Dispute zwischen Verkehrsteilnehmern sind Ausnahmen. So geduldig die Schlangen an den Bushaltestellen warten, so friedlich verharren Theater- und Kinobesucher an den Kassen, ohne an Verzögerungen Anstoß zu nehmen und sich in die Haare zu geraten. Das bloße Wort 'full up' genügt, um die beherrschten Fahrgäste auf den nächsten Bus zu vertrösten. Selbst zwei Personen, die nach unserer Meßlatte in dem 'Lumpensammler', mit dem sie um Mitternacht heimfahren wollen, noch Platz finden würden, schicken sich spät abends in den höflich-abwinkenden Appell des Schaffners 'sorry'. Kein Aufmucken, geschweige eine Protesthaltung. Das Tun und Treiben in der Weltstadt läuft weitgehend ohne blinden Lärm ab." (18.8.1957) Die sportliche Denk- und Verhaltensweise von Engländern hat eine historische Dimension: *"Ihre persönliche Ruhe, Sicherheit, Tätigkeit, Eigensinn und Wohlhäbigkeit geben beinahe ein unerreichbares Musterbild von dem, was alle Menschen sich wünschen."*

Auf der gleichen Ebene lag die bisweilen amüsante, stillvergnügte und unkomplizierte Selbstdarstellung von übereifrigen Missionaren und redegewaltigen Esoterikern in Speakers' Corner: *"Es muß auch solche Käuze geben."* Die Toleranzgrenze der Zuhörer ist weit gespannt: "Hier kann jeder untertauchen, und niemand kümmert sich um den anderen. Die bezeichnende englische Art scheint zu sein, jeden gewähren zu lassen, ob Normalbürger, Sonderling oder Eigenbrötler." (24.11.1957) Die Lebensauffassung nach dem Prinzip von Adam Smith, dem Klassiker der modernen Nationalökonomie, laisser-faire, laisser-aller, ähnelt antiken Vorstellungen: *"Jeder ist seines Glückes Schmied."* (C.C. Appius) Andererseits fallen bei dieser Einstellung auch Menschen der Vereinsamung anheim, eine Erscheinung, die gleicherweise kein Novum ist: *"In so einem ungeheuren Elemente, als die englische und besonders die Londoner Welt, werden wie im Weltenmeere unendlich viele Formen der Existenz möglich, wo immer eine aus der andern entsteht, und eine sich von der andern nährt."*

Ein etwas skurriler Trend, für den eine plausible Deutung fehlt, war die Freizeitkleidung von Erholungsuchenden an Stränden. Natürlich berichteten die Zeitungen mit Wonne über "Londoners rush to sun and sea" in der Badesaison. Wer allerdings aus diesem Umstand folgert, daß der Schwimmsport en vogue ist, irrt. Ob am Strand in Brighton oder im Freibad im Hyde Park, ein Großteil der Ausflügler und Sommerfrischler trug keinen Badeanzug bzw. kam überhaupt nicht aus den Kleidern. Nicht wenige saßen angezogen an den Stränden, im Auto oder auf dem Rasen, lasen die neuesten Nachrichten, stärkten sich derweil mit Sandwiches, faßten die Wellen scharf ins Auge und suchten mit Feldstechern den Horizont ab, mieden hingegen Neptuns Imperium um alles in der Welt: "Seltsam, daß die Engländer, die auf einer Insel leben und eigentlich Wasserfreunde sein müßten, das Hineinsteigen in die Fluten scheuen." (18.8.1957) Diese Verhaltensweise ist auch heutzutage zu beobachten. Das war eine Sinneswahrnehmung, kein Werturteil, denn *"es muß jeder machen und tun, was ihm das beste dünkt."*

Die geschichtlichen Forschungen legten es nahe, Vergleiche zu ziehen. Ließen sich im Hinblick auf Herkommen und Brauchtum zwischen der Epoche, die Gegenstand meiner Untersuchung war, und den Zeitumständen der 50er Jahre Parallelen entdecken? "Die gestrige Zeitung habe ich mit großem Interesse gelesen. Sachkundige Beiträge erläuterten die Prozeduren der Parlamentseröffnung und -vertagung, die Thronrede der Königin und das überlieferte Zeremoniell. In den Akten von 1690 bis 1750, die meinen Studien zugrunde liegen, werden die gleichen Vorschriften und Gepflogenheiten geschildert. Die tief verwurzelte Neigung zu Tradition und konservativer Geisteshaltung ist Engländern wesensgemäß. An Formen des Protokolls und der Etikette, deren Zweck und Sinn einzelne Zeitgenossen bezweifeln, wird nicht gerüttelt. Ein Schulbeispiel sind die wie Wachsfiguren vor dem Königspalast Wache schiebenden Soldaten mit ihren altmodisch aussehenden Uniformen und ihrem marionettenhaften Marschtritt. Das Traditionsbewußtsein ist ungebrochen. Kein ernst zu nehmender Kritiker stellt die überkommenen Gebräuche in Abrede. Da braucht man keine Sorge wegen der Kontinuität der politischen Verhältnisse zu haben." (3.11.1957) Goethe, das Sprachrohr des Zeitgeistes beim Übergang vom 18. zum 19. Jahrhundert, dokumentiert: *"Der Engländer hängt mit Ernst und Vorurteil am Altertum."*

Die Förmlichkeit und Konvention, zusammen mit den parlamentarischen Spielregeln, wollte ich nicht allein theoretisch ergründen, sondern im Mutterland des Parlamentarismus eigenhändig kennenlernen. Die deutsche Botschaft verschaffte mir eine Einlaßkarte für das Unterhaus, um von der Zuschauertribüne den Verlauf einer Parlamentssitzung mitzuerleben. Der Besuch des House of Commons war ein außergewöhnliches Ereignis und Gipfel der politischen Eindrücke in England. Es war nicht die ausgewogene Konstellation von Regierung und Opposition in der Legislative, die mich konsternierte. Vielmehr wurde ein anderer Vorgang zum Brennpunkt des Tages. Den früheren Premier und Heros der Nation, Sir Winston Churchill, in seiner ganzen Erscheinung leibhaftig zu sehen, war ein besonderes Erlebnis. Auf die Stimmung der Gleichgültigkeit und Ungerührtheit, die dem einst tonangebenden Repräsentanten des ehedem mächtigen britischen Empires coram publico entgegenschlug, bei der eigenen Fraktion, der Opposition und auf der

Regierungsbank, konnte sich ein Augenzeuge keinen Reim machen. Die Annahme, daß Churchill, dem das englische Volk wegen des siegreichen Krieges Dank schuldete, die Szene beherrschen und wie ein Nationalheld die Aufmerksamkeit der Parlamentarier auf sich lenken würde, erwies sich als Trugschluß: "Als Premierminister Macmillan eine Regierungserklärung abgab, betrat Churchill das Plenum. Sekundenlang hielt er Ausschau nach einem Sitzplatz - das Unterhaus kennt im Unterschied zum Bundestag keine festgelegte Sitzordnung für die Abgeordneten - fand in den vorderen Reihen keinen freien Platz, machte daraufhin kehrt und kam nach einigen Minuten erneut zurück. Nach anfänglichem Zaudern stand ein konservativer Abgeordneter auf, räumte gemächlich seinen Platz für den 'Grand Old Man', den er jedoch keines Blickes würdigte. Churchill, wankend und taumelnd wie ein gebrechlicher und hinfälliger Mann, ließ sich auf dem frei gewordenen Sitz buchstäblich niederfallen. Niemand schenkte ihm Beachtung, weder ein Zuwinken noch sonst eine Ehrerbietung von anderen Volksvertretern, ganz zu schweigen von einer Huldigung des Hohen Hauses, die bei der Bedeutung dieser für England prominenten Persönlichkeit keine Sensation gewesen wäre. Der weltbekannte Staatsmann, der Inbegriff einer vergangenen Epoche, saß versunken, müde, abgekämpft auf der Sitzbank und schaute apathisch vor sich hin. Als die Sitzung unterbrochen wurde und Abgeordnete den Plenarsaal verließen, verweilte Churchill auf der Sitzbank für einen Augenblick, verlassen und mutterseelenallein. Dann erhob er sich mühselig. Mit dem Aufstehen, augenscheinlich eine große physische Anstrengung, tat er sich schwer. Weder ein Parteifreund noch ein anderes Mitglied der Commons begrüßte oder stützte den berühmten und jetzt hilfsbedürftigen 'Grand Old Man'. Keiner nahm Notiz von dem 'Elder Statesman', der die englische, europäische und Weltpolitik in der ersten Hälfte des 20. Jahrhunderts federführend mitgestaltet hat. Eigenartig und wiederum charakteristisch für englische Denkgewohnheiten und Verhaltensmuster." (10.11.1957)

Das Resümee der Erlebnisse und Beobachtungen in der Zeit der Archivstudien in London besagt: "Engländer tendieren in der Öffentlichkeit dazu, eine betont distanzierte Attitüde einzunehmen, so daß ihre echten Motive und wahren Emotionen gelegentlich Rätsel aufgeben." (7.12.1957)

## 2. Promotion zum Dr. phil.

*"Mit den Jahren steigern sich die Prüfungen"*

Nach der Rückkehr aus London und dem Ablauf meiner Beurlaubung wandte ich mich nach den Sommerferien 1958 wieder der pädagogischen Ausbildung zu: "Mit fliegenden Fahnen kehre ich nicht zur Schule zurück". (17.7.1958) Zugleich erfolgte ein Zimmerwechsel. Da Lulu D. über ihre Wohnung voll verfügen wollte, zog ich als Untermieter zu Frau M. in Frankfurt-Sachsenhausen, Oppenheimer Landstraße 58. Dort bewohnte ich bis zu meiner Übersiedlung nach Wiesbaden im Sommer 1961 ein sonniges Erkerzimmer, den ansehnlichsten Raum in meinem Junggesellendasein. Das Kultusministerium wies mich zur Fortsetzung des Vorbereitungsdienstes der Ziehenschule in Frankfurt/M. zu. Die Behörde genehmigte meinen Antrag auf Verkürzung der Ausbildungsdauer wegen des Studienaufenthaltes in England um ein halbes Jahr. Am 11.9.1959 schloß ich nach 1½jähriger Referendarzeit die pädagogische Ausbildung mit dem zweiten Staatsexamen ab. Nicht der Schuldienst stand obenan, sondern die Weiterarbeit an der Dissertation: *"Die Lebenswege wandern. Es geht eins nach dem andern hin, und wohl auch vor dem andern."*

Daheim in Sarstedt kam es darauf an, die mehrfach unterbrochenen Forschungsaktivitäten zu bündeln. Zu diesem Zweck setzte ich im Oktober 1959 die Studien im Niedersächsischen Staatsarchiv Hannover fort. Der Verstand vertiefte sich in die *"wunderbare Zauberkraft"*, die *"in Staub von Akten und Papieren"* lag, Auge und Herz richteteten sich auf meine spätere Frau Barbara, die ebenfalls im Archiv tätig war: *"Auf den ersten sichern Blick kommt alles an, das übrige gibt sich ... Man fühlt einen Augenblick, und der Augenblick ist entscheidend für das ganze Leben, und der Geist Gottes hat sich vorbehalten, ihn zu bestimmen ..."*

Nach und nach kam Übersicht und Systematik in das gesammelte Material. Die Silhouette eines historischen Gebildes zeichnete sich ab. Der Sachverhalt, die Problemkreise und das Resultat der Untersuchung sollen umrißhaft aufleuchten.

Die Thematik bezieht sich auf die hannoversch-englischen Subsidienverträge von 1702-1748. Allgemein sind unter Subsidienverträge Vereinbarungen zwischen Reichsfürsten und einer ausländischen Macht über die Bereitstellung von fürstlichen Truppen im Dienst fremder Staaten zu verstehen. In der populärwissenschaftlichen Literatur sind Ausdrücke wie Soldatenhandel, Soldatenverkauf, Verkauf von Landeskindern oder Menschenhandel geläufiger als der Begriff Subsidienvertrag. Eine wissenschaftliche Untersuchung über Subsidienverträge existierte nicht. Die Lücke, die in der Forschung klaffte und die unzureichende Aufmerksamkeit, die die deutsche und internationale Historiographie dem Thema gewidmet hatte, war ein Motiv, das mich herausforderte.

Unter den Subsidienverträgen deutscher Reichsfürsten nehmen die hannoversch-englischen Abmachungen auf Grund der Anwartschaft des Kurfürstentums auf den englischen Thron eine Sonderstellung ein. Mit der engen Verbindung von England und Hannover hängt die Tatsache zusammen, daß die Subsidienverträge eine Fülle zusätzlicher Probleme aufwarfen, die sich bei den Truppenkonventionen mit anderen Staaten nicht stellten. Die Arbeit setzt sich mit Geist und Buchstabe der Verträge vor und nach der Erlangung der Königswürde durch das Kurfürstentum auseinander. Für die Untersuchung der Truppenverträge, die in Kriegzzeiten vereinbart wurden, dienten als historischer Hintergrund die Jahre des Spanischen Erbfolgekrieges (1702-1714) und des Österreichischen Erbfolgekrieges (1742-1748).

Die Hegemonialbestrebungen Ludwigs XIV. beantworteten die Mächte der Großen Allianz mit der Aufstellung einer gemeinsamen Streitmacht. Zur Deckung des englischen Kontingents von 40 000 Mann sollten auf Wunsch der Londoner Regierung 10 000 hannoversche Soldaten in Dienst genommen werden. Darüber verhandelte der Berater von König Wilhelm III. und Experte für Truppenkonventionen, der Herzog von Marlborough, dessen Biographie sein Nachkomme Sir Winston Churchill verfaßt hat, mit dem Kurfürsten. Er nahm den aus seiner Sicht vorteilhaften englisch-preußischen Subsidienvertrag als Muster für die Konvention mit Hannover, während dem Welfenfürsten die englische Abmachung mit

Dänemark wegen der günstigeren finanziellen Reglungen als Grundlage für die Verhandlungen vorschwebte. Gegenüber dem Verlangen nach verbesserten Bedingungen, von den kurfürstlichen Gesandten jahrein, jahraus vorgetragen, stellte sich Marlborough allzeit taub. Mithin mußte Hannover bei dem hartgesottenen Unterhändler Marlborough in seinen finanziellen Forderungen zurückstecken.

Welche kurfürstlichen Motive lagen der Vertragschließung zugrunde und welchen Zwecken wurden die Subsidien in Hannover zugeführt? Bereits die Terminologie der Verträge symbolisiert das Bestreben, partikulare Zielsetzungen zu tarnen. Die kurfürstlichen Reskripte und Resolutionen verwenden nicht den Begriff Subsidientractat, sondern sprechen von dem Volksschickungstractat oder Volkhülfsschickungstractat. Einen so aufopfernden Charakter, wie der Kurfürst der Außenwelt glauben machen wollte, hatten die Konventionen gewiß nicht. Sicherlich brachten sie ihren Nutzen, obgleich andererseits das Geschäft keine Goldgrube war. Die ausländischen Subsidien entlasteten den stark überzogenen Militäretat der Kurlande. Schon in Friedenszeiten reichten die Kontributionen nicht aus, die Kosten für den Unterhalt eines stattlichen Heeres zu decken. Die monatlichen Ausgaben der Kriegskasse überstiegen bei weitem die Einnahmen. Die Bereitwilligkeit, mit der Georg Ludwig das englische Truppengesuch annahm, erklärt sich aus der wirtschaftlichen Not des Kurfürstentums. Konnte er seine Subsidienforderungen auch nicht durchsetzen, sanierte sich doch die Kriegskasse, da fortan der Großteil des Heeres durch englische Gelder unterhalten wurde. Der Militärhaushalt erfuhr eine spürbare Entlastung und zugleich Aufstockung. Daneben wurden die Hilfsgelder in folgende Vorhaben gesteckt: Zum Erwerb neuer Grafschaften und Vogteien, zur Erbauung von Manufakturhäusern, zum Ankauf von Lebens- und Futtermitteln, zum Brückenbau, zur Wiederherstellung gebrochener Deiche, zum Bau von Schleusen und Schiffsanlegestellen, zur Errichtung einer Tabakfabrik und zur Introduktion Hannovers ins Kurkolleg. Somit ergeben sich drei Schwerpunkte für die Verwendung der Subsidien: erstens dienten die Subsidien zum Ausbau der militärischen Macht, zweitens zur Befestigung der politischen Stellung des Kurfürstentums und drittens zur Hebung der Wirtschaftskraft des Territoriums. Nicht zuletzt profitierten die Landstände und Untertanen von den Verträgen. Die Aufbringung von Sondersteuern blieb ihnen erspart und ein Drittel der sonst zu entrichtenden Fouragegelder während der Abwesenheit der Kavallerie wurde erlassen. Daß Georg Ludwig Subsidiengelder für den persönlichen Bedarf abzweigte oder zur Führung eines luxuriösen Hofstaates einsetzte, ist quellenmäßig nicht nachweisbar.

Trotz Überlassung eines Kontingents in englische Dienste weigerte sich der Kurfürst, auf jede Verfügungsgewalt über seine Soldaten zu verzichten. Georg Ludwig bestand auf dem Rückberufungsrecht der Soldtruppen bei akuter Gefahr der Landesgrenzen. Das Rückrufrecht versetzte England in den Jahren des Spanischen Erbfolgekrieges mehrmals in eine ernste Situation. Das war ein Pferdefuß der Subsidienverträge für London, indem der Fürst unter Bezugnahme auf eine veränderte politische Gesamtlage oder partikularistisch-dynastische Bestrebungen sein Korps von der englischen Armee abziehen konnte. Im übrigen besaß Marlborough kein Notifikations- und Einspruchsrecht bei der Ernennung der höheren Offiziere. Die Ausübung der Militärgerichtsbarkeit lag in den Händen der hannoverschen Generalität. Desgleichen gab Georg Ludwig nicht seinen Anspruch auf die Treueverpflichtung und die Eidesleistung der Offiziere und Mannschaften ihm gegenüber auch nur vorübergehend auf. Das Hilfskorps sollte dem englischen Oberbefehlshaber nicht völlig untergeordnet werden, sondern ein in sich geschlossener Verband mit eigener Befehlsstruktur innerhalb der englischen Armee bleiben und gemäß der politischen Reputation des Territorialstaates behandelt und eingeordnet werden. Hannover verlangte im Kampfgebiet einen Platz, wie er dem preußischen Herrscher in den Feldzügen vor Erlangung der preußischen Königswürde zuteil wurde. Analog den rigiden Protokollvorschriften über Förmlichkeit, Zeremoniell und Etikette auf politisch-diplomatischem Gebiet waren ebenso Rang- und Kommandofragen im militärischen Bereich typische Merkmale im Zeitalter des höfischen Absolutismus. Bei einer Schlachtordnung sollte der hannoversche General mit dem königlichen und kurfürstlichen, nicht aber mit den fürstlichen Einheiten einen Flügel bilden. Als Kurfürst beanspruchte Georg Ludwig eine Plazierung vor einer Republik.

Beim Übergang der Truppen in fremde Dienste behielt sich der Kurfürst das

Sorgerecht für seine Soldaten vor. Dem Kurfürsten lag viel an der Sicherheit und Erhaltung des Verbandes, stellte doch das Heer für den Fürsten den wertvollsten Besitz und sein eigentliches Machtinstument dar. Über die Einhaltung der kurfürstlichen Weisungen hatten die hannoverschen Befehlshaber zu wachen. Georg Ludwig legte Wert auf sichere Winterquartiere, ausreichende Verpflegung und Ausrüstung, pflegliche Behandlung von Kranken und Verwundeten. Angeschlagene Truppenteile sollten geschont und aus dem "locus operationis" abgezogen werden. Seine Fürsorge skizzieren häufig von ihm benutzte Ausdrücke: Sicherheit, Conservation, Ehre, Ruhm, Satisfaktion, Avantage, Reputation und Rang. Mithin treffen die Bezeichnungen Soldatenhandel, Soldatenverkauf oder Menschenhandel auf das Kurfürstentum Hannover nicht zu.

Als die englische Regierung die Beendigung des Krieges gegen Frankreich in Betracht zog, verweigerte Georg Ludwig entsprechend seiner kaisertreuen Einstellung und als erklärter Gegner der französischen Universalmonarchie seine Zustimmung. Zu der Trübung des hannoversch-englischen Verhältnisses wegen der unterschiedlichen Beurteilung der außenpolitischen Lage kamen grundsätzliche Differenzen. Als absolutistischer Herrscher stand Georg Ludwig dem parlamentarischen System in England verständnislos gegenüber. Selbst seine in London akkreditierten Diplomaten vermochten nicht, ihm die Wirkungsweise einer konstitutionellen Monarchie mit einem Parlament als zentrale politische Instanz begreiflich zu machen. London und Hannover waren Pole eines diametral entgegengesetzten Menschen- und Weltbildes. Die Prinzipien der Volkssouveränität und des monarchischen Absolutismus, die in der Staatsphilosophie von Locke und Hobbes ihren Grund haben, standen sich unversöhnlich gegenüber. Der aus der verschiedenartigen außenpolitischen Betrachtungsweise sich ergebende politische Bruch zwischen England und Hannover im Jahre 1712 hatte zwangsläufig Rückwirkungen auf das militärische Zusammengehen der beiden Länder.

Aus der Ablehnung der englischen Friedenspläne folgte die Weigerung des hannoverschen Generals von Bülow, sich den Befehlen des Herzogs von Ormond, Nachfolger von Marlborough, zu fügen. Bülow verließ mit seinem Korps am 16. Juli

1712 die englische Armee unter Ormond und folgte dem Marschbefehl des Prinzen Eugen. Damit war die Trennung der Hilfstruppen von der englischen Armee vollzogen. Das war das jähe Ende einer miltärischen Bundesgenossenschaft und eines zehnjährigen Dienstes hannoverscher Truppen in englischem Sold. Seither bestritten Hannover, der Kaiser und Holland den Unterhalt des Kontingents zu gleichen Teilen.

Die englische Regierung war über den eigenmächtigen Abmarsch der Hilfstruppen erzürnt. London sah in dem hannoverschen Vorgehen keinen Abzug oder eine Trennung, sondern Desertion. Als Gegenmaßnahme und Vergeltung für den Verrat setzte Whitehall die bereits angedrohte Subsidiensperre in Kraft. Der Kurstaat nahm die Streichung sämtlicher Subsidien, gleichsam die finanzielle Bestrafung für seine politische Haltung, nicht widerspruchslos hin. Zu Lebzeiten von Königin Anna konnte die Kontroverse um die Subsidien nicht beigelegt werden. Ihre Lösung erfolgte in einer neuen Epoche der englischen Geschichte, die mit der Erhebung des Kurfürsten auf den englischen Thron begann.

Am 31. Juli 1714 starb Königin Anna, und der Kurfürst bestieg als Georg I. den Thron Englands. Eine der ersten Amtshandlungen des König-Kurfürsten befaßte sich mit der Begleichung der hannoverschen Rechnungsposten aus den Subsidienverträgen. Der Erwerb der Krone durch das Kurfürstentum bewirkte im Parlament einen opportunistischen Gesinnungswandel. Abgeordnete, die vor zwei Monaten die Bezahlung der Schulden vehement verworfen hatten, bejahten sie jetzt lebhaft. Ohne Debatte bewilligte das Unterhaus einstimmig die Abtragung der Subsidienrückstände. Der Parlamentsbeschluß über die Truppengelder zeigt den Richtungswechel der englischen Subsidienpolitik gegenüber Hannover. Sie stand im Zeichen der Wiedergutmachung. Dazu gehörte die völlige Rehabilitierung der Hilfstruppen. Die despektierlichen Äußerungen führender englischer Politiker in den Julitagen 1712 über das abtrünnige Verhalten des hannoverschen Korps wurden gerügt. Die sofortige Aufhebung der generellen Subsidiensperre war für das Kurfürstentum wichtiger als jede moralische, politische oder juristische Verurteilung der damaligen Minister. Der König-Kurfürst und die hannoversche Landesregierung suchten den Stimmungsumschwung der politischen Kräfte in England zum Besten der

Kurlande auszunutzen. Die Kriegsräte prüften, unterstützt von der Generalität, in sorgfältiger Kleinarbeit sämtliche Belege, die für Ansprüche herangezogen werden konnten. Die Begünstigung kurfürstlicher Belange durch die englische Regierung und im Unterhaus warf ihre Schatten voraus. Die Problematik der Subsidienleistungen an den Kurstaat zeigte sich in ihrem Ausmaß und ihrer Tiefe während des Österreichischen Erbfolgekrieges.

Obgleich kein Bedarf an Soldtruppen bestand, beschloß das Kabinett in London im Juli 1742 zur Verstärkung der Streitkräfte in Flandern die Übernahme von 16 000 hannoverschen Soldaten in englischen Dienst. Dem Kabinettsbeschluß lagen primär politische Überlegungen zugrunde. London wollte die schwerlich zusammenpassende Außenpolitik von England und Hannover beenden. Es mutet merkwürdig an, daß im Zeitalter der Personalunion die englische Regierung zur Gewinnung der politischen Bundesgenossenschaft von Hannover kurfürstliche Truppen anwerben mußte. Das Kabinett leistete mit der Bezahlung der Soldaten dem König-Kurfürsten einen großen Gefallen. Er erhielt die Zuschüsse zu dem Militäretat, die ihm noch vor wenigen Monaten abgeschlagen wurden. Durch eine geschickte Taktik hatte Georg II. zweierlei erreicht: Hannover vor einer französischen Invasion bewahrt und dazu den Kurlanden die ersehnten Hilfsgelder verschafft. England trug nachträglich die Rüstungskosten des Kurstaates, die ihm aus seiner von London so sehr bekämpften Neutralitätspolitik erwachsen waren.

Nach der Präambel des Truppenkontraktes wurden die Bestimmungen des hannoversch-englischen Vertrages aus dem Spanischen Erbfolgekrieg zugrundegelegt. Das geschah pro forma. Faktisch deckten sich die Überlassungsbedingungen von 1742 keineswegs mit denen der Konvention von 1702. Eine Gemeinsamkeit oder Übereinstimmung ist nicht vorhanden. Beklagte der hannoversche Gesandte Schütz die im Vertrag von 1702 "so favorable conditiones vor England", ist es 1742 genau umgekehrt. Hannover bekam ohne eigenes Zutun überaus günstige Bedingungen. England zahlte 167 079 Gulden mehr als nach dem Maßstab von 1702. Sämtliche sieben Conditions des Contractes von 1742 sprechen von den Rechten des Kurstaates.

Pflichten und Dienstleistungen, die ihm obliegen, werden mit keinem Wort erwähnt. Prägten englisches Denken und englische Interessenlage den Vertrag von 1702, werden Geist und Buchstabe der Subsidienbestimmungen des Jahres 1742 von den Interessen des Kurfürstentums geleitet.

Die Ankündigung über die Verstärkung der Bündnisarmee durch ein hannoversches Hilfskorps fand Anklang bei dem englischen Heerführer in den Niederlanden, Lord Stair. Allerdings beeindruckte seine Aufforderung zur Eile den Oberbefehlshaber der hannoverschen Truppen, General Dupontpietin, nicht, denn er besaß den Rückhalt des König-Kurfürsten, der von anderen Beweggründen ausging. Georg II. richtete wie sein Vater das Hauptaugenmerk auf die Sicherheit, Erhaltung und Wohlfahrt der kurfürstlichen Verbände. Er kümmerte sich außer um eine angemessene Unterbringung in einwandfreien Winterquartieren um die Versorgung mit genügend Vorräten. Der König pochte auf die Gleichstellung zwischen den englischen und hannoverschen Einheiten und untersagte Quantitäts- und Qualitätsunterschiede bei den Unterkunfts- und Verpflegungsbedingungen. Hannoversche Offiziere inspizierten die vom englischen Kommissariat errichteten Magazine. Lord Stair fühlte sich durch die Beanstandungen der hannoverschen Generäle, das Mißtrauen des Königs und durch das aus seiner Perspektive unaufrichtige Verhalten der englischen Regierung, die ihn über Zahlungsabsprachen zwischen England und Hannover nicht informierte, hinters Licht geführt. Georg II. vereitelte in seiner Eigenschaft als Kurfürst die Ausführung von Beschlüssen der englischen Regierung, denen er in seiner Eigenschaft als König zugestimmt hatte. Da der König-Kurfürst hinter den hannoverschen Generälen stand, gab es für Stair keine Möglichkeit, den Gehorsam Dupontpietins zu erzwingen. Die trickreiche Doppelstrategie und das zwiespältige Handeln des König-Kurfürsten brachten Lord Stair in Rage, denn jeden Tag konnte er sich in Fallstricke verheddern. Die hannoverschen Truppen hörten nicht auf seine Befehle, sondern auf die des König-Kurfürsten, ohne dessen schriftliche Genehmigung Dupontpietin keine Weisungen Stairs befolgte.

Im Zeichen der Vertrauenskrise übernahm Georg II. den Oberbefehl über die gemeinsame Streitmacht. Seine offene Parteinahme für das hannoversche Korps machte böses Blut und stiftete Unfrieden zwischen Soldtruppen und englischer Armee. Das pro-hannoversche Vorgehen und Auftreten des Monarchen vertiefte den Graben zwischen den Bundesgenossen. Der Kommandobefugnisse beraubt, nahm Stair wie ein passiver Zuschauer an den kriegerischen Handlungen teil. Das Ränkespiel der hannoverschen Generalität und die Doppelbödigkeit der königlich-kurfürstlichen Salamitaktik zermürbten den englischen Befehlshaber. Weil sich Georg II. beharrlich über ihn hinwegsetzte, resignierte Stair und zog die Konsequenzen. Er bat den König um Entlassung. Seine Abdankung stellte den Höhepunkt der leidigen Vorkommnisse bei der englisch-hannoverschen Armee im Sommer 1743 dar. Als am Schluß des Feldzuges der König den Kriegsschauplatz verließ und sich in seine kurfürstlichen Lande nach Hannover zurückzog, ging ein Aufatmen durch die Reihen der englischen Heeresleitung.

Die übereinstimmenden Lageberichte von der Front über die Geringschätzung der englischen und die Vorliebe für die hannoverschen Soldaten durch Georg II. ließen sich nicht verheimlichen. Das auf militärischem Gebiet gestörte Verhältnis zwischen den durch die Personalunion eng verbundenen Staaten breitete sich wie ein Spaltpilz aus und übertrug sich auf die Bereiche der Innen- und Außenpolitik Englands. Das parteiische Verhalten des Monarchen verunsicherte das Kabinett in London und brachte es in arge Verlegenheit. Je öfter Schilderungen über unwürdige Vorfälle, die den Stolz und die Ehre der englischen Nation trafen, an die Themse drangen, desto kräftiger lebte die Bitterkeit auf. Die unverhohlenen Sympathiebekundungen Georgs II. für seine Soldaten aus den Kurlanden führten zu einer antihannoverschen Kampagne allerorts. Anläßlich der Truppendebatten im Unterhaus im Winter 1743/44 gingen Abgeordnete sogar mit der Forderung nach Auflösung der Personalunion auf Stimmenfang.

Glich das innenpolitische Klima einer Zerreißprobe, so bereiteten die hannoverschen Soldaten England auch auf außenpolitischem Gebiet Ungelegenheiten. Die Favoritenrolle der kurfürstlichen Truppen bei Georg II. enthielt reichlich Zündstoff, so daß sie selbst die zur Tradition gewordenen freundschaftlichen Beziehungen der Seemächte aufs Spiel setzte. Holland wurde Zeuge der Differenzen zwischen englischer und hannoverscher Generalität und beobachtete mißbilligend den Zwist von Lord Stair mit Dupontpietin. Da die Zwietracht in der englisch-hannoverschen Heeresleitung die Handlungsfähigkeit der Alliierten schwächte, sollte nach Ansicht der holländischen Regierung der herausgehobenen Stellung des hannoverschen Korps ein Ende bereitet werden. Das Gegenteil trat ein. Als eine französische Armee mit einem Überfall auf Hannover drohte, erteilte der König-Kurfürst im Oktober 1744 den Befehl zum Abzug seiner Truppen aus den Niederlanden, um das Kurfürstentum vor einem französischen Überraschungsangriff zu schützen. Die Instruktion stand im Widerspruch zu den Beteuerungen der englischen Regierung gegenüber Holland, daß ohne Absprache die hannoverschen Verbände nicht die verbündeten Armeen verlassen würden. Die holländische Regierung verhehlte nicht ihr Befremden über das Doppelspiel. Nun hatte der einsame Entschluß des König-Kurfürsten sogar eine Krise in dem Verhältnis England - Holland heraufbeschworen, ein Umstand, der die Staatssekretäre in London aufschreckte.

Löste im Jahre 1742 die Anwerbung hannoverscher Truppen aus strategischen Gegebenheiten Bedenken aus, sind militärische Gründe 1746 nicht von der Hand zu weisen, daß die Regierung in London die Übernahme von 18 000 kurfürstlichen Soldaten in englischen Dienst beschloß. Das Stärkeverhältnis der Landstreitkräfte auf dem Kontinent hatte sich seit 1745 zu ungunsten Englands verschoben. Die Überlegenheit der französischen Heere weitete sich aus, während die eigene Kampffähigkeit zusehends Schwächen zeigte. Hinzu kam die unmittelbare Bedrohung des Mutterlandes durch die Landung des Prätendenten Karl Eduard im Sommer 1745 an der Küste Schottlands. Die im Mutterland vorhandenen Einheiten genügten nicht, die Aufständischen am Vormarsch zu hindern. Zur Vermehrung der Verteidigungskräfte auf dem Inselreich mußten einige Regimenter von der ohnehin schwachen Armee in Flandern abberufen werden. In der zwiefachen Notlage tauchte der Gedanke einer Waffenbrüderschaft mit Hannover auf. Die militärische Zwangslage verlangte die Wiederaufnahme der hannoverschen Truppen in den Dienst Englands. Die Regelung der Besoldung des beachtlichen Hilfskorps zu den vom König-Kurfürsten gewünschten Bedingungen verfehlte nicht ihre Wirkung auf das Verhältnis von Monarch und Kabinett. Entspannten sich in ähnlicher Weise die

Beziehungen zwischen den englischen und hannoverschen Streitkräften?

Nach mehrfachem Wechsel in der Heeresleitung befehligte zu diesem Zeitpunkt Sir John Ligonier die englische Armee. Die Bestallungsurkunde, die Instructions und die Commission, Schriftstücke, die vom König unterzeichnet waren, berechtigten Ligonier, dem Kommandeur der hannoverschen Truppen, General Sommerfeldt, Befehle zu erteilen. Dagegen bestritt ihm Sommerfeldt die königlich sanktionierte Befugnis als Oberbefehlshaber, weil er keine diesbezügliche Order vom König-Kurfürsten erhalten hätte. Ligonier blieb nichts übrig, als sich mit der Zurücksetzung abzufinden. Die Befehls- und Kommandogewalt über das hannoversche Korps war ihm entzogen; geblieben war ihm die Aufgabe, für die Wohlfart der Truppen zu sorgen.

Nach Beendigung des Feldzugs oblag Ligonier die Pflicht zur Unterbringung der Truppen in Winterquartiere. Für das kurfürstliche Korps verlangte Georg II. ein bestimmtes geographisches Gebiet. Während der König in dem Reskript an Sommerfeldt ausdrücklich Unterkünfte in der Nähe des Kurfürstentums nannte, beließ die Instruktion des Staatssekretärs Harrington dem englischen Befehlshaber für die Auswahl einen größeren Spielraum. Ligonier entwarf den Verteilungsplan und übersandte ihn nach London. Georg II. wies den Organisationsplan brüsk zurück und forderte die sofortige Abänderung. Keinem englischen General glaubte er die Vertretung kurfürstlicher Belange anvertrauen zu können. Ligonier mußte bei dem hannoverschen General Vorschläge für geeignete Winterquartiere erfragen. Die letzte Entscheidung über Annahme oder Ablehnung behielt sich der König-Kurfürst vor.

Die Behandlung Ligoniers durch Georg II. glich der Herabsetzung und Mißachtung, die Stair widerfahren waren. Die Protektion "unserer uns am Herzen liegenden teutschen Truppen", wie der König-Kurfürst seine hannoverschen Soldaten apostrophierte, brachte die englische Generalität zur Weißglut. Hier lagen die Wurzeln für die Demotivation der Heerführer von Stair über Wade bis Ligonier. Jeder nahm mit unmißverständlichen Worten seinen Abschied und legte ostentativ sein Amt nieder. Sie alle führten die gleiche Beschwerde und gingen mit ihrem Monarchen scharf ins Gericht. Sobald es sich um hannoversche Truppen handelte, war ihre Kommandogewalt nur nominell. Konnte einst Marlborough nach eigenen Ermessen die Wünsche des Kurfürsten Georg Ludwig im Hinblick auf die Soldtruppen erfüllen oder ignorieren, so mußten nunmehr die Heerführer Rügen und Zurechtweisungen auf sich nehmen, wenn sie die Doppelstellung des Monarchen nicht berücksichtigten.

Georg II. wußte von der Verbitterung in der englischen Armee. Dennoch strengte er sich nicht im geringsten an, den Ursachen des Grolls nachzugehen. Immer wieder bewies er durch gezielte "partialities" seine parteiische Einstellung, die auf englischer Seite Verärgerung und Unmut nährte. Im Jahre 1744 beabsichtigte Georg II. erneut an die Spitze der englisch-hannoverschen Armee zu treten. Er sah nicht oder wollte nicht sehen, daß er als Oberkommandierender an der Front eine Staatskrise provozieren würde. Nur auf inständiges Drängen des Kabinetts ließ er sich von seinem Vorhaben abbringen. Er hatte keine andere Wahl als seinen Sohn, den Herzog von Cumberland, zum Oberbefehlshaber der Armee zu ernennen. Es ist das Verdienst von Cumberland, daß sich ein besseres Verhältnis zwischen hannoverschen und englischen Truppen anbahnte. Cumberland erfreute sich der Zuneigung der englischen Armee, besaß das Vertrauen des Monarchen und der hannoverschen Generäle. Zum ersten Mal erkannten sie die Kommandogewalt eines Engländers willig an. Cumberland machte kein Hehl aus seiner englischen Abstammung und englischen Denkweise. Vielmehr erfüllte ihn seine lupenreine britische Mentalität und Gesinnung mit Selbstbewußtsein. Bezeichnend für den vom Vater und Großvater abweichenden Geist sind die Worte, die er in seine Thronrede als Georg III. aufnahm: "Born and educated in this country, I glory in the name of Briton." Als Konsequenz verstummten unter dem Herzog von Cumberland die das Königreich belastenden Querelen, die ihre Triebfeder in der "hannoverschen Particular-Convenientz" der beiden König-Kurfürsten Georg I. und Georg II. hatten.

Als mit den englisch-französischen Friedensverhandlungen das Kriegsende näher rückte, wurde die Frage der Entlassung der hannoverschen Truppen spruchreif. Aus innenpolitischen Erwägungen sann das Kabinett auf den frühest möglichen Termin für die Demission der mißliebigen Heeresgruppe. Am 5. November 1748 trat das

Hilfskorps den Rückmarsch in die Kurlande an. Damit war der Dienst der hannoverschen Truppen im Solde Englands während des Österreichischen Erbfolgekrieges beendet.

*"Schier dreißig Jahre"* (Karl von Holtei) war ich alt, als "Die hannoversch-englischen Subsidienverträge 1702-1748" unter Dach und Fach waren. Anfang 1961 legte ich das Ergebnis der 2½jährigen Arbeit Professor Vossler zur Begutachtung vor. Das Kultusministerium erteilte mir am 1. April 1961 als "Assessor im Lehramt ... probeweise einen Dienstleistungsauftrag an der Oranienschule in Wiesbaden." Parallel zur Unterrichtstätigkeit lief die Vorbereitung auf das Rigorosum. Der Empfang des Doktorhutes am 26. Juli 1961 ließ das Herz höher schlagen: *"Es ist vollbracht."* Dank der Fürsprache meines Doktorvaters erschien die Dissertation in der von Otto von Gierke 1878 begründeten Reihe "Untersuchungen zur deutschen Staats- und Rechtsgeschichte" als Band 1 der Neuen Folge.

Die Einstellung als Gymnasiallehrer an der Oranienschule, die meine Wirkungsstätte bis zur Pensionierung im Jahre 1993 blieb, führte im Sommer 1961 zur Verlegung des Wohnsitzes in die hessische Landeshauptstadt. Acht lange Jahre gab Frankfurt am Main als Genius Loci die Studierstube ab. Zum Abschied von der Mainmetropole, die wie keine andere Stadt meinen Entwicklungsgang gefördert und beflügelt hat, trug meine Mutter am Tag der Promotion in das Erinnerungsbuch einen Sinnspruch von Karl Förster ein: *"Was vergangen, kehrt nicht wieder; aber ging es leuchtend nieder, leuchtet's lange noch zurück!"*

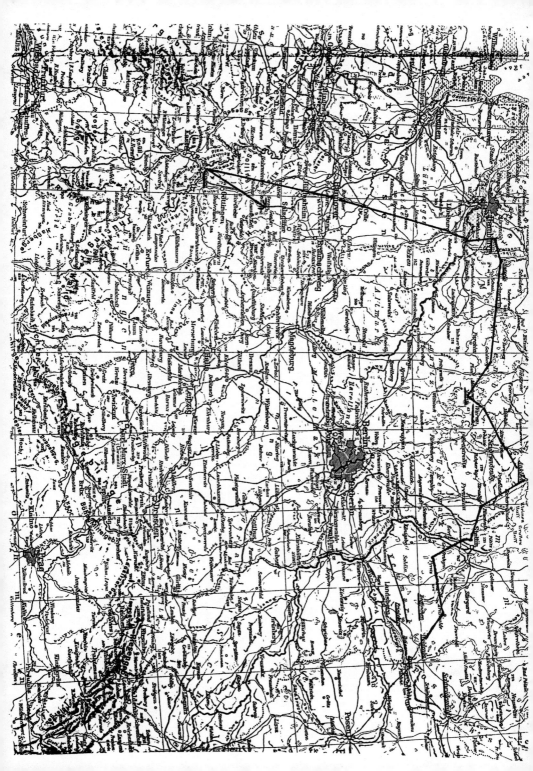